漱石という生き方

秋山豊

トランスビュー
TRansview

漱石という生き方＊目次

装幀 高麗隆彦

注記

・本文中の漱石の引用は、一九九三年十二月に刊行が開始された岩波書店版『漱石全集』全二十九巻（及び二〇〇二年より刊行の同第二版）による。ルビ（振り仮名）も同じく同全集によるが、一部は省略し、また新たに補ったものもある。補ったルビは現代仮名遣いとし、〔　〕で括って元の振り仮名と区別した。
・筆者がその編集に携わった同全集は、校訂の底本を原稿に求めているため、『三四郎』『それから』『門』『心』などでは、従来の全集や流布している文庫本などと、章あるいは節の立て方が異なっている。
・本文中の年代表記について、筆者は一般に西暦による記載が妥当であるとするものであるが、慶応三年生まれの漱石の場合は、明治の年数が実年齢とよく対応するという便宜のため、本文中でも元号を主として用いた。

漱石という生き方

1　声を聞く

これから、対象を漱石に取って、その思想という側面からあれこれを考えてみようと思う。

そもそも思想とは何か、というと、これはなかなか簡単には答えは出てこない。私がここで「思想」というのは、漱石が何をどのように考えたか、というくらいの意味である。「主義」という言葉がつくような、何かまとまった体系を具えた「思想」が、漱石の言説の中から導き出せるものかどうか、それは今の自分にもわからない。ただ何かを導き出そうとして、これから文章を作ってゆくのでないことだけは確かである。私の希望は、漱石に寄り添って、よく彼の言葉を聞き取りたいということに尽きる。

近年、批評の衰退ということがよく言われる。それはひとつには、対象に対する敬意の喪失ということが関係しているのではないだろうか。たとえば漱石を論じたり、論とまではゆかなくても、あれこれ俎上にのぼせたりする文章を目にすると、漱石が好きであるという論者の言葉とは裏腹に、漱石を自らのための踏み台にしているとしか思えないような場合が少なくない。また、ごく手近な

「書評」という営為をみても、自らの識見をひけらかすためにその本を取り上げているのではないか、と疑わざるを得ないようなものが、少なくないように思われる。

無論私は、ただ持ち上げて敬服しろ、と言っているのではない。たとえ言葉の上では大いに称揚し、賛辞を惜しまぬ書評であっても、文章の姿勢というか向いている方向が、対象である本にではなくて、書評者自らに向いているのではないか、と言いたくなるのである。

もっともこう言ってしまうと、批評以前の文章そのものが、総体として卑しくなってきているということかもしれない。もしそうであれば、人間そのものの問題だということになるのは、避けられないだろう。しかし無論、ここはそんなことを力んでいう場ではないから、自戒の言葉としておくにとどめたい。ただ私は、対象に寄り添う姿勢で文章をつづってゆきたいということを、ここに表明しておきたい。

2　小さな疑問

『心』には、語り手である「私」の大学の卒業論文をめぐって、「先生」の専門が話題になるところがある。

私の選択した問題は先生の専門と縁故の近いものであつた。私がかつてその選択に就いて先生の意見を尋ねた時、先生は好《い》いでせうと云つた。狼狽した気味の私は、早速先生の所へ出掛けて、私の読まなければならない参考書を聞いた。先生は自分の知つてゐる限りの知識を、快よく私に与へて呉《く》れた上に、必要の書物を二三冊貸さうと云つた。(「二十五」)

しかし、「先生」は「私」を指導する任に当たろうとはせず、その理由をつぎのように述べる。

「近頃はあんまり書物を読まないから、新らしい事は知りませんよ。学校の先生に聞いた方が好いでせう」(同)

それればかりではない。「私」が論文を書き上げて「先生」のところへ報告に行ったときは、つぎのようであったという。

私は書き上げた自分の論文に対して充分の自信と満足を有《も》つてゐた。私は先生の前で、しきりに其《その》内容を喋々《ちようちよう》した。先生は何時《いつ》もの調子で、「成程《なるほど》」とか、「左右《さう》ですか」とか云つてくれたが、それ以上の批評は少しも加へなかつた。私は物足りないといふよりも、聊《いさゝ》か拍子抜けの気味であつた。(「二十六」)

この冷淡としか言いようのない対応が、なぜ「先生の専門と縁故の近い」問題に対してとられなければならないのだろうか。その専門とはいったい何であり、どうしてそれが、作品の中で明示的に明かされないのだろうか。つきつめて考えることもなかったが、私には小さな疑問であった。

そもそも「先生」は、大学で何を学んだのであったろうか。かつて私は、この『心』という作品に書き記された歴史的な事実関係から、登場人物たちの年齢を推測したことがあった。私はその探索を、「先生の歳」と題する文章にまとめ、数人でやっていた手書きコピーの冊子に発表したことがある。一九七八年一月のことだ。

そのときの推定によれば、「先生」は明治十年（一八七七）に新潟県に生まれ（「十二」に「新潟県人」とある）、明治二十七年（一八九四）、数え年十八のときに上京して、第一高等学校に入学したことになっている。「七十四」には、「Kと私は同じ科へ入学しました」とあるが、その科が何であるかは記されていない。ただ、同郷の友人であるKは、寺に生まれながら医家に養子に出され、その養家の金で医学を学ぶべく上京を許されているのに、勝手に進路をたがえ、自分に関心のある宗教とか哲学の方面に進んだことになっている。とすれば、この同じ科というのは、文科にちがいない。この「文科」は、「法科」「理科」「工科」「医科」とならぶものであるから、さしずめ人文科学ということになろう。

当時の学制では、高等学校を七月に卒業することになっていた。卒業して、いよいよ大学に入るという直前の夏休みに、Kは、大学に進んでまで養家を欺くことはできないといって、自ら進路をたがえていたことを養家に報告する（「七十四」）。その結果、養家を離縁され、実家に復籍することになる（「七十五」）。

さて大学に入ってからは、というと「八十」によれば、「Kと私は同じ科に居りながら、専攻の学問が違つてゐました」という。東京の大学といえば、明治二十年（一八八七）に京都に二番目の帝国大学ができて以来、東京の二字を冠することになった東京帝国大学を措いてほかにない。そのころの「文科」の学科専攻には、大きく分ければ哲学、歴史、文学があり、文学は国文学、漢文学、イギリス文学、ドイツ文学、フランス文学などに分かれていた。当時はまだ宗教学科というものはなく、内容的には哲学科に含まれていたのだと思う。

もともと寺に生まれ、中学校のときから哲学や宗教に興味を示し、「先生」との会話でもたびたび「御経の名」を口にし、東京の下宿には『聖書』を備え、折があれば『コーラン』も読みたいといっていた（「七十四」）というのだから、Kはおそらく哲学科に進学したのであろう。

専攻が違ったという「先生」は、歴史か文学、あるいは言語学のようなものを学んだにちがいないのだが、前にも言ったように具体的な専攻名は明かされていない。ただ、想像をめぐらせる材料がまったく洩《も》らされていないわけではない。たとえば、そもそも「私」が「先生」に海水浴場で最初に出会ったとき、なぜ見ず知らずの「先生」に「私」が注目したのかといえば、「先生が一人の西洋人を伴《つ》れてゐたから」（「二」）であった。この「西洋人」を「先生」の専攻に近づけて読むならば、その専攻がイギリス・ドイツ・フランスなどを冠した「文学」であった可能性を、低く見積もることはできないだろう。

そしてもしそのような「想像」が許されるならば、「先生」は明治三十年代の半ばころに、東京帝国大学で外国文学を学んだことになる。イギリス文学についていえば、その年代においては、漱石自身がその講座の一端を担っていたのであった。漱石が大学の英文学の教壇に立ったのは、明治三十六年（一九〇三）の春のことであるから、「先生」は、漱石の大学時代の教え子の世代にあたる。現実の漱石は、その時代に「英文学概説」を講じていた。これが後に『文学論』として刊行されるのは、周知の通りである。並行して「英文学概説」を講じていた。それはいわば理論に対する実践であり、主眼はあくまでも、「心理学社会学の方面より根本的に文学の活動力を論ずる」（『文学論』序）ことにあった。

漱石の場合は、その例をイギリス文学にとって探求を試みたわけであるが、「先生」にしろ「私」にしろ、例とする対象はともかく、専攻の方向は、漱石の場合と同じ向きを向いていたのではないだろうか。少なくとも漱石は、作品の中で専攻を明示しないまま、そのような仮託のもとに、人物設定を行なっていたように思われる。

3　生きることの淋しさ

このように「先生」と「私」の互いに「縁故の近い」専門を考えたとき、それではなぜ、「先生」

はその専門に冷淡にならざるを得なかったのだろうか。また、作品の中で明示されないということは、どんな専門でも同じように、「先生」は専門に、つまり学究的な営みに、冷淡に振る舞うべく設定されていたからなのだろうか。もとより「先生」は、生まれながらに学問というものに冷淡であったわけではあるまい。たしかにKとの対比の上では「先生」は、重厚なる牛のようなKに対して、軽いところのある人物として設定されている。勉強のでき具合についても、

Kは私より強い決心を有してゐる男でした。勉強も私の倍位はしたでせう。其上《うへ》持つて生れた頭の質《たち》が私よりもずつと可《よ》かつたのです。後では専門が違ましたから何とも云へませんが、同じ級にゐる間は、中学でも高等学校でも、Kの方が常に上席を占めてゐました。（「七十八」）

という。

二人で上京したときは、「然《しか》し我々は真面目でした。我々は実際偉くなる積《つもり》でゐた」（「七十三」）のであり、「先生」も、それなりの学問的な野心を持っていたにちがいないのである。『心』という作品においては、そのような「先生」が、あることを経験した結果、学究的な生活から逸脱し、沈鬱なる精神の持ち主へと変貌してゆくのであった。その変貌の結果、「私」と出会ったころの「先生」は、すでに専門に対して冷淡になっていたのである。

それではその変貌をもたらした「経験」とは、いったいどのような経験であったのだろうか。日

本人にもっともよく読まれる『心』であるから、いまさらここで紹介するのもはばかられるが、簡単に触れておくと、それは二段階に分けて経験されたのであった。すなわち、相次いで両親を失った「先生」は、まだ学生であったこともあり、遺産の管理を叔父にゆだねるのだが、事実関係はともかく、「先生」からみればその財産をごまかされたと確信するに至る。そうして人間不信に陥る。しかしその傷は、それほど深刻には響かない。世の中にはそういう人間もいる、という現実認識のレヴェルですんでいたように見える。

その人間不信から立ち直りかけたころ、下宿先のお嬢さんをめぐって、友人Kとの確執が始まる。これはしかし、かなりの「先生」の独り相撲である。「先生」はKを傷つけ、出し抜き、裏切る。そんなことでKが自死するとは到底考えられないが、「先生」はKに死なれてしまう。ここから、「先生」の深刻な懐疑、自分自身に対する懐疑が生ずる。「先生」自身の言葉を聞いてみよう。

叔父に欺《あざ》むかれた当時の私は、他《ひと》の頼みにならない事をつくづくと感じたには相違ありませんが、他《ひと》を悪く取る丈〔だけ〕あつて、自分はまだ確な気がしてゐました。世間は何《ど》うあらうとも此己《このおれ》は立派な人間だといふ信念が何処《どこ》かにあつたのです。それがKのために美事に破壊されてしまつて、自分もあの叔父と同じ人間だと意識した時、私は急にふら〳〵しました。他《ひと》に愛想を尽かした私は、自分にも愛想を尽かして動けなくなつたのです。（「百六」）

この「自分にも愛想を尽かし」たというのは、いわゆる罪の意識だろうか。自分という個人を超えた、「人間は罪深いものだ」あるいは原罪というような宗教的・倫理的な感覚の表明だろうか。それとも自己嫌悪というような、青年期にありがちな自己処罰の感情だろうか。そのどれにもつながるのだろうけれど、ここではもっと捉えどころのない、不安ないしは他から隔てられた寂寥感というような一種の情緒、作品の中で「先生」がしばしばもらす「淋しさ」につながる何か、の表明であるような気がする。

漱石が『心』を連載する前に発表した『行人』の主人公は、ある種の強迫神経症になやむ知識人であるが、彼は自らの苦しさを、友人に次のように説明する（この部分は、その友人が主人公の弟に手紙で報告するという体裁を取っており、主人公は「兄さん」と呼ばれる）。


「自分のしてゐる事が、自分の目的《エンド》になつてゐない程苦しい事はない」と兄さんは云ひます。

「目的《エンド》でなくつても方便《ミインズ》になれば好いぢやないか」と私が云ひます。

「それは結構である。ある目的《エンド》があればこそ、方便《ミインズ》が定められるのだから」と兄さんが答へます。

　兄さんの苦しむのは、兄さんが何《ど》うしても、それが目的《エンド》にならない許《ばか》りでなく、方便《ミインズ》にもならないと思ふからです。たゞ不安なのです。従つて凝《ぢつ》としてゐられないのです。兄さんは落ち付いて寐てゐられないから起きると云ひます。起きると、たゞ起きてゐられないから歩くと云ひます。歩くとたゞ歩いてゐられないから走《かけ》ると云ひます。既に走《か》け出した以上、何処《どこ》迄《まで》行つても止まれないと云ひます。止まれない許《ばかり》なら好いが刻一刻と速力を増して行かなければならないと云ひます。其《その》極端を想像すると恐ろしいと云ひます。冷汗が出るやうに恐ろしいと云ひます。怖くて〳〵堪らないと云ひます。（「塵労 三十一」）

友人は、「君のいふやうな不安は、人間全体の不安で、何も君一人丈《だけ》が苦しんでゐるのぢやないと覚《さと》れば夫迄《それまで》ぢやないか」（「同三十二」）と慰める。しかし彼は、それは頭で考えた恐ろしさであって、「僕のは心臓の恐ろしさだ。脈を打つ活きた恐ろしさだ」と反論し、さらに次のように言う。

「人間全体が幾世紀かの後に到着すべき運命を、僕は僕一人で僕一代のうちに経過しなければならないから恐ろしい。一代のうちなら未《ま》だしもだが、十年間でも、一年間でも、縮めて云へば一ケ月間乃至《ないし》一週間でも、依然として同じ運命を経過しなければならないから恐ろしい。君は嘘かと思ふかも知れないが、僕の生活の何処《どこ》を何《ど》んな断片に切つて見ても、たとひ其《その》断片の長さが一時間だらうと三十分だらうと、それが屹度《きつと》同じ運命を経過しつゝあるから恐ろしい。要するに僕は人間全体の不安を、自分一人に集めて、そのまた不安を、一刻一分の短時間に煮《に》詰《つ》めた恐ろしさを経験してゐる」（同）

この不安に対する感覚は、それを淋しさに置き換えれば、「先生」の感じている淋しさに対する感覚に、かなり近いものであるように思われる。「先生」は先に両親を亡くし、叔父を代表とする親族と別れ、友人Kを失う。それは個人の、個別の淋しさである。しかし自らの頼りにならないことの自覚は、「人間全体」の淋しさにつながっている。

『心』を発表したのは、大正三年（一九一四）の四月から八月にかけてである。その七年前、明治三十九年二月十三日付けの森田草平宛書簡（同日付け二通のうち午後投函の方）で、漱石は次のように書いている。

　天下に己れ以外のものを信頼するより果敢《はか》なきはあらず。而《しか》も己れ程頼みにならぬものはない。どうするのがよいか。森田君君此《この》問題を考へた事がありますか

いつのころからということはできないが、これは漱石の身についていた実感であろう。人はどのようにして、このような実感を身に帯びることになるのか。人は自らを恃《たの》む気持ちからは、なかなか自由になれないものである。それどころか、自分を頼みにする生き方は、誠実な、自己に忠実な生き方として、むしろ推奨されているものである。しかしそれは、自分が頼り甲斐のある存在であるからではない。頼りにならない自らを頼りとして生きざるを得ない心細さ、それを自覚したものが知る淋しみを、「先生」は言っているにちがいない。

このような淋しさの存在を、人間ならだれでも承知しているかというと、必ずしもそうとはいえないだろう。存在はしていても、知られないことは世の中にたくさんあるにちがいない。この世で起こる出来事や現象にはきっと理由はあるのだろうが、それが必ず突き止められ認識されるとはかぎらないように。何らかの経験を通して、人はそのような淋しさの存在を認識するに至る。それは『心』の「先生」のように、実際に体験をしてという場合もあるであろうし、『心』の読者のように、間接的な経験を通して無意識のなかに埋もれていた意識が目覚めさせられる、というかたちで認識に至る場合もあるであろう。――『心』にはさまざまな主題が盛り込まれているが、この淋しさの認識も、重要なモチーフであると思われる。

4　なぜ自殺したのか

「先生」はKのことがあってから、淋しい人生を歩いていた。しかし、「私」に出会ったころ、学究生活のみならず現実の生活全般にわたって、きわめて消極的な生を営んではいたが、死を望んでいた、とは書かれていない。その「先生」が、なぜ自ら命を絶つことになるのか。「先生」はそもそも、Kが自裁した当時は、その理由もよく飲み込めなかったのである。それは「恋の一字」に制せられていたからでもあったのだが、何よりもまだ、自分が頼りない存在であることに目覚めていなかったからであろう。しかし時間の経過の中で、次第にその死を「淋しさ」と結びつけて考えるようになる。

同時に私はKの死因を繰り返し〳〵考へたのです。其当座は頭がたゞ恋の一字で支配されてゐた所為《せゐ》でもありませうが、私の観察は寧《むし》ろ簡単でしかも直線的でした。Kは正《まさ》しく失恋のために死んだものとすぐ極《き》めてしまつたのです。しかし段々落ち付いた気分で、同じ現象に向つて見ると、さう容易《たやす》くは解決が着かないやうに思はれて来ました。現実と理想の衝突、――それでもまだ不充分でした。私は仕舞《〔しまい〕》にKが私のやうにたつた一人で淋《さむ》しくつて仕方がなくなつた結果、急に所決したのではなからうかと疑がひ出しました。さうして又慄《ぞつ》としたのです。私もKの歩いた路を、Kと、同じやうに辿《たど》つてゐるのだといふ予覚が、折々風のやうに私の胸を横過《よこぎ》り始めたからです。（「百七」）

しかしこの淋しさは、「先生」が両親を亡くし、親戚と義絶し、Kを失ったような淋しさではないのか。先ほどみた人間全体の淋しさとは、違うように思われる。

たしかに、Kの自死に先立つ挫折には、K自らが自身の頼りなさを実感するに至るべき経緯はあった。「先生」が親切心からKを自分の下宿に呼び寄せてしばらくすると、最初は口も利かずまったく無関心でいた下宿のお嬢さんにたいして、Kがだんだん親しく言葉を交わすようになる。このことが、すでにお嬢さんに充分な好意を抱いていた「先生」の嫉妬心を刺激する。「先生」はKの真意を探り、なんらかの打開策をはかるべく、夏休みにKを房総旅行へと誘い出すのであった。二人はたまたま、日蓮の生誕地跡に建てられた誕生寺を訪れる。Kは熱心に、坊さんに日蓮について質問したりするのだが、「先生」はまったく無関心で、寺を去った後のKの問いかけにも上の空を決め込んでしまう。

　あくる日になって、Kはそのような態度をとり続けた「先生」をなじる。「精神的に向上心がないものは馬鹿だ」（「八十四」）と。「先生」はこのとき、「人間らしい」という言葉を使って弁解につとめる。Kのいう精神的な向上心とは、「霊のために肉を虐《しいた》げたり、道のために体《たい》を鞭《むちう》つたりした所謂《いわゆる》難行苦行の人」（「八十五」）のそれであり、「先生」の言葉は、そのようなものに対して吐かれたのであった。それにたいしてKは、「人間らしい」という言葉に隠れて向上心の鈍磨している（と見える）「先生」を、飽き足らなく思ったのであったが、「先生」は例のお嬢さんに対するKの真意を探る魂胆のために、「君は人間らしいのだ。或《あるい》は人間らし過ぎるかも知れないのだ。けれども口の先丈《だけ》では人間らしくないやうな事を云ふのだ。又人間らしくないやうに振舞はうとするのだ」（「同」）と、当てこすりのような言葉で対抗する。Kは、「自分の修養が足りないから」他人にはそう見えるのだろう、と調子を落として言葉の応酬は終わる。Kには自省の気持ちは起こっただろうが、「先生」の探ろうとした意図には、おそらく気づかなかったのだろう。

　Kが気づかなかったのは、「先生」にとっては残念なことであった。「人間らしい」というような「抽象的な言葉」でなく、もっと直截かつ具体的に真意を確かめる絶好の機会を逃してしまったのだから。しかしここで、「先生」は重要な言葉を手に入れた。その言葉こそ、Kを打ちのめし止《とど》めを刺すことになる言葉だった。

この時点で、Kがすでに「人間らしく」お嬢さんに恋心を抱いていたのかどうか、「修養が足りない」ということの中に、恋に足元をすくわれているという自覚があったのかどうかは、「先生」のみならずわれわれにもわからない。ただ夏休みが終わり、秋が過ぎて新年を迎えたときに、「先生」は突然Kから、「御嬢さんに対する切ない恋を打ち明けられ」（「九十」）てしまうのである。この時のKは「修養が足りない」ことを自覚しており、「先生」に、自分に対する批評を求める。この機を逃す「先生」ではない、あの言葉、すなわち「精神的に向上心のないものは馬鹿だ」を、かつての仇をとるかのように、二度浴びせるのである。Kは、「僕は馬鹿だ」（「九十五」）と、打ちひしがれてしまう。このような仕打ちが、Kに自殺に至るほどの打撃を与えたのであったが、Kの自殺を経由して「先生」自身にも跳ね返った結果は、すでに見たとおりである。

このKの受けた打撃は、「僕は馬鹿だ」という言葉に示されるように、たしかに自らが頼りにならない存在であることを気づかせるに足るものであったろう。しかし、「先生」に淋しさの自覚をうながしたのが、はじめは叔父の裏切りであり、次がKへの背信であるというように、関係性の中で生まれたものであるのに対し、Kの場合は自己完結的である。

もっとも、Kが自殺を決行するのは、下宿の奥さん、つまりお嬢さんの母から、「先生」がお嬢さんに結婚を申し込んだことを聞かされた二日後のことであったから、「先生」に対する人間不信が直接の原因であり、やはり関係性のうちにある、と言えなくもない。もしそうだとするなら、それは「先生」の叔父に対する関係と同様であって、Kは「先生」を責めることはあっても、自らへの不信というところには帰着しにくいだろう。実際、打ちひしがれて「僕は馬鹿だ」と力のない返答をしてから、二週間あまり後に断行された自殺の遺書には、「自分は薄志弱行で到底行先の望みがないから自殺する」（「百二」）、とだけ記されていたのであった。

こうしてあらためて、「先生」ならぬKの自殺に至る経過をたどってみると、もし「先生」が言うように、「たつた一人で淋《さむ》しくつて仕方がなくなつた結果」であるとするなら、その淋しさは、先に述べたように、「先生」のそれとは異なる性質の淋しさであったように思われる。「先生」はたしかに、自らが感得した「淋しさ」の故に自裁するのだが、後でみるように、淋しさに何らかの要因が加わってはじめて決行に至るのである。Kは、本当に「淋しさ」という理由に拠ってのみ、自殺したのだろうか。

Kの自殺の原因について、作品では新聞の記事が紹介されている。

それにはKが父兄から勘当された結果厭世的な考を起して自殺したと書いてあるのです。私は何《なん》にも云はずに、其新聞を畳んで友人の手に帰しました。友人は此外《このほか》にもKが気が狂つて自殺したと書いた新聞があると云つて教へて呉《く》れました。（「百五」）

たしかにKは勘当されていた。大学での専攻を偽っていたKが、そのことを告白した結果、養家を離縁になり、実家に復籍したことは前に述べた。その結果は「養家から出して貰つた学資は、実家で弁償する事になつたのです。其代り実家の方でも構はないから、是からは勝手にしろといふのです。昔の言葉で云へば、まあ勘当なのでせう」（「七十五」）ということであったのだった。

この新聞記事は、「先生」にも正鵠を得たものとは映らなかっただろう。Kは「厭世的な考」を起こしたわけではなかっただろうから。『心』の新聞連載は、大正三年（一九一四）八月十七日に終わり、一月後の九月二十日には単行本として刊行された。同じ年の十一月十三日付けの岡田耕三宛書簡に、漱石は次のように書いている。

私が生より死を択ぶといふのを二度もつゞけて聞かせる積《つもり》ではなかつたけれどもつい時の拍子であんな事を云つたのです然しそれは嘘でも笑談《じようだん》でもない死んだら皆に柩の前で万歳を唱へてもらひたいと本当に思つてゐる、〔中略〕私は今の所自殺を好まない恐らく生きる丈《だけ》生きてゐるだらうさうして其《その》生きてゐるうちは普通の人間の如く私の持つて生れた弱点を発揮するだらうと思ふ、私は夫《それ》が生だと考へるからである私は生の苦痛を厭《いと》ふと同時に無理に生から死に移る甚しき苦痛を一番厭ふ、だから自殺はやり度《たく》ない夫《それ》から私の死を択ぶのは悲観ではない厭世観なのである　悲観と厭世の区別は君にも御分《おわか》りの事と思ふ。

この観点からすれば、Kは「厭世的な考」ではなく、むしろ悲観した結果自殺したとはいえるのかもしれない。

『心』の批評においては、「先生」の自殺の理由がしばしば問題にされ、充分に説得的でないことが批判の対象となっているが、こうしてみてくると、Kの自殺も、読者になかなか理解されにくい問題を抱えているようである。そこには何がしかの無理があり、書いている作者自身も納得していないのではないか、という疑念が生ずるのを抑えることがむずかしい。それは先の書簡にもあるように、漱石自身が、自殺を厭っているからだろう。

しかし、前にも書いたように、世の中に生起する事象には必ずや原因・理由があるにちがいないのだが、それを必ずしも認識できるとはかぎらない。とくに自殺は、自殺しない人にとっては他人の心事である。当事者でないものが死にゆくものの心中を知ることは、不可能に近い。逆に、だからこそ、それが小説のテーマになれば、そのわかりにくいところを、掌を指すように読者に了解せしめるのが技であり、腕であるのだろう。

しかし肝心なことは、作品の中において、Kが自殺したということである。われわれはそこから始めるよりほかにない。漱石は作家の特典として、神が世の中を作ったように、作品を随意にこしらえあげる権利を読者から付与されている。明治四十一年（一九〇八）八月、小説『三四郎』の新聞連載の予告として、漱石は次のように書いた。

田舎の高等学校を卒業して東京の大学に這入《はい》つた三四郎が新らしい空気に触れる。さうして同輩だの先輩だの若い女だのに接触して色々に動いて来る。手間《てま》は此《この》空気のうちに是等の人間を放す丈《だけ》である。あとは人間が勝手に泳いで、自《おのづ》から波瀾が出来るだらうと思ふ。さうかうしてゐるうちに読者も作者も此空気にかぶれて、是等《これら》の人間を知る様になる事と信ずる。もしかぶれ甲斐のしない空気で、知り栄《ばえ》のしない人間であつたら御互に不運と諦めるより仕方がない。たゞ尋常である。摩訶不思議はかけない。

このちょっと人を食ったような宣言は、おそらく『心』にも当てはまると思う。Kの自殺の理由づけは、もうひとつ説得的でなく、Kは成り行き上やむを得ず死んでしまったが、その理由は謎として読者に投げかけられたのである。よりもっともらしい理由をこしらえあげると、それは「摩訶不思議」になるという判断が、作者漱石にあったにちがいない。漱石の行き方が成功している何よりの証拠は、百年近くたっても、読者が『心』を見放さないというところに、端的に認めることができるだろう。

5　学究生活

ここで〈3〉の冒頭で持ち出した問題に帰らなければならない。自らの頼りにならないことへの自覚、現代を生きることの淋しさの自覚、それらがなぜ、学究的な関心を鈍らせるのか。なぜ、専門に冷淡な生き方を強いるようになるのだろうか。

Kが、お嬢さんへの恋心に煩悶しているときに、その胸のうちを「先生」に訴えるべく、大学で「先生」を探すところがある。そのときの「先生」が何をしていたかをみてみよう。

ある日私は久し振に学校の図書館に入りました。私は広い机の片隅で窓から射す光線を半身《はんしん》に受けながら、新着の外国雑誌を、あちら此方《こちら》と引繰《ひつく》り返して見てゐました。私は担任教師から専攻の学科に関して、次の週までにある事項を調べて来いと命ぜられたのです。然《しか》し私に必要な事柄が中々見付からないので、私は二度も三度も雑誌を借り替へなければなりませんでした。最後に私はやつと自分に必要な論文を探し出して、一心にそれを読み出しました。（「九十四」）

ここにKが現われ、「先生」を散歩に誘い出すのだが、Kはそこで、先にみた「精神的に向上心のないものは馬鹿だ」の言葉を浴びせかけられるのである。ここで「先生」が具体的に何を調べようとしていたのかは、例によって書かれていない。明治三十七年（一九〇四）九月、担任教師である漱石が、受け持ちの学生である野村伝四に調べ物を依頼する書簡が残っている。

拝啓僕或人からたのまれてモロッコ国の歴史の概略をしらべる事を受合《うけあ》つたが多忙でそんな事が出来ない、君二三時間を潰して図書館に入り五六ページ書いてくれ給へ、御願ひだから古来からの政体等の変遷〔ママ〕が一寸《ちよつと》分ればよい、右至急入《い》るから其積《そのつも》りで御願申す左様なら

九月二十三日　　夏目金之助

野村伝四君

是非やつてくれなくてはいけない、いやだ抔《など》といふと卒業論文に零点をつける

ブリタニカヲ見レバアルダラウ

漱石の場合は、家に出入りするごく気の置けない学生への依頼だからふざけた調子であるが、「先生」の場合は、もう少し専門的な調べものの依頼であったような気がする。

大学の図書館で「新着の外国雑誌」に目を通すことは、大学講師時代の漱石の楽しみであり慰めであった。明治四十年（一九〇七）三月に大学に辞表を提出し、四月に職を解くとの辞令が出て朝日新聞社に入社した漱石は、五月三日に「入社の辞」を新聞に発表する。そこには「大学で一番心持ちの善かつたのは図書館の閲覧室で新着の雑誌抔《など》を見る時であつた」とある。その雑誌が具体的にどのようなものであったかは、『漱石全集』第十九巻の「断片四四」から窺うことができる。その断片は、外国の雑誌論文の著者とタイトルの抜き書きである。いまその雑誌名を、日本語式に直して列挙してみよう。

・『エディンバラ・レヴュー』一九〇六年一月号、七月号、十月号、一九〇七年一月号、七月号
（この雑誌は季刊）
・『フォートナイトリー・レヴュー』一八九九年六月号、一九〇六年十一月号
・『アトランティック・マンスリー』一九〇六年九月号
・『十九世紀』一九〇六年九月号
・『インデペンデント・レヴュー』一九〇六年十一月号
・『クォータリー・レヴュー』一九〇六年十月号、一九〇七年一月号（名の通り季刊）

このうち『インデペンデント・レヴュー』の性質はわからないが、ほかはいわゆる評論誌で、漱石がメモしている論文は、W・ブレイク、N・ホーソーン、F・バーニー、T・ハーディー、G・ギッシング、A・ミュッセ、H・イプセンらについての評論であったり、「新神秘主義」、「現代アメリカの三人の詩人」、「我等は父の世代よりよくなっているか」というような題の論文であったりしている（ちなみに『インデペンデント・レヴュー』の論文は「苦痛への要求」である）。

このような自身の経験が、『心』における先ほどの「先生」の、図書館における記述のもとになっているのだろう。Kに死なれるまでの「先生」は、「担任教師」から調べものを依頼されるほどに信頼され、自らも学究に連なる意志と意欲を持っていたのにちがいない。Kに死なれて、「先生」は奥さんとお嬢さんをつれて引越しをし、それから二カ月後に大学を卒業する。さらに半年もたたないうちにお嬢さんと結婚するというのが、その後の経過だけれども、卒業論文をどうしたとか、

卒業後は何をして暮らしていたかは、語られていない。

先に、「先生」は年代からいうと、漱石の教え子の世代に相当すると書いたが、実際その年代の漱石の教え子たちも、卒業後これといった働き場に恵まれていない。すぐに中学校の教師になるものもいたが、それさえも決まらず、この間この人々はどうして暮らしていたのかが、今のわれわれにはよく飲み込めない。大学講師時代の漱石の書簡の、かなりの部分が卒業生の就職斡旋に関するものであることは、しばしば言及されるところである。「先生」の場合は、経済的に困らないという設定だから、無理をして地方中学の教師などになる必要はなく、いずれどこかからもたらされるであろう地位を、じっと待っていたということなのだろう。

家庭における結婚生活はどうであったかといえば、今や妻となったお嬢さんを媒介にして、Kの存在が常に暗示されるという、なかなかに苦しいものであったことが記されている。


一年経《た》つてもKを忘れる事の出来なかつた私の心は常に不安でした。私は此不安を駆逐するために書物に溺れやうと力《つと》めました。私は猛烈な勢をもつて勉強し始めたのです。さうして其結果を世の中に公けにする日の来るのを待ちました。けれども無理に目的を拵えて、無理に其目的の達せられる日を待つのは嘘ですから不愉快です。私は何《ど》うしても書物のなかに心を埋《うづ》めてゐられなくなりました。私は又腕組をして世の中を眺めだしたのです。（「百六」）

ここには、〈3〉でみた「自分のしてゐる事が、自分の目的《エンド》になつてゐない程苦しい事はない」という、『行人』の主人公の嘆きがこだましている。なぜ「先生」は、内発的に「書物に溺れ」ることができなかったのだろう。なぜ、目的は「無理に拵え」られなければならなかったのだろう。先に、Kの自殺以前の「先生」は、学究に連なる意志と意欲があったはずだと、確認したばかりであるのに。

思えば、『行人』の主人公、長野一郎は大学で講義をする人であった。あの作品の中でも、「自分のしてゐる事」が具体的に何であったかは語られていないが、それが学究的な営為も含んでいることは疑いないだろう。そうしてみると、「先生」も一郎も、安んじて学問世界に生きることのできない人として、造形されていることになる。すると問題は、「先生」は学問世界に心の底から自足できる存在であったのが、Kの自殺のために変更を余儀なくされたのかどうか、ということになる。

ここで『三四郎』の主人公、小川三四郎の次のような述懐を参照するのも、何がしかの参考になるだろう。

三四郎には三つの世界が出来た。一つは遠くにある。与次郎の所謂《いわゆる》明治十五年以前の香《か》がする。凡《すべ》てが平穏である代りに凡てが寐坊気《ねぼけ》てゐる。尤《もつと》も帰るに世話は入《い》らない。戻らうとすれば、すぐに戻れる。たゞ、いざとならない以上は戻る気がしない。云はゞ立退場《たちのきば》の様なものである。三四郎は脱ぎ棄てた過去を、此《この》立退場の中へ封じ込めた。なつかしい母さへ此所《こゝ》に葬つ

たかと思ふと、急に勿体《もったい》なくなる。〔中略〕

第二の世界のうちには、苔の生えた錬瓦《れんが》造りがある。片隅から片隅を見渡すと、向ふの人の顔がよく分らない程に広い閲覧室がある。梯子《はしご》を掛けなければ、手の届きかねる迄高く積み重ねた書物がある。〔中略〕

第三の世界は燦《さん》として春の如く盪《うご》いてゐる。電燈がある。銀匙《スプーン》がある。歓声がある。笑語がある。泡立つ三鞭《シャンパン》の盃《さかづき》がある。さうして凡ての上の冠として美くしい女性がある。〔中略〕

三四郎は床のなかで、此《この》三の世界を並べて、互に比較して見た。次に此三の世界を掻き混ぜて、其中から一つの結果を得た。――要するに、国から母を呼び寄せて、美くしい細君を迎へて、さうして身を学問に委ねるに越した事はない。（「四の八」）

この三四郎の「結果」を批判することは容易だろう。これを書いた漱石の心事は、もう少し複雑であったにちがいない。『三四郎』に先立つこと二年、明治三十九年（一九〇六）十月二十六日付けの鈴木三重吉宛書簡の「第二信」に、漱石はこんな言葉を漏らしている。

僕は小供のうちから青年になる迄世の中は結構なものと思つてゐた。旨いものが食へると思つてゐた。綺麗な着物がきられると思つてゐた。詩的に生活が出来てうつくしい細君がもてゝうつくしい家庭が〔出〕来ると思つてゐた。

もし出来なければどうかして得たいと思つてゐた。換言すれば是等の反対を出来る丈《だけ》避け様としてゐた。然る所世の中に居るうちはどこをどう避けてもそんな所はない。世の中は自己の想像とは全く正反対の現象でうづまつてゐる。

青年漱石といい、三四郎といい、学生時代のKに死なれる以前の「先生」の心中は、これらから窺うことができるというべきだろう。そうして「先生」は、Kの自殺という衝撃を受けたのであった。自己が頼りにならないこと、人間全体の淋しさを痛切に感得したこと、それらの前で、学究生活はいかにも無力であった。

このようにして、『心』において「先生」の専門が具体的に明かされないこと、言い換えれば、明かされる必要のないことが了解されるだろう。そうして、若い「私」の専門に、「先生」が冷淡にならざるを得なかったことも。

6 「生きる」から「死ぬ」へ

先にKの自殺に至る経過をたどり、その理由について考えたが、それでは「先生」その人が自殺に至る経過は、どのようなものであったのか、なぜ「先生」は死なねばならなかったのか、を考えてみたい。

「書物のなかに心を埋《うづ》めてゐられなく」なった「先生」は、酒に溺れるようになる。しかし、妻となったお嬢さんやその母の懇望を入れてそれもやめる。何もすることがないので、「仕方がないから書物を読みます。然し読めば読んだなりで、打《う》ち遣《や》つて置きます。私は妻《さい》から何の為に勉強するのかといふ質問を度々《たびたび》受けました」（百七）というような状態であった。

やがて母が亡くなり、「先生」夫妻は二人だけの生活となる。そうして、「先生」の胸には「其時分から時々恐ろしい影が閃《ひら》め」くようになる（百八）。この得体の知れない「影」はやがて、「人間の罪」を「先生」に強く感じさせるようになる。

私は其感じのために、知らない路傍の人から鞭《むち》うたれたいと迄思つた事もあります。斯《か》うした階段を段々経過して行くうちに、人に鞭たれるよりも、自分で自分を鞭つ可《べ》きだといふ気になります。自分で自分を鞭つよりも、自分で自分を殺すべきだといふ考が起ります。私は仕方がないから、死んだ気で生きて行かうと決心しました。（同）

この「死んだ気で生きる」というのは、単に消極的な生き方ではなく、葛藤に満ちたものであることが明かされる。何かをしようと意図しても、心が何らかの強い力で押さえつけられて、先へ進めないのだという。「私は歯を食ひしばつて、何で他《ひと》の邪魔をするのかと怒鳴り付けます。不可思議な力は冷かな声で笑ひます。自分で能《よ》く知つてゐる癖にと云ひます」（百九）。かくして「先生」

は自殺を意識するようになる。しかし結局のところ妻への配慮から、決行には至らずにすんでいた。「私」は、このような時期の「先生」に出会ったのであった。

物語の構造としては、「先生」がKとともに過ごしたのとちょうど同じ年代の若い「私」に、十年ほどの年月を経て出会い、そのことによって、自らのその時代を振り返らざるを得ない立場に追い込まれるのである。急接近をはかる「私」に、はじめ「先生」はかなり警戒的である。その理由を、「先生」は次のように述べる。

「かつては其人の膝の前に跪《ひざま》づいたといふ記憶が、今度は其人《そのひと》の頭の上に足を載せさせやうとするのです。私は未来の侮辱を受けないために、今の尊敬を斥ぞけたいと思ふのです。私は今より一層淋しい未来の私を我慢する代りに、淋しい今の私を我慢したいのです。自由と独立と己れとに充ちた現代に生れた我々は、其《その》犠牲としてみんな此《この》淋しみを味はわなくてはならないでせう」（「十四」）

ここには一つの思想が語られている。そもそもなぜ「私」が「先生」に接近したかといえば、「私には学校の講義よりも先生の談話の方が有益なのであつた。教授の意見よりも先生の思想の方が有難いのであつた」（同）からである。「私」は、「先生」のこのような「談話」ないし「思想」に強く引かれたのであった。

ここで、これのほかに、「私」は「先生」からどんな「思想」を聞き出しているかをみておくことも、二人の関係を考える上で有益であろう。

・「とにかく恋は罪悪ですよ、よござんすか。さうして神聖なものですよ」（「十三」）
・「私は私自身さへ信用してゐないのです。つまり自分で自分が信用出来ないから、人も信用できないやうになつてゐるのです。自分を呪ふより外に仕方がないのです」（「十四」）
・「然し人間は健康にしろ病気にしろ、どつちにしても脆《もろ》いものですね。いつ何《ど》んな事で何んな死にやうをしないとも限らないから」（「二十四」）
・「以前はね、人の前へ出たり、人に聞かれたりして知らないと恥のやうに極《きまり》が悪かつたものだが、近頃は知らないといふ事が、それ程の恥でないやうに見え出したものだから、つい無理にも本を読んで見やうといふ元気が出なくなつたのでせう」（「二十五」）
・「田舎者は都会のものより、却〔かえ〕つて悪い位なものです。それから、君は今、君の親戚なぞの中《うち》に、是といつて、悪い人間はゐないやうだと云ひましたね。然し悪い人間といふ一種の人間が世の中にあると君は思つてゐるんですか。そんな鋳型に入れたやうな悪人は世の中にある筈がありませんよ。平生はみんな善人なんです、少なくともみんな普通の人間なんです。それが、いざといふ間際《まぎは》に、急に悪人に変るんだから恐ろしいのです。だから油断が出来ないんです」（「二十八」）

・（この「いざといふ間際」という言葉の意味について）「金さ君。金を見ると、どんな君子でもすぐ悪人になるのさ」（「二十九」）

・「私は財産の事をいふと屹度《きつと》昂奮するんです。君には何《ど》う見えるか知らないが、私は是で大変執念深い男なんだから。人から受けた屈辱や損害は、十年立つても二十年立つても忘れやしないんだから」（「三十」）

・「私の父の前には善人であつたらしい彼等は、父の死ぬや否や許しがたい不徳義漢に変つたのです。私は彼等から受けた屈辱と損害を小供の時から今日迄脊負《しよ》はされてゐる。恐らく死ぬ迄脊負はされ通しでせう。私は死ぬ迄それを忘れる事が出来ないんだから。然し私はまだ復讐をしずにゐる。考へると私は個人に対する復讐以上の事を現に遣《や》つてゐるんだ。私は彼等を憎む許《ばかり》ぢやない、彼等が代表してゐる人間といふものを、一般に憎む事を覚えたのだ。私はそれで沢山だと思ふ」（同）

このような「談話」ないし「思想」を、私自身はずっと、「先生」の「思想」とは受け取っていなかった。「私」が「教授の意見よりも先生の思想の方が有難い」というのは、もっぱら学問的な意味での思想、当時の文芸思潮でいえば、たとえば自然主義とか象徴主義とかに対する「先生」固有の意見、作品の中では語られない何か、があるようにぼんやりと感じていたのであった。しかし何度も読んでいるうちに、漱石の思想というものを考え始めたころから、実は作品のなかで語られる「先生」の思想とは、このようなものを直接指しているのではないか、と思うようになった。「私」は、このような「談話」によって、「思想上の問題に就いて、大いなる利益を先生から受けた事を自白する」（「三十一」）のだが、われわれ読者には、要領を得た思想だとはうつりにくい恨みがのこる。それはこの時点では、まだ「先生」の過去がわれわれに明かされていないせいであるのだろう。「私」にしてみれば、この『心』の書き手として、すべてを知ったうえで書いているのだから、「先生」の過去を知った結果として「大いなる利益を受けた」と総括できるとしても、小説進行上のこのときはまだ「先生」の過去を知らないわけで、次のような不満を「先生」にもつのも、もっともなことであった。

　同じ問題に就いて、利益を受けやうとしても、受けられない事が間々《まゝ》あつたと云はなければならない。先生の談話は時として不得要領に終つた。（「三十一」）

そうしてある日「私」は、「先生」が「私」に何かを隠しているから不得要領になるのではないか、と肉迫する。そのとき「先生」は次のように答える。

　「あなたは私の思想とか意見とかいふものと、私の過去とを、ごちや〳〵に考へてゐるんぢやありませんか。私は貧弱な思想家ですけれども、自分の頭で纏《まと》め上げた考を無暗《〔むやみ〕》に人に隠しやしません。隠す必要がないんだから。けれども私の過去を悉《ことごと》くあなたの前に物語らなくてはならないとなると、それは又別問題になります」(同)

「私」は引き下がろうとはしない。

「別問題とは思はれません。先生の過去が生み出した思想だから、私は重きを置くのです。二つのものを切り離したら、私には殆んど価値のないものになります。私は魂の吹き込まれてゐない人形を与へられた丈《だけ》で、満足は出来ないのです」(同)

「先生」の「過去」には、当然ながらKを自殺に追い詰めた経緯がある。その経緯、すなわち経験から学んだ「思想」がある。自らの心にしまいこみ、「死んだ気で生きる」ことをようやく覚悟した「先生」にしてみれば、その過去を青年の前に自ら暴き出せと迫られたわけで、その大胆さに呆然とせざるをえない。「私」は、自らが真面目であることを相手にわかってもらおうと必死に訴える。『心』一篇の、もっとも緊張した場面の一つである。

「先生」は、

「私は過去の因果で、人を疑りつけてゐる。だから実はあなたも疑《うたぐ》つてゐる。然し何《ど》うもあなた丈《〔だけ〕》は疑りたくない。あなたは疑るには余りに単純すぎる様だ。私は死ぬ前にたつた一人で好いから、他《ひと》を信用して死にたいと思つてゐる。あなたは其《その》たつた一人になれますか。なつて呉《く》れますか。あなたは腹の底から真面目ですか」（同）

と確認したうえで、過去を「私」に語ることを約束する。ただし、今すぐではなく、「適当の時機」が来たら、という条件をつけて。実はこのときに、「先生」は死を覚悟したにちがいない。実際、「先生」の過去は、自らの死を目前にした、遺書という形で語られることとなる。

こうして「先生」は、「死んだ気で生きる」から、いつか自らの命を絶つであろう、というように心が傾いていったのである。そしてその契機は、「私」によって与えられたのだ。つまり、「先生」は「私」に出会わなければ、自殺に至らなかったかもしれないということである。

私は〈3〉において、「先生」がKに死なれたあとで、自分もあの叔父と同じ人間だということに気づいて「急にふらふら」したときのことを、「罪の意識」を言っているのではなく、「人間全体の淋しさ」の自覚にもとづくものであろうと述べた。結婚・（妻の）母の死を経て、「影」におびえるようになり、「先生」は「人間の罪」を強く意識するようになることは先に見た。そうしていまや、「生きる」から「死ぬ」へと方向付けられたのである。

実際、「私」が大学を卒業した夏休みに故郷に帰るという、あとからみれば永遠の別れとなる「先生」宅での会食のあとで、「私」がいよいよ辞去しようとした時に、「先生」はさかんに自らの死を口にする。

・「静《しづ》、御前はおれより先へ死ぬだらうかね」(「三十四」)
・「それとも己《おれ》の方が御前より前に片付くかな」(同)
・「すると己も御前より先にあの世へ行かなくつちやならない事になるね」(同)
・「然《しか》しもしおれの方が先へ行くとするね」(同)
・「静、おれが死んだら此家《このうち》を御前に遣《や》らう」(「三十五」)

奥さんである静は、とうとう耐え切れなくなって、「おれが死んだら、おれが死んだらつて、まあ何遍仰《おつ》しやるの。後生だからもう好い加減にして、おれが死んだらは止《よ》して頂戴。縁喜でもない。あなたが死んだら、何でもあなたの思ひ通りにして上げるから、それで好いぢやありませんか」(「三十五」)と、話をそらそうとするのだった。

7 「書く」ことの意味

「先生」にとって、自ら命を絶つということと、過去を「私」に話すということが、セットになったのはどうしてだろう。

先に引いたように「先生」は、「私は死ぬ前にたつた一人で好いから、他《ひと》を信用して死にたいと思つてゐる」と述べていた。たしかに「先生」が過去を語るのは、「私」を信用したからである。しかし、信用したから話す、話すことによって信用が実体化した、ゆえに自分は信用すべき人を得たことになる、よって死を択ぶ、という論理には、首肯しがたいものが残らないだろうか。ここでは語るとか、表現するとかいうことについての、何らかの意味づけが必要であるように思われる。

漱石は、自分では講演が苦手であるかのように言っているが、なかなかの名手であったことは、当時の聴衆の多くが認めていたところである。実際、活字として残されたものを読めば、現代のわれわれにも、それが明快かつ巧妙であったであろうことが、充分に想像できる。『漱石全集』では、講演の多くを「評論」というジャンルに入れている。これは、漱石が講演で話したことを自ら全面的に書き改めて新聞や雑誌に発表したものであり、聴取者による講演筆記とは別物であるという認識にもとづいている。しかし講演の中には、漱石が書き改めることなく、筆記のまま放置されてきたものもある。筆記さえ残っていないもの、講演をしたという記録だけ残っているものもあるが、これらの内容については知りようがない。漱石の手が入らない筆記の状態のままのものを、全集では「講演」として掲載している。

『心』を発表する四カ月ほど前の、大正二年（一九一三）十二月十二日に、漱石は「演題未定」のまま、第一高等学校の弁論部主催の講演会で、講演を行なっている。その筆記は、翌大正三年一月発行の『校友会雑誌』に掲載された。筆記は漱石にも送られたらしいが、漱石がそれを書き直して発表することはなかった。学生の筆記そのままであるから、文意の通りにくいところや、表現の不適切なところなどいろいろ問題はあるが、内容は貴重なものである。その一節に、次のようなくだりがある。

元来私はかう思ふ、法律上罪になることであつても、罪を犯した人間が、ありの儘《まま》にその経路を現はし得たなら、ありの儘にイムプレスし得たなら罪悪は最早《もはや》ないのであると、それを然《し》か思はせる一番いゝのは、ありの儘をありのまゝに書き得た小説である、そのものを書き得る人は、如何なる悪事を行ふたにせよ、秘《かく》しもせずに、洩らしも抜かしもせずに書いたなら、その功徳によつて彼は成仏することが出来ると思ふがどうだらう、それぢや法律はいらぬかと云ふと、そう云ふ意味ではない、如何に不道徳なことでも、その経過をすつかり書き得たなら、その罪は充分に消える丈《だけ》の証明をなし得たのである、

ここでいわれる、消えるとされる「罪」は、法律上の罪ではない。先に「先生」が、「人間の罪」を意識したという、そのようないわば倫理的な罪を言っているのであろう。漱石のそのような思想に導かれて、「先生」は遺書を認《したた》めたのではないだろうか。逆に、漱石はそのような思想の実践として、「先生」の遺書を執筆したといってもよいだろう。

この講演は、漱石没後一年にあたる大正六年（一九一七）十二月に刊行が開始された最初の漱石

全集に収められた時に、「模倣と独立」という表題が与えられた。その文末には、「速記による」との注記がある。その注記は、全集が版を重ねるうちに、本文そのものは変らないまま、「筆記による」から「第一高等学校校友会雑誌所載の筆記による」へと変化している。

一九九三年から刊行された新しい『漱石全集』の編集に際して、私は『校友会雑誌』の本文と、今までの全集の本文を比較してみた。すると二つの本文が、かなり異なっていることがわかった。それまでの全集が、『校友会雑誌』に依拠していることを認めているにもかかわらず、本文は別物であったのである。全集の本文は、雑誌掲載の本文に比べて、ずっと読みやすくなっている。しかしその出自は全く不明であった。私は、講演を聞いていた漱石全集の関係者が、筆記をもとに、よりわかりやすく書き改めたのではないかと推測した。

いずれにしても出自のはっきりしないものを、全集の本文として採用することはできないので、本文としては、文章のつたない『校友会雑誌』所載のものに差し替えざるを得なかった。しかしそれではあまりに読みづらく、かつ今までの全集の読者に親しまれてきた本文を、まったく無視してしまうのも問題がありそうだったので、従来の全集の本文は、「全集版本文」として、別に掲載することにした（このような私（たち）の取り扱いに対して、ある研究者は、テキストに対する「テロリズム」であるとの批判を公表したが、私は今でもまちがっていなかったと思っている）。

なぜこのようなことをわざわざ述べたのかといえば、先の引用文の意味を、もう少し丁寧にたどりたいからである。すなわち、従来の全集では、この部分は次のようになっている。

元来私はかう云ふ考へを有《も》つて居ます。泥棒をして懲役にされた者、人殺をして絞首台に臨んだもの、――法律上罪になると云ふのは徳義上の罪であるから公に所刑せらるゝのであるけれども、其罪を犯した人間が、自分の心の径路を有りの儘に現はすことが出来たならば、さうして其儘《そのまま》を人にインプレッスする事が出来たならば、総ての罪悪と云ふものはないと思ふ。総て成立しないと思ふ。夫《それ》をしか思はせるに一番宜いものは、有りの儘を有りの儘に書いた小説、良く出来た小説です。有りの儘を有りの儘に書き得る人があれば、其人は如何なる意味から見ても悪いと云ふことを行つたにせよ、有りの儘を有りの儘に隠しもせず漏らしもせず描き得たならば、其人は描いた功徳に依つて正に成仏することが出来る。法律には触れます懲役にはなります。けれども其人の罪は、其人の描いた物で十分に清められるものだと思ふ。私は確かにさう信じて居る。けれども是は、世の中に法律とか何とか云ふものは要らない、懲役にすることも要らない、さう云ふ意味ではありませんよ。それは能《よ》く申しますると、如何に傍から見て気狂じみた不道徳な事を書いても、不道徳な風儀を犯しても、其経過を何にも隠さずに衒《てら》はずに腹の中をすつかり其儘に描き得たならば、其人は其人の罪が十分に消える丈《だけ》の立派な証明を書き得たものだと思つて居る……

先の筆記から見ると、ずいぶんわかりやすくなっていることがわかる。しかも二つの間に齟齬は認められないから、おそらく漱石はこのようなことをいいたかったのだと考えてよいだろう。それにしてもこの時期の漱石は、「書く」ということをこれほどまでに信じていたのかと、あらためて驚かされる。

「先生」は自らの「罪」を浄化するために、ここで漱石が述べているような条件を満たすかたちで、また満たす精神で、「遺書」を認《したた》めたのである。その遺書を書き起こすに至る経緯について、「先生」は遺書そのものの中で、次のように述べている。

　私が死なうと決心してから、もう十日以上になりますが、その大部分は貴方に此長い自叙伝の一節を書き残すために使用されたものと思つて下さい。始めは貴方に会つて話をする気でゐたのですが、書いて見ると、却〔かえ〕つて其方《そのはう》が自分を判然《はつきり》描き出す事が出来たやうな心持がして嬉しいのです。私は酔興に書くのではありません。私を生んだ私の過去は、人間の経験の一部分として、私より外に誰も語り得るものはないのですから、それを偽りなく書き残して置く私の努力は、人間を知る上に於て、貴方にとつても、外の人にとつても、徒労ではなからうと思ひます。（「百十」）

ここにおける「偽りなく書き残」すというのは、先の講演で「如何なる悪事を行ふたにせよ、秘しもせずに、洩らしも抜かしもせずに書」くといったり、「其経過を何にも隠さずに衒はずに腹の中をすつかり其儘に描」くといったことに、対応しているにちがいない。ここには「罪」とか、それが「消える」といった表現こそ見られないが、作者である漱石が、講演における意図を十分に意識しつつ、原稿用紙に向かっていたのはたしかだろう。

8　両棲動物

「先生」が遺書を認《したた》める前には、いよいよ現実に死を覚悟するという瞬間がなくてはならない。覚悟に至る直接のきっかけは、乃木将軍の明治天皇に対する殉死であった。乃木は、明治天皇が亡くなって一月半の後に行なわれた御大葬の夜に、自ら命を絶ったのだった。「先生」はそのことを新聞の号外で知る。

　私は号外を手にして、思はず妻《さい》に殉死だ〳〵と云ひました。（「百十」）

これには伏線がある。それは明治天皇が亡くなったときに「先生」が抱いた感慨に発している。

　すると夏の暑い盛りに明治天皇が崩御になりました。其時《〔そのとき〕》私は明治の精神が天皇に始まつて天皇に終つたやうな気がしました。最も強く明治の影響を受けた私どもが、其後《そのあと》に生き残つてゐるのは必竟《ひつきよう》時勢遅れだといふ感じが烈《はげ》しく私の胸を打ちました。私は明白《あから》さまに妻《さい》にさう云ひました。妻は笑つて取り合ひませんでしたが、何を思つたものか、突然私に、では殉死でもしたら可《よ》からうと調戯《からか》ひました。（「百九」）

この「殉死」という言葉が「先生」をとらえ、「もし自分が殉死するならば、明治の精神に殉死する積《つもり》だ」（「百十」）と妻に答えるのである。言葉というのは、普通は実態が先にあって、それについてゆくものだろうが、世の中には言葉が先行して、実態が言葉を追うということがときどきおこる。そもそも天皇の死は、なぜ明治の終焉ではなく、「明治の精神」の終わりと、「先生」に映ったのだろうか。

元来、「先生」の思想と漱石の思想を、一緒のものとして考えることはできない。前にも見たように「先生」は、漱石よりも十年ほど若い。漱石は確かに明治改元の前年、すなわち慶応三年（一八六七）の生まれだから、漱石が自らの生を、明治という時代とともに始まったという感覚をもつのは自然である。しかし十年若い「先生」が、自らを「最も強く明治の影響を受けた」者であるとしたうえで、「明治の精神が天皇に始まつて天皇に終つたやうな気」がしたというのは、どういうことだろうか。

「明治」と名づけられた時代は、元号という桎梏《しっこく》に捉えられているがゆえに、天皇と結びつきやすい。しかし「先生」にとって、もちろん作者漱石にとっても、それは「現代」であった。その「現代」を、「先生」はどう捉えていたのかといえば、〈6〉において、われわれは「自由と独立と己れとに充ちた現代に生れた我々は、其犠牲としてみんな此淋しみを味はわなくてはならないでせう」という「先生」の言葉に出会っていた。もし「先生」が、現代としての明治という時代の精神をこのように理解していたとすれば、それが「天皇」とともに始まり、かつ終わるのかどうかは別として、漱石の思想とも接点が見つかるように思われる。

この「自由と独立と己れとに充ちた現代」の「自由」について、漱石はさまざまな言説を残しているが、時代精神としてのそれについては、『文芸と道徳』という評論（明治四十四年八月、大阪で行なった講演を漱石自身が書き改めたもの）で次のように述べている。

昔はお辞儀の仕方が気に入らぬと云つて刀の束《つか》へ手を懸けた事もありましたらうが、今ではたとひ親密な間柄でも手数のかゝるやうな挨拶は遣《や》らないやうであります、夫《それ》で自他共に不愉快を感ぜずに済む所が私の所謂《いわゆる》評価率の変化といふ意味になります、御辞儀抔《など》はほんの一例ですが、凡て倫理的意義を含む個人の行為が幾分か従前よりは自由になつたため、窮屈の度が取れたため、即ち昔のやうに強ひて行ひ、無理にも為すといふ瘠我慢《やせがまん》も圧迫も微弱になつたため、一言にして云へば徳義上の評価が何時となく推移したため、自分の弱点と認めるやうなことを恐れもなく人に話すのみか其弱点を行為の上に露出して我も怪しまず、人も咎めぬと云ふ世の中になつたのであります、私は明治維新の丁度前の年に生れた人間でありますから、今日此聴衆諸君の中に御見えになる若い方とは違つて、どつちかといふと中途半端の教育を受けた海陸両棲動物のやうな怪しげなものでありますが、私等のやうな年輩の過去に比べると、今の若い人は余程自由が利いて居るやうに見えます、又社会が夫丈《それだけ》の自由を許して居るやうに見えます、

世の中は、明治維新という大変革を経て変わったのだが、その変化は漱石の世代ではまだ折衷的であり、より若い世代において定着しようとしている、という認識が表明されている。この講演が明治の終わるちょうど一年前に行なわれたというのも、どことなく因縁めくけれども、明治という時代が「自由」という概念においてくくられているのが、ここによくみてとれるだろう。

つぎの「独立」については、〈7〉でもふれた第一高等学校での講演でくわしく述べられている。最初の漱石全集（大正六年版）で、この講演に「模倣と独立」という表題が与えられたと述べたように、それはまさに「独立」を中心にすえた講演であったのである。おそらく一高生を聴衆として意識したせいであろう、講演の筆記によれば「独立」とはいわずに、「インデペンデント」という外来の言葉によって語られている。

この講演では、人間の活動のパターンとして、「模倣」すなわち「イミテーション」と、「インデペンデント」があるという。たとえば何かを身につけるというときに、必ずや模倣は必要だろう。しかし模倣だけでは不充分で、どうしても「インデペンデント」が必要だという。その例として親鸞があげられる。「例へば古い例であるが、僧侶は肉食妻帯をせぬものである、然るに真宗では肉

を食ひ女房を持つ、これは思想上の大改革であつて親鸞上人が始めたのであるが、非常に強い根底がなければ出来ない、換言すれば彼はインデペンデントである、彼の行為にはチヤンとした根底がある、自分の通るべき道はかくあらねばならぬと云ふ処がある」。「インデペンデント」が、わがままや勝手放題と区別され、本当の力となるには、この「根底」というものが必要になる。根底があれば、歴史の先取りが可能になる。「十年後になされる事を、インデペンデントの人は今やつてしまう」のである。

独立ないしインデペンデントという言葉をこのように把握したときに、明治維新、日露戦争、乃木将軍の殉死という明治の始まりと中興と終焉が、この講演のなかでどのように解釈されているのかをみてみよう。明治維新については、

御維新の当時のことを考へて見ると、将軍に政権あり上に天子があることが法則となつた、これを転覆しやうとしたアテムプトには当時の人に尤《もっとも》だと云ふ響を伝へなければ駄目である、

前にも言ったような事情がこの筆記にはあるので、ちょっと意味が取りにくいが、逆に言えば、維新の志士たちの思想なり行ないが、当時の人にもっともだと響いたから維新が成功した、つまり維新はインデペンデントの例となりうる、といっているのだろう。

日露戦争については、「日露戦争はオリヂナルである、軍人はあれでインデペンデントなること

を証拠だてた」とあり、インデペンデントの好個の事例ということになろう。乃木将軍の殉死については、「乃木サンが死んだ、死ぬ行為について感銘を受ければ、死んだ結果が悪いとしても、不成功に終つたとしても、行為自身に感動すれば成功だと云ふ意味である」とある。これもちょっとわかりづらい。旧全集版の本文は次のように改められている。

乃木さんが死にましたらう。あの乃木さんの死と云ふものは至誠より出でたものである。けれども一部には悪い結果が出た。夫《それ》を真似して死ぬ奴が大変出た。乃木さんの死んだ精神などは分らんで、唯《ただ》形式の死だけを真似する人が多いと思ふ。さう云ふ奴が出たのは仮に悪いとしても、乃木さんは決して不成功ではない。結果には多少悪いところがあつても、乃木さんの行為の至誠であると云ふことはあなた方を感動せしめる。夫が私には成功だと認められる。さう云ふ意味の成功である。だからインデペンデントになるのは宜いけれども、夫には深い背景を持つたインデペンデントとならなければ成功は出来ない。成功と云ふ意味はさう言ふ意味で云つて居る。

かくして明治維新も、日露戦争も、乃木将軍の殉死もインデペンデントの例として、その要件を満たしているという見解が示された。このようにして、明治は「独立」に充ちた「現代」として漱石に、また「先生」に認識されたのである。

それでは「己れ」はどうだろうか。『心』の単行本が上梓されて二カ月あまり経った大正三年（一九一四）十一月二十五日に学習院で行なった、『私の個人主義』として知られる講演をみるのがよいだろう。これも実際に講演したときは表題がなかったのが、自ら書き改め発表する段になって、タイトルが与えられたものである。漱石自らが標榜する個人主義を、「決して俗人の考へてゐるやうに国家に危険を及ぼすものでも何でもないので、他の存在を尊敬すると同時に自分の存在を尊敬するといふのが私の解釈なのですから、立派な主義だらうと私は考へてゐるのです」と断ったうえで、

もつと解り易く云へば、党派心がなくつて理非がある主義なのです。朋党を結び団隊を作つて、権力や金力のために盲動しないといふ事なのです。夫《それ》だから其《その》裏面には人に知られない淋しさも潜んでゐるのです。既に党派でない以上、我は我の行くべき道を勝手に行く丈《だけ》で、さうして是と同時に、他人の行くべき道を妨げないのだから、ある時ある場合には人間がばら〳〵にならなければなりません。其所《そこ》が淋しいのです。

と説明し、そのあとで具体例を開陳している。

それは漱石がまだ朝日新聞の文芸欄を主宰していたころであるが、文芸欄に携わっていた漱石の門下生（講演では名は明かされていないが森田草平）が、三宅雪嶺をちょっと批判したところ、その

「子分」が記事の取り消しを要求してきた。文芸欄では、漱石の作品を悪く評したものも掲載しているのに、どうしたことかといぶかしく思う。しかも雪嶺が主宰する雑誌『日本及日本人』では、毎号のように漱石批判が展開されている。漱石はそこで、「私の方は個人主義で遣《や》つてゐるのに反して、向ふは党派主義で活動してゐるらしく」思い、「失礼ながら時代後れだとも思ひました。封建時代の人間の団隊のやうにも考へ」たのであった。ここにおいて、封建時代は「団隊」で行動し理非にかかわらないのにたいして、封建時代以後の、つまり明治の時代においては、個人が各々の理非にもとづいて行動するという対比がみえてくる。

このように漱石の「自由」「独立」「己れ」にたいする考え方を見てくると、それらが、少なくとも漱石にとっては、明治という「現代」を特徴づけるキーワードであったことが、了解されるだろう。今日の目で「明治の精神」という言葉を見ると、とくにそれが明治天皇や乃木将軍とのかかわりで出ている場合は、どうしても富国強兵とか、天皇主権の帝国憲法、教育勅語、軍人勅諭などと結びつけて考えがちであるけれども、漱石の、そして「先生」の思想は、もう少し精神の内面を見つめていたのである。

一方、このような精神に彩られた時代に生きる漱石その人は、自分は「海陸両棲動物」のようなものであるとの認識を漏らしていた。だとすれば「明治の精神」に殉死するという当人である「先生」は、漱石より十年後の人間でなければならなかったのであろう。

9　言葉をめぐる二つの態度

「記憶して下さい。私は斯《こ》んな風にして生きて来たのです」（「百九」）。これは遺書の中で、「先生」が、学生時代のことから「私」に出会うころまでの精神生活について書き続けてきて、いよいよ死を覚悟するきっかけについて語ろうとする、区切りのところにおかれた言葉である。

先に、「先生」が遺書を書くのは、自らの生きてきた道を「偽りなく」書くことによって、罪というものを無化したいという意識が働いていたのではないか、ということをみてきた。偽りなく書く、講演における言葉を借りれば、「如何なる悪事を行ふたにせよ、秘しもせずに、洩らしも抜かしもせずに書」くと、なぜ罪は消えるのだろうか。その答えはなかなかみつからないが、この言葉にその答えのヒントがあるかもしれない。

それはおそらく、書くということが他者へのメッセージになっている、ということに関係しているのだと思う。一人で書いて自らを凝視するだけではなく、それが他者に伝えられるというところに、「書く」ことの意味が与えられているのではないか。そのことは、〈7〉の終わりのところで引いた、「私を生んだ私の過去は、人間の経験の一部分として、私より外に誰も語り得るものはないのですから、それを偽りなく書き残して置く私の努力は、人間を知る上に於て、貴方にとつても、外の人にとつても、徒労ではなからうと思ひます」と、まさによく響きあっているといえるだろう。

しかし、もう少し別の面から考えることも必要であるようにも思われる。はなはだ唐突のようであるが、ここで『坊っちゃん』における言説をみてみようと思う。その主人公である「坊っちゃん」は、東京生まれの江戸っ子である。両親に死なれて兄とも別れ、物理学校を出て、経済的な自立を求めて「四国辺のある中学校」に数学の教師として赴任する。初めて学校に顔を出したときに、「狸」とあだ名される校長から、教育の精神について長い「御談義」を聞かされる。「生徒の模範になれの、一校の師表と仰がれなくては行かんの、学問以外に個人の徳化を及ぼさなくては教育者になれないの」（二）といったたぐいである。これを聞いた正直な「坊っちゃん」はすっかり驚いて、自分には教師は勤まらないと諦めて、もらったばかりの辞令を返そうとする。――余談ではあるが、これは漱石自身が大学院時代に、高等師範学校の講師になるときにあったという、校長の嘉納治五郎との実際のやりとりが下敷きになっているらしい。

そのときの「坊っちゃん」の最初の感想は、「そんな六《む》づかしい役なら雇ふ前からこれ〳〵だと話すがいゝ」である。そうして校長が、今のはただ希望を述べただけだ、希望通りできないことはわかっているから心配いらないと慰留されると、「その位よく知つてるなら、始めから威嚇《おどか》さなければいゝのに」と思う。

校長の「御談義」が嘘であるかどうかは、ここでは直接問題にされていない。そうではなくて、校長が希望通りできないことがわかっていながら、それを隠して「御談義」をしたことへの違和が表明されているのではないか。これは、「偽りなく」すっかり述べられていないことへの抗議ではないだろうか。「坊っちゃん」ならぬ、実際の漱石の場合は、嘉納校長は「否さう正直に断わられると、私は益《ますます》貴方に来て頂きたくなつた」といって、漱石を離そうとしなかったという（『私の個人主義』）。

また『坊っちゃん』にはこんな場面もある。後でも触れるが、「坊っちゃん」が学校の宿直をしたときに、生徒からバッタを蒲団《ふとん》に投げ入れられたり、足で廊下を踏み鳴らし、眠らせまいと騒ぐなどのいたずらをされる。その懲罰を検討する職員会議で、その本題とは別に、「坊っちゃん」が温泉街に出て団子《だんご》を食べたり、蕎麦屋に入ったりすることが、教師としてふさわしくないとの批判を校長から受ける。そのときの「坊っちゃん」の胸中は次のようであった。

おれは脳がわるいから、狸《たぬき》の云ふことなんか、よく分らないが、蕎麦屋や団子屋へ行つて、中学の教師が勤まらなくつちや、おれ見た様な食ひ心棒にや到底出来つ子ないと思つた。それなら夫でいゝから、初手から蕎麦と団子の嫌《きらい》なものと注文して雇ふがいゝ。だんまりで辞令を下げて置いて、蕎麦を食ふな、団子を食ふなと罪な御布令《おふれ》を出すのは、おれの様な外に道楽のないものに取つては大変な打撃だ。（「六」）

このような感覚は、漱石の一つの癖であったように、私には思われる。第五高等学校教授として、熊本で英語を教えていた漱石は、文部省の第一回の国費留学生の選に当たって、明治三十三年（一九〇〇）イギリスに留学する。乏しい留学費で切り詰めた孤独なロンドンの下宿生活で、一つの慰めは、日本に残してきた妻鏡子との文通であった。しかし鏡子は筆不精というか、ずぼらといおうか、あまり手紙を書かない。漱石は渇望さえするのだが、その渇きはなかなか癒されない。そんな思いが吐露された、明治三十五年二月二日付けの鏡子宛書簡には、次のような一節がある。漱石が前便で手紙の来ないことに苦情を述べたところ、鏡子から、留守宅も「それやこれや」で忙しいから、なかなか手紙を書くことができない、という返事が届いたことへの応答である。

去年つかはし候二週間に一返位端書《はがき》にて安否を通信せよと申つかはしたる書状（端書）を読みたるにや読まぬにや此方より右の端書を出したるは去年九月二十二日なれば十月末にはつきし筈なり而《そ》して其許《そこもと》の最近の手紙は十二月十三日日附なれば此方の手紙到着の日より凡そ一月半ばかり捨置たるなり又其《またその》以前とても二月許り音信なければつまり前後を通じて四月許《ばかり》此方へ一片の音信もせざるなりそれで「それやこれや」位な言訳でよしと思ふや又多忙其他にて音信を繁くする事出来ずば何故始めより断はり置かざるや左《さ》すれば此方にても心配なく一年でも二年でも安心して過すべきに、去りとては余り愚かなる事なりよく考へよく思ふて口をきくべし又事をなすべし以来ちと気をつけるがよろしい

ここの「何故始めより断はり置かざるや」に、その「癖」が読み取れるだろう。

この手紙に対して鏡子夫人から、そういう「あなた」だってなかなか手紙を下さらない、というような反論が届いたらしい。それに対して同年の三月十八日付けで、次のように認《したた》める。

此方よりも書面を出さないと云ふ苦状だが己は今迄返事を出さなかつた事はない又急がしいから度々はかけぬと先〔まず〕最初から断つてある断つて無沙汰をするのと無断で無沙汰をするのとは大変違ふ

この「断つて無沙汰をするのと無断で無沙汰をするのとは大変違ふ」にこそ、漱石の考えが凝縮している。

無沙汰というのは、もちろん罪というほどのものではない。だから「大変違ふ」というあいまいな、弱い言葉で表明されている。これを、神経質だとか、度量が狭いとか、形式的だとかいうことはたやすいが、漱石の中では、大きな問題であったに違いない。それは何かといえば、人と人がたがいに生きてゆくには了解が必要で、それは言説によって保証される、という考えである。

校長の「御談義」も罪というには当たらないだろう。罪ではないからこそ、「坊っちゃん」は校長と了解に達し、辞令は懐にとどまったのである。しかし『坊っちゃん』には、罪にかかわる場面も用意されている。先にもちょっと触れたバッタ事件のときに、「坊っちゃん」は生徒を捕まえて詰問する。しかし生徒たちは、バッタが勝手に蒲団に入ったので、自分たちはしていないとしらを切る。「坊っちゃん」は次のように述懐する。

けちな奴等だ、自分で自分のした事が云へない位なら、てんで仕ないがいゝ。証拠さへ挙がらなければ、しらを切る積《つも》りで図太く構へて居やがる。おれだつて中学に居た時分は少しはいたづらもしたもんだ。然しだれがしたと聞かれた時に、尻込みをする様な卑怯な事は只の一度もなかつた。仕たものは仕たので、仕ないものは仕ないに極《きま》つてる。おれなんぞは、いくら、いたづらをしたつて潔白なものだ。嘘を吐《つ》いて罰を逃げる位なら、始めからいたづらなんかやるもんか。いたづらと罰はつきもんだ。罰があるからいたづらも心持ちよく出来る。（「四」）

「坊っちゃん」は説諭して生徒を解放するのだが、ほどなく次の足踏み事件が起る。その足踏みを耳にして、「坊っちゃん」は驚いて飛び起きる。

飛び起きる途端にはゝあさつきの意趣返しに生徒があばれるのだなと気がついた。手前のわるい事は悪るかつたと言つて仕舞はないうちは罪は消えないもんだ。わるい事は、手前達に覚があるだらう。本来なら寐てから後悔してあしたの朝でもあやまりに来るのが本筋だ。（同）

『心』と『坊っちゃん』は、いろいろな意味においてずいぶんと離れている。しかしこの「手前のわるい事は悪るかつたと言つて仕舞はないうちは罪は消えないもんだ」という一句によって、はるかにつながっているといえないだろうか。「先生」の遺書は、この言葉の延長線上にあるような気がするのは、私の勝手な思い込みだろうか。

ここにおいて、本節の冒頭で唐突に『坊っちゃん』に話が移った結末がついたようであるが、「罪が消える」ということの本当の意味が、十分に明らかになったわけではない。この問題は引き続くとして、もう少し『坊っちゃん』の展開をみておくことにしよう。

「坊っちゃん」がはじめて中学に到着したときは、もう放課後で、学校には誰もいなかった。宿直も用足しに外出していると小使にいわれる。これが伏線となって、「坊っちゃん」が宿直当番になったときに、無聊《ぶりよう》にかまけて、日課になっていた住田の温泉行きを実行する。その帰り道で校長や、数学の主任教師、つまり「坊っちゃん」の上司である山嵐に出会って、そのことが露見するが、問題には発展しない。ところが先の、バッタならびに足踏み事件の懲罰を検討する職員会議において、山嵐から、宿直の温泉行きは失態であるとの指弾を受けてしまう。

おれは何の気もなく、前の宿直が出あるいた事を知つて、そんな習慣だと思つて、つい温泉迄行つて仕舞つたんだが、成程〔なるほど〕さう云はれて見ると、これはおれが悪るかつた。攻撃されても仕方がない。そこでおれは又起〔た〕つて「私は正に宿直中に温泉へ行きました。是は全くわるい。あやまります」と云つて着席したら、一同が又笑ひ出した。おれが何か云ひさへすれば笑ふ。つ

まらん奴等だ。貴様等に是程自分のわるい事を公けにわるかつたと断言出来るか、出来ないから笑ふんだらう。〔「六」〕

こうして「坊っちゃん」は、さきの少年時代の自らのいたずらへの回顧とともに、言葉によって罪を消そうとする実践的人間として、造形されていることがわかる。

ところが、「坊っちゃん」は、相手が謝っても、それをなかなか許そうとはしない。宿直のときにいたずらをした生徒たちは、校長の裁定の結果、「一週間の禁足になつた上に、おれの前へ出て謝罪をした」〔「六」〕。これは形のうえでは、「坊っちゃん」が宿直の日に温泉に行ったのを謝ったのと同じことであろう。罰として謝らせられたのと、自ら告白したという違いはあるかもしれないが、罰を受け入れれば、そして真率に謝ればよさそうであるように思われる。しかし、「坊っちゃん」は次のように観察し考察する。

おれは宿直事件で生徒を謝罪さして、まあ是ならよからうと思つて居た。所が実際は大違ひである。〔中略〕生徒があやまつたのは心から後悔してあやまつたのではない。只校長から、命令されて、形式的に頭を下げたのである。〔中略〕よく考へて見ると世の中はみんな此生徒の様なものから成立して居るかも知れない。人があやまつたり詫びたりするのを、真面目に受けて勘弁するのは正直過ぎる馬鹿と云ふんだらう。あやまるのも仮りにあやまるので、勘弁するのも仮りに勘弁するのだと思つてれば差し支《つかえ》ない。もし本当にあやまらせる気なら、本当に後悔する迄叩きつけなくてはいけない。(「十」)

ここにおいて、言葉というものは、にわかに信じてはいけないものなのだ、という認識が姿をあらわしてくる。

しかし、これはこのときに始まったことではない。先の職員会議では、校長の狸が、宿直事件について「自分の寡徳の致す所」であるといって教師に謝罪する。それを聞いた「坊っちゃん」は、「成程校長だの狸だのと云ふものは、えらい事を云ふもんだと感心した。かう校長が何もかも責任を受けて、自分の咎《とが》だとか、不徳だとか云ふ位なら、生徒を処分するのは、やめにして、自分から先へ免職になつたら、よさゝうなもんだ」(「六」)と思う。

次に教頭の赤シャツが、表面を見ると生徒が悪いようだが、責任はかえって学校にあるかもしれない、「少年血気のものであるから活気があふれて、善悪の考はなく、半ば無意識にこんな悪戯をやる事」がないとはいえない、と生徒を弁護すれば、「成程狸が狸なら、赤シヤツも赤シヤツだ。生徒があばれるのは、生徒がわるいんぢやない、教師が悪るいんだと公言して居る」、「半ば無意識に床の中へバツタを入れられて堪るもんか」と怒りたくなる。さらに「野だ」とあだ名される、赤シャツの腰巾着《こしぎんちゃく》である美術教師が、狸と赤シャツへの賛成意見を開陳すると、「野だの云ふ事は言語はあるが意味がない」と一刀両断する。

狸や赤シャツの言語は、彼らの謀略によって日向の延岡への転勤を余儀なくされる「うらなり」の、送別会における送別の辞でも同じことであり、「こんな嘘をついて送別会を開いて、それでちっとも恥かしいとも思つて居ない」（一九）と断罪される。

こうしてみると、狸の「御談義」や蕎麦屋・団子屋問題のときの「坊っちゃん」の、始めに断るかどうかのこだわりは、このような狸たちの言語への異議申し立てであり、防御策であったのではないかと思われてくる。書くことによって自分の経験を他者と共有すること、言葉によって他者と了解に達すること、これらのことが、「罪が消える」ということに関係するらしいことをみてきたが、そのもとになる言葉というものは、実は怪しげなものであることが、みえてきたのである。

このようにして作品『坊っちゃん』は、言葉を信じ内実化しようとする「坊っちゃん」と、空疎化に明け暮れる狸・赤シャツとの対立の物語とみることができるように思われる。そうしてその結末は、言葉によらない、卵の投げつけと鉄拳制裁によって、「もし本当にあやまらせる気なら、本当に後悔する迄叩きつけなくてはいけない」の実践となるのであった。制裁を受けた赤シャツと「野だ」が、本当に後悔することはないということは、読者には自明に映るのだけれども。

ただここで忘れてはならないのが、清《きよ》の存在である。彼女は一人、言葉の圏外に暮らしている。「坊っちゃん」の短い手紙の返事に、清は下書きに四日、清書に二日かけて、全部ひらがなで句読もない長い手紙を認《したた》める。それに応えるべく「おれは墨を磨つて、筆をしめして、巻紙を睨めて、――巻紙を睨めて、筆をしめして、墨を磨つて――同じ所作を同じ様に何返も繰り返したあと、おれには、とても手紙はかけるものではないと、諦らめて硯《〔すずり〕》の蓋をして仕舞つた」（「十」）、のである。
そして「坊っちゃん」はつぎのように考える。

　おれは筆と巻紙を抛り出して、ごろりと転がつて肱枕をして庭の方を眺めて見たが、矢っ張り清の事が気にかゝる。其時おれはかう思つた。かうして遠くへ来て迄、清の身の上を案じてゐてやりさへすれば、おれの真心《まこと》は清に通じるに違ない。通じさへすれば手紙なんぞやる必要はない。（同）

作品のうえでは、このような存在を用意することは、言葉に関する対立を扱ううえで不可欠であったのであろう。しかし今は、言葉に精一杯の信頼を置いた「先生」の遺書に立ち返らなければならない。

10　「ゼネラル」と「スペシアル」

「先生」は、遺書の初めの部分、まだ自らの過去を語りだす前に次のように書いている。

　其上《〔そのうえ〕》私は書きたいのです。義務は別として私の過去を書きたいのです。私の過去は私丈《〔だけ〕》の経験だから、私丈の所有と云つても差支ないでせう。それを人に与へないで死ぬのは、惜いとも云はれるでせう。私にも多少そんな心持があります。たゞし受け入れる事の出来ない人に与へる位なら、私はむしろ私の経験を私の生命《いのち》と共に葬つた方が好いと思ひます。実際こゝに貴方といふ一人の男が存在してゐないならば、私の過去はついに私の過去で、間接にも他人の知識にはならないで済んだでせう。私は何千万とゐる日本人のうちで、たゞ貴方丈に、私の過去を物語りたいのです。あなたは真面目だから。あなたは真面目に人生そのものから生きた教訓を得たいと云つたから。(「五十六」)

しかし、自らの過去を語り終えようとするときの気持ちは、少し変化している。〈7〉の終わりで引用したところには、「私を生んだ私の過去は、人間の経験の一部分として、私より外に誰も語り得るものはないのですから、それを偽りなく書き残して置く私の努力は、人間を知る上に於て、貴方にとつても、外の人にとつても、徒労ではなからうと思ひます」(「百十」)とあった。この「外の人にとつても」は、遺書を書き始めるときにはなかった気持ちである。「たゞ貴方丈に」語りたいといっていた気持ちが、どうして変化したのか。

これは、作品の内部だけではうまく説明できない。『心』という作品として、「先生」の遺書がこうして公開されたのは、「私」の意図ではあるけれど、それが「先生」の意志に反した行為であったとすると、「私」は「先生」の信頼に背いたことになってしまう。そうなっては、この物語はまったく価値を持たなくなるだろう。したがって、「先生」がどこかで、公開を容認する言説をはいておいてくれる必要があった。「先生」が「私」を信頼して過去を語ったように、「私」が読者を信頼して公開することを、「先生」は許容したのである。

漱石は、『心』を単行本として刊行するときに、その広告文を自ら次のように認《したた》めた。

　自己の心を捕へんと欲する人々に、人間の心を捕へ得たる此作物を奨む。

『心』という作品が、「人間の心を捕へ得た」とは、どういう意味だろうか。この「人間」というのは「人間というもの」という茫漠としたものを意味しているのではあるまい。人間の代表としての「先生」を指しているにちがいない。

『心』を新聞に連載し始める数カ月前に一高で行ない、後に『模倣と独立』と題されるようになった講演については、これまでに何度か触れた。その講演の本題に入るところは、次のように始まっている。

　貴君方は人間と云ふ者を、私なら私一人が立つた時にどう思ふか、偉いと思ふ、そんな意味ではない、私は往来を歩いて一人の人を捕へて、この人は人間の代表者であると思ふ、まさか獣《〔けだ》物《もの〕》の代表者ではない、私がヒューマン、レースを代表して立つた時、貴方がたは、君は猫だといふかも知れぬが、私はヒユーマン、レースの代表者だと断定する、異存はありませんか、同時に何を代表するか、ある人は一人で人間全体を代表すると同時に彼一人を代表して居る、貴方がたでも彼方がたでもない夏目自身を代表して居る、前者はゼネラルで、後者はスペシアルのものである、親も子も代表しない夫子《ふうし》自身を代表する、否夫子自身である。

講演自体はこの「ゼネラル」なところが模倣に、「スペシアル」なところが独立につながってゆくのだが、「先生」はこの二重の意味で、「人間」を代表していることになるだろう。自分に固有な経験というものを拠りどころに、「私」に過去を語ろうとするのはまさに、「スペシアル」な存在としての営為であるし、それが「ゼネラル」な人間を知るうえで徒労ではない、というのである。おそらくはこの意味で、漱石は「人間の心を捕へ得た」と広告したのだろう。

しかし私は、この広告文にもう一つの意味があると考えたい。それは「捕へ得た」という言葉の読み方である。普通には、この作品において、人間の心がよく写し捕らえられている、という意味だろう。しかし、「私」が「先生」の心を捕らえた物語、と読むことも可能なのではないだろうか。

先の引用で、「先生」は「其上私は書きたいのです」と述べていた。しかしそれは相手、すなわち「私」があってはじめて書きうることであった。そうしておそらくは、書き始めてはじめて、「書きたい」という意識が生まれたのではないだろうか。「先生」は、毎月の雑司ヶ谷墓地へのＫの墓参は欠かさなかっただろうけれども、「私」が「先生」の目の前にさえ現われなければ、「私」に過去を暴いてでも、と迫られさえしなければ、「先生」は、過去を振り返り、あまつさえ自死を選択するようにはならなかったのではないだろうか。

そのように「先生」の「心」に働きかけたものが、すなわち「私」にほかならない。「先生」は自らの心を「私」に強く捕らえられたがゆえに、過去を告白する気になり、ひいては、「偽りなく」書くことによって罪を消そうとし、結果として自殺への道を選択することになったのだ。このように考えると、先の広告文の「人間の心を捕へ得たる此作物」は、「私」が「先生」の心を捕らえる物語、と読みかえることもできるように思われるのである。

「先生」は、「私」が「先生」の過去を話してくれるように迫ったときの「私」の行為を、遺書のなかで「私の心臓を立ち割つて、温かく流れる血潮を啜《すゝ》らうとした」（「五十六」）と表現している。それに応えるべく「先生」は、次のように続ける。

私は今自分で自分の心臓を破つて、其血をあなたの顔に浴せかけやうとしてゐるのです。私の鼓動が停つた時、あなたの胸に新らしい命が宿る事が出来るなら満足です。（同）

この「血」こそが、「先生」のいわゆる思想そのものであるのは、もう言《げん》を俟たないだろう。これまでにみた遺書からのいくつかの引用で明らかなように、先生はある意味で、たとえそれが罪深いものではあっても、自らの過去、つまり経験を、自分に固有なものとして大切にしようとしている。

そこには自負の念さえにじみ出ている。そしてそれを表現しつくすことに、誇りさえ感じているようである。それは講演『模倣と独立』に即して言えば、「先生」が、「先生」自身を代表する「スペシアル」で「インデペンデント」な存在として立ち現われているからであろう。

このとき、漱石その人は自らを思わなかっただろうか。『心』はあくまでも「先生」の過去の話である。それが「偽りなく」語られることは、「貴方にとつても、外の人にとつても、徒労ではなからうと思ひます」と書くとき、漱石自身の「スペシアル」で「インデペンデント」な「経験」というものを、「偽りなく」「書きたい」と思わなかっただろうか。

私はその答えを、『心』のつぎに執筆することになる『道草』に見ることができるように思うのである。借り物の、想像上の「先生」の「経験」でなく、漱石自身の「心臓を破つて」、その血を読者の「顔に浴せかけやう」との思いが、新聞小説の次回作としてあふれ出たのではないだろうか。

11　心事

『道草』は、まぎれもなく漱石の生きた「経験」が語られた作品である。漱石は、精一杯「偽りなく」書こうとしているように見える。それは書いてあることが、全部実際に起こった本当のことだ、という意味ではない。むしろ実際に起こったことよりも、より「偽り」を少なくしようとしたのではないか。大切なことは、事実関係の虚実ではなく、漱石が自分の生きた経験を、「偽りなく」伝えたいという意思と意欲にうながされていたということだと思う。『心』の「先生」は遺書に、「記憶して下さい。私は斯《こ》んな風にして生きて来たのです」と書いたが、それはまさに『道草』における、作者その人の心中の叫びであったのではないか。

しかし、私がこんなふうに思い入れたっぷりに書くと、ばかばかしい、いまどきまだそんなことをいっている者がいるのかと、大いに軽蔑されるにちがいない。どこの誰が書こうが、テキストさえ与えられれば何もいらない、という近年の流儀からすれば、漱石が養子に出されようが出されまいが、『道草』一篇は成り立つというのだから。

無論そのような考えなり方法が、作品の思わぬ面に光を当てたり、「論文」を作り上げたりするうえで、効力を持つこともあろう。私はこの文章の一番初めにおいて、できるだけ漱石に寄り添うということを、書き進める指針として掲げた。私はいまここにおいて、『道草』という作品の「論」を、ことさらに展開しようとするものではない。『道草』という作品に対峙する漱石その人の心事を、あれこれ考えてみようというのである。

『心』から『道草』へは、一息の道筋のように考えられるかもしれないが、それは平坦なものでも飛躍的なものでもなかったように思われる。ただ漱石自らに、自身の過去をどのように把握し表現するかについて、大いなる逡巡があったのではないだろうか。

大正三年（一九一四）八月一日付けで、漱石の担当記者を務めていた山本松之助（笑月）宛に、漱石は『心』の最終回の原稿を送っている。その書簡の消印は、午後の一時と二時の間だから、おそらくその日の午前中に、書き上げたものだろう。その最終回が、実際に東京朝日新聞紙上に掲載されたのは、八月十一日のことである。『心』は、連載回数が一一〇回、新聞の休載日が四日あったから、連載が始まった四月の二十日から数えて一一四日目のことだった。起筆がいつであるかは不明だが、同じ年の三月二十二日に大阪朝日新聞に掲載された談話『文士の生活』には、「執筆する時間は別にきまりが無い。朝の事もあるし、午後や晩のこともある。新聞の小説は毎日一回づゝ書く。書き溜めて置くと、どうもよく出来ぬ。矢張《やはり》一日一回で筆を止めて、後は明日まで頭を休めて置いた方が、よく出来さうに思ふ」とあるから、『心』もきっと連載開始の数日前に起筆して、毎日一回ずつ筆を進めたものだろう。

いずれまた触れることになるだろうが、「談話」というものについて、一言しておきたい。今日でも、作家や俳優、政治家などのインタヴュー記事は、新聞や雑誌でよくお目にかかる。全集に載っている漱石の「談話」は、一〇一本にのぼる。なかには一、二行の、談話といえそうもない短いものもあるが、いずれにしても相当な数である。多くは記者が勝手に来訪して話を聞いては、適当にでっち上げて仕上がるものだったらしい。漱石は何事によらず几帳面《きちようめん》な人だから、いやしくも自分が関与したものがいい加減であるということに、なかなか我慢ができず、不満をぶつけているケースも少なくない。それだから、掲載の形は「談話」であるけれども、実際には自分で談話形式の原稿を執筆してしまうことを厭《いと》わなかった。今日まで残っているそういう「原稿」の数はそれほどなく、この『文士の生活』の原稿もないのだけれど、この「談話」はおそらく『大阪朝日新聞』のために、原稿を漱石自身が書いたものだと思われる。

『心』脱稿の八月一日から、『道草』の連載が始まる翌大正四年六月三日（この場合も起筆の日付は不明だが、事情は『心』の場合と同様で、連載開始の数日前に書き始めたものであろう）までの、漱石自身の生活の主な動きをしばらくの間、追ってみることにしよう。

漱石は若いころから胃弱に悩まされた。器質的な原因にもよるのだろうが、神経的ないし精神的な要因でも、しばしば胃を痛めていたらしい。創作を始めた最初のころは、書くということが精神的な苦痛からのはけ口となり、一種の安慰を与えた形跡もあるようだけれども、いつのころからか執筆が、胃カタル（すなわち胃炎）や胃潰瘍の原因となるようになった。明治四十一年（一九〇八）に新聞連載で発表した『三四郎』では、まだそのような兆候は認められない。

翌四十二年には、六月から十月にかけて『それから』を発表した。このときは、まだ先ほどの『文士の生活』におけるような、執筆の習慣が確立していなかったので、脱稿は連載完結の二カ月前の、八月十四日のことであった。その六日後の二十日の日記には、次のように記されている。

劇烈な胃カタールを起す。
嘔気。汗、臌〔膨〕満、醱酵、酸敗、オクビ、
面倒デ死ニタクナル。

氷を噛む。味のあるものを食ふ人を卑しむ。
本棚の書物の陳ぶ様を見て甚だ錯雑堪えがたき感を起す。
昏々

という状態に陥り、一週間ほどの「臥蓐《がじょく》」を余儀なくされる。

翌年の四十三年には、三月一日から『門』の連載が始まる。この年は日記が断片的にしか書かれていないので、起筆や擱筆の日時を特定できないが、まだ連載中の五月十一日付けの、東大での教え子で当時は鹿児島の第七高等学校で英語教師をしていた皆川正禧に宛てた書簡に、次のように記している。

「門」御愛読被下候《くだされそろ》よし難有存候《ありがたくぞんじそろ》近頃身体の具合あしく書くのが退儀にて困り候早く片付けて休養致し度《たし》、今度は或は胃腸病院にでも入つて充分療治せんかと存候

完結前から胃に異変が起きていたことがうかがわれる。

しかしこれからまもなく脱稿したのであろう。五月二十一日付けの、第五高等学校以来の教え子で外交官として清国沙市《さし》の日本領事館に勤務していた橋口貢宛の書簡では、執筆のことには触れず、「小生胃病烈しく外出を見合せ世の中を頓《とん》と承知不仕候《つかまつらずそろ》」と書いている。六月六日に、医家長与

専斎の長男である称吉が起こした胃腸病院で受診する。胃潰瘍と診断され、検査の結果便に潜血反応が見つかり、十八日に入院する。入院後いったんは軽快するが、転地先の修善寺《しゅぜんじ》で大吐血を起こし、人事不省の危篤状態に陥ることになる。世に、修善寺の大患といわれ、漱石の大きな転機となったとされる。

この病のために、毎年一回は連載していた小説も書くことができない状態が続き、次の『彼岸過迄』が始まるのは、明治四十五年一月一日のことである。その最終回が新聞に掲載されたのは四月二十九日だが、四月十五日付けの松山中学の教え子、松根東洋城宛書簡に、「彼岸過迄はもう一週間内にて完結のつもりなれどつもりがあやしき故少々の遅速は可有之《これあるべき》か」とあるから、脱稿は二十二日ないし二十五日くらいだったのだろう。四月二十七日付けの、一高、東大の教え子、野上豊一郎宛書簡に、「此二三週間は又胃に酸が出て運動すると形勢不穏故《ゆえ》成るべく静養の工夫致し候夫《それ》に神経もよろしからず閉口致し候」とあるから、このときも不調に陥ったことがわかる。しかし、これ以外には日記にも書簡にも、苦痛を訴えた文章が見えないから、大事には至らなかったのだろう。

年号が明治から大正へと変わった同じ年の十二月六日には、前にもちょっと引用した小説『行人』が始まる。作品としての結末がまだ見えてこない、翌年の三月下旬に不調に襲われ、四月七日にとうとう中断のやむなきにいたる。四月十九日の『東京日日新聞』の「雑記帳」という欄には、次のような記事が出た。

▲夏目漱石氏（四七）は数年前の胃潰瘍再発し為《た》めに強度の神経衰弱となり去る四日朝潜在性出血夥《おびただ》しかりし以来愈《いよいよ》重態に陥り発狂せりとの噂まで伝へられしが須賀主治医の注意により同四日以来断然創作の筆を措いて静養中

中断した『行人』の連載が再開するのは九月十八日、完結をみるのは十一月十五日のことである。このときは不調に見舞われなかったらしい。十一月十二日付けの久内清孝（後年植物学者となるが、当時は一読者として漱石と文通していた）宛の書簡には、「近頃は身体の調子がいゝので運動をします郊外は実に好い景色ですね芝居や音楽会へも行きます」と認《したた》めているほどである。

そしていよいよ『心』となる。『心』の脱稿が大正三年八月一日であることは、先に見たとおりである。擱筆後一月ばかりは、書簡を見ても、暑さに参ってはいるものの、胃のトラブルをかこつ文面は見当たらない。しかし九月十六日付けの笹川臨風宛書簡は、病気見舞いへの礼状となっている。その全文は次の通りである。

病気の御見舞状をうけ難有存《ありがたくぞん》じます今日やつと起き上つて此手紙をかきます床はまだ上げず然《しか》し今度のはいつもの病気ではなくひどい胃カタールです
右御礼まで　草々

しかし実際はこの後のほうがひどかったらしい。処々に発信した書簡の日付に一月のブランクがあって、十月十七日付けの橋口貢宛で、「私の病気は例の胃です一ケ月以上寐て昨今漸く起きかけましたがまだひよろ〳〵します筆を持つのも退儀です」と報じている。『心』が終わって、次の新聞連載の手配や、『心』の単行本化の交渉など、書簡からはさまざまな動きがあったことがうかがわれるが、恒例のようになっていた胃のトラブルに、やはり襲われていたのである。

横道が少し長くなったついでに、最後の二作『道草』と『明暗』の擱筆後の様子も見ておくことにしよう。

『道草』は、前述のように大正四年六月三日に連載が始まり、完結したのは九月十四日のことである。その前後に胃を痛めたような文面は、書簡には見当たらない（百瀬玄渓という医師に受診したようだが、この医師は専門が皮膚科で、胃とは関係ないらしい）。ただこれは後でも触れるが、『道草』の時は、執筆前の京都旅行で、胃の発作のために倒れている。

『明暗』は、おそらく大正五年五月十八日に起稿された。新聞の連載開始は五月二十六日である。談話『文士の生活』にみられるとおり、毎日それも午前中に連載一回分を書き続け、一八八日目に当たる十一月二十一日に一八八回を書き、二十二日に一八九回を執筆すべく机に向かうが、一字も書くことかなわず、机に突っ伏しているところを夫人に見つかって、床に伏すことになる。胃潰瘍の再発であり、十二月九日に帰らぬ人となるまで、ついに起つことはなかった。

12 断って異常

胃潰瘍の発作からようやくにして立ち直りつつあった大正三年（一九一四）十月三十日に、飼い犬のヘクトーの死骸が近所の家の池で見つかる。このヘクトーの死は、翌年一月から連載が始まる随筆『硝子戸の中』で、印象的につづられる。

漱石は書を書いたり、絵を描いたりすることが嫌いでなかった。むしろ頼まれれば喜んで筆を揮《ふる》った。そんな依頼が少しずつたまってくると、一日をそのために費やして、借金でも返済するように一挙に片づけるというふうであった。それは、漱石の精神を安らかにする働きがあったにちがいない。十一月四日付けの、俳人水落露《みずおちろ》石《せき》宛の書簡には、「あなたの御病気は如何ですか私も病気をして長い事寐てゐました今日は久し振に人から頼まれた書を大分書きました」とみえる。

漱石の小説では、かなり貧しそうな家庭であっても、必ず下女がいる。私には、当時のそういう社会感覚がわからないから、ちょっとひっかかるのだけれども、漱石は当たり前のこととして書き、読者は違和感なく受け入れていたのであろう。しかし現実の夏目家においては、漱石は下女と折り合いがよくなかった。明治三十九年（一九〇六）十二月二十五日付けの松根東洋城宛の書簡には、「僕にほれるものは大概は弟子である。下女からは嫌はれる。僕と下女は苦手と見える」と書いている。

この病後にも、下女をめぐって、鏡子夫人と小さな葛藤が生じた。キクという下女が、三カ月ものあいだ無断で夏目家を空けるということがあったらしい。漱石はその消息を知らずにいたのだが、その下女が帰ってくるというのを、夫人が第三者に話すのを漱石が耳にする。なぜ主人である自分に、そういうことをちゃんと報告しないかといって、腹を立て、詰問する。日付は不明だが、このころの日記には、次のように記されている。


「ぢやあやまりませう」

「ぢや」は無慶だ。御前は今日迄夫に心よくあやまつた事はなからう是から先もあるまい、又さういふ素直な女ならこんな事で面倒も起る筈がないし、起つても快よくあやまるだらう

「無慶」は「余慶」のつもりだろうから、この日記を書いている漱石自身の怒りが、じかに伝わってくるような気がする。バッタを入れられた「坊っちゃん」の怒りが、髣髴としないだろうか。

鏡子夫人の実家は中根家である。父の重一は内閣書記官長まで務めるが、次第に没落する。鏡子は長女で、次女の時子は、鈴木禎次という、漱石より三つ年下の東大出の建築家と結婚する。禎次の父は利享《としゆき》といい、大蔵省の監察局長を務め、後には帝国商業銀行の重役になるなど、なかなかの権勢家であった。

この利享が、この年の十月二十九日に七十七歳で亡くなり、漱石も弔問に訪れている。十一月七

日が葬儀で、鏡子夫人と鈴木家に赴く。そこで出された弁当を漱石が使っていると、夫人がやってきて、寺に行くのに自分の席は馬車にあるけれども、漱石の分はないから皆と一緒に歩いて、途中から車（人力車）を拾って行ってくれという、禎次の指示を伝える。ここで漱石は臍《へそ》を曲げて家に帰ってしまう。後から帰ってきた夫人に、次のように不満をぶちまける。

　何で禎次の命令を己《おれ》に伝達した丈《だけ》で済ましてゐる　おれは禎次の命令を受ける人間ぢやない、第一貴様が禎次のいふ事を一応述べて何《ど》う致しませうと聞かないのが不都合だと怒鳴る、「でも其時はそれ〔で〕好《い》いと仰《おつしや》つたぢやありませんか」、ベラ棒め葬の間際に人と喧嘩をしたり女房を叱つてゐられるものか

漱石の面目躍如というべきか。

　この十一月の日記は、日付のない記述が延々と続き、そのおおむねが、夫人と下女への不平と不満である。私には精神医学の観点からの批判はできないので、それらの記述が病的なものの反映であるのかどうかはわからない。台所の揚げ板が、がたがたいうのが気になって仕方がなく、それを嫌がらせで故意に誰かがやっていると思い込むくだりなどは、常識的に考えて、まさかと思いはするが、次の記述などを目にすると、考え込まざるを得なくなる。

九月病気になる前私はよく郵便を出しに独りで出た。夫《それ》が毎朝四五日つゞいた。(偶然の結果)。すると私が門の格子を開けて門をくゞると私の家のなかで釘を打つ音がする。一日めも二日めも三日めもさうだつた。四日めに私は門からあと戻りをして茶の間の側から上つた。妻は釘を打つて柱に向つてゐる。其柱には三寸釘が虫封じの真中にさゝれてゐる。何をするのかと聞いたら仲六の虫封じだと云つてゐる。私は妻の手から其カナ槌を奪ひ取つた。さうして虫封じの箱をすぐたゝき壊した。夫でもまだ腹が立つので外の虫封じ(皆で四つ五ツ、中には虫封でないのもあつたかも知れない。)を片つ端からぶちこわした。さうして其破片をまとめて裏の芥溜《ごみため》へ投げ込んだ。

「伸六」というのは、申年に生まれた人間だから「伸」であり、子供としては六番目だというので名づけられた漱石の次男で、当時は八歳くらいである。私には虫封じなるものの実態がよくわからないけれども、子供のいわゆる疳《かん》の虫を治めるおまじないだろう。たしかに子供のためなのだろうが、私には、漱石の疳を治めるまじないではなかったのかという疑いが残る。漱石は近代の合理主義者であるから、虫封じ自体を嫌悪する気持ちが強かったにちがいない。しかしこの怒りの底には、それが自身に向けられているという思い込み、ないし確信があったのではないだろうか。

〈11〉において、漱石の胃潰瘍再発を伝える、大正二年四月十九日の『東京日日新聞』を引用したが、記事はさらに次のように続いていた。

……静養中だが▲漱石氏夫人は　心痛の余り毎夜神楽坂上の毘沙門様に参詣し御百度を踏み全快を祈り居る由《よし》一日も早く全快し氏が才筆を見ん事こそ希《のぞ》ましい、

御百度をめぐっては、こんな会話も日記に書きとめられている。夫人が、「静座」という一種の精神修養会に、ちょくちょく出掛けるのが気に入らないので、問い詰めたときのやりとりである。


「買物ばかりぢやない、御釈迦様へ参つたりしてから〔静座に〕行く事もあります」

「御百度を踏むのかい」

「踏む時も踏まない時もあります」

「何んでそんな事をやるのだい」

「利いても利かなくつてもいゝのです　私はやるのです」

「御釈迦様へ日参して亭主が病気になればありがたい仕合せだ。御利益が聞いてあきれらあ。虫封じでも出すのかい」

「知りません」


鏡子夫人は漱石の没後に、門下生で娘婿でもある松岡譲に、漱石との生活の回想を語る。『漱石の思ひ出』と題されたその聞き書きは、今日でも貴重な証言として珍重されるところきわめて大である。近年はむしろ無批判に既定の事実として受け取られる傾向にある。しかしそれは大変危険なことである。聞き手は漱石の伝記をよく研究し、巧みに誘導して、夫人の記憶が確かであることを読者に印象づけることに成功している。そのために伝記で知りえないことで、夫人のみの証言しかない事柄が、真実として受け取られかねない。私はもちろん、すべてが嘘だと断定するものではないが、半信半疑くらいで受け取るべき内容であると思っている。

漱石はたしかに変人であろう。しかし漱石は自分で、自分は変人であり、神経衰弱であり、狂人でさえありうると「断って」いる。一方、夫人は、自らは正常で、漱石は異常であるとして、漱石の死後にその脳の解剖を望んだ人である。この場合も、断って異常であるのと、無断で異常であるのは、「大変違ふ」のではないだろうか。

話が横道にそれた。この時期の漱石が、尋常の状態になかったことが了解されれば、この段落は着くのである。しかしもう一つだけ、この時期の日記に現われた事例を紹介しておきたい。下女の一人に、「奥歯に物のはさまつたやうに絶えず口中に風を入れてひーひーと鳴らす癖」があって、漱石はそれが気になって仕方がない。最初は癖であると理解したが、故意のしわざではないかとの疑念が離れなくなる。そうして漱石も「ひーひー」とやり返すようになる。そんななか、ある土曜日の晩に松根東洋城が訪ねてくる。そうすると彼がまた歯を鳴らす。歯でも悪いのかと聞くと、痛いが歯医者に行っている暇がないと言うのだけれど、漱石には歯が痛いようには見えない。あくる日曜日に、用事があって出かけると、電車の中に下女と同じように歯を鳴らす乗客がいる。漱石も負けずに歯を鳴らして、相手をやめさせたという。出先の家でも、隣室で同じ音がするので、これも同じ数だけやり返したと書いている。

次の水曜日に中勘助と安倍能成が訪ねてくる。日記には次のように記されている。

中と安倍が水曜に来た。私は下女に何を持つて来て下さいと云つた。是はもとより不自然に聞える言葉使ひである。然し下女の方で矛盾をやり、其矛盾を詰《なじ》れば好加減な言訳を云ひ。さうして屹度《きつと》何か外の事で復讐をするから私もわざと私の性質に反したやうな事をやるのである。私が下女に何々して下さいといふや否や安倍はいきなり同じ様に歯を鳴らし出した。さうして夫《それ》を何遍もやるから君は歯が痛いかと聞いた。すると彼の返事は少し松根と違つてゐた。今度は痛いのではないけれども何だか変だと云つて又やつた。私は彼に向つて云つた。私のやうに年寄になるに歯が長くなるのみか歯と歯の間がすいて何《ど》うしても其隙間に物の挟まつたのを空気の力で取るためにちう〱云はなくてはならない。御客様の前でも失礼な声をさせると云つて、私の方でも歯を鳴らした。すると安倍の方でも已《や》めない、いつ迄も不愉快な音を出すから私は不得已《やむをえず》其音はやめろと忠告した。安倍ははい已めますと答へた。然しもう一返やつていや是は失礼と云つてやめた。

この時期の漱石が尋常でないとは、先にも書いた。この記述も、普通人としてのわれわれに違和感を与えるに十分であろう。同席していた中勘助の証言があるので、ちょっと長いけれども、省略せずに引用しておこう。（これは周知のことだけれども、大正三年の日記のこの部分は、第二次大戦前の全集には収録されていなかった。一九五六年、新しい全集に収録される直前の雑誌『世界』誌上に、長年漱石全集の編集主幹の位置にあった小宮豊隆によって公表されたのである。以下の文章が発表されたのは、漱石の没後一年ほどのことだから、中は漱石の日記の記述を知らずに書いたことになる。）

安倍といつた時のことである。私は先生の前へ坐ると間もなく不注意と無性から一寸《ちよつと》した無作法をやつた。そしてあつと思つて先生の顔を見たら先生は下を向いて少し嫌な顔をしてゐた。私はしまつたと思つた。私は同じことをもう一度行儀よくやり直してみた。そして先生を見たら先生は平気な顔をしてゐた。私はかうすればいゝのだなと思つた。さうしたら間もなく安倍が私と同じやうな無作法をやつた。先生はまた一寸嫌な顔をした。話してるうちにまた安倍が同じことをやつた。私がはつとして先生を見たら先生はぢつと不快をこらへるやうにして少し赤い顔をしてゐた。そしてよそ事のやうにそれとなく安倍に気をつけさせるやうなことをいつた。安倍は気がつかずにまたくり返した。先生はとう〳〵疳癪を起して「僕はそれが嫌でしようがないんだがやめられないかね」といつた。私がはじめて見た怖い顔であつた。それから葡萄酒が出た。先生は人がくれたのだといつた。罎《びん》は多分はじめ盆にのつて出なかつた。それで盆のくるまで何かゞ間に合せに盆の代りをした。安倍が酒をついでからその上へおかずにぢかに敷物の上へおいた。先生は不機嫌な顔をして「その上へおいてくれたまひ」といつた。多分私が自分の洋盞《コップ》へついだ時に盆がもつてこられた。綺麗な盆であつた。私は半分は念の為に半分は意地悪に、「この上へおいてもよござんすか」といひながら盆の上に罎をさゝげるやうにしてゐた。先生はさつきからの不機嫌を取消さうとするかのやうに殊更《ことさら》和げた調子で、「あゝ、いゝ〳〵」といつた。私はなんだか先生が可愛かつた。先生も私たちも一二杯呑んで話してるうちに先生は気がついて私に、「君は呑むんだつたね。自分でついで呑みたまひ」といつた。前から度々酒はやめましたといつてあるのだし少し滑稽だなと思ひながらも、久しぶりで甘《うま》いので話しながらついでは呑みついでは呑みするうちに、八分目ほどあつた葡萄酒を大分へらしてしまつた。私はもう度胸をすゑて、「みんな呑んでもよござんすか」といつたら、「いゝとも〳〵」といつた。それから話してる間に先生は酔つたかしらとか酔つたなとかいふ顔つきで罎と私の顔を見くらべた。私はとう〳〵罎をあけてしまつた。……しまひに先生は今迄の不機嫌やら何かをうめ合せるほどに快活に話した。（『漱石先生と私』）

ここには、不機嫌なときの漱石はいるが、尋常でない姿には必ずしも映らない。しかし同時に、明治の精神の一つである「自由」の表われとしての、若者の無作法を容認した漱石はいないように見える。

13　過去を語る

こうして不信と猜疑《さいぎ》に悩まされる日々が続いたのであったが、その矛先《ほこさき》は家計の管理にも向けられ、「十二月から会計を自分がやる事にする」のである。実際、この年の十二月十二日から新しい手帳に、簡単な家計の収支を記入し始めるのであった。

このような苦しい精神生活の中にあった十一月二十五日、学習院において、後に自ら『私の個人主義』と名づける前出の講演を行なう。この講演は、その冒頭で漱石自身が明かしているように、この年の春に依頼されたのを、秋まで延期してもらって、それが十一月末になって実現することになったのである。

この講演の本文が、筆記そのままではなく、漱石が全面的に書き直したものであることは、前にも触れた。今その文章を見ると、精神的な苦痛の中で話したとは到底思われない、首尾一貫した真率でゆるみのないものである。実際に原稿用紙を埋めたのは、おそらく随筆『硝子戸の中』を脱稿した大正四年二月中旬以後のことであろう。この原稿は、三月十二日に刊行された『現代文集』(文学者馬場孤蝶の衆議院議員立候補を後援する目的で編集された合著)に収載されたのだから、二月中には書き了えていたと思われる。そのころは、先に見たような苦しい日記は残されていない。落ち着いた気持ちで、日々を送ることができるようになっていたのではないだろうか。活字になった文章が平静であるのは、話したときからそうであったのか、書き改めたときの精神の反映であるのかは、判定のしようがないけれども、おそらくは乱れることなく話し果《おお》せたのであろう。

今ここで辿ろうとしていることとの関連でいえば、この『私の個人主義』において、漱石が自らの過去を語っている、ということに注目しなければならない。そして過去を語ったのが、精神的な苦痛の只中であったということにも。それでは、そこで語られた漱石の過去とは、どのようなものであったのだろうか。

場所が学習院であったということから、漱石は自らと学習院との関係から話を始める。明治二十六年（一八九三）の七月に大学の英文学科を卒業した漱石は、大学院に籍を置きながら、教職で糊口の道を立てようとする。そのとき最初に考えたのが、高等師範学校であったらしいが、そちらは人件費不足で見込みがないといわれ、学習院に行こうとする。しかしこちらには、漱石より二、三歳年上のアメリカ帰りの競争相手（重見周吉）がいて、結局負けてしまう。自分が採用されると楽観してモーニングまで誂《あつら》えたのにと、ユーモアを交えて語っているけれども、内心は大いなる挫折を味わったにちがいない。漱石は不採用になった経緯について、講演で何も語っていない。

原武哲『夏目漱石と菅虎雄』によれば、漱石が頼りにしたのは、漱石より一年早く東大の哲学を出て学習院で教えていた友人の立花銑三郎と、やはり一年早く英文学の撰科を出て学習院で教えていた村田祐治であった。それに対して重見のほうを後援・推薦したのは、工藤一記という教育行政家であった。工藤は、年齢も漱石の友人たちより一回りほど上で、学習院の経営を実質的に牛耳っていたという。村田は、漱石の手前もあったのだろうが、よほどくやしかったのであろう、共通の友人でもあった狩野亨吉（金沢の四高の教授であったが夏休みで帰京していた）をたずねて、報告かたがた胸中を吐露したらしい。その狩野の日記には、「学習院教師の位地終《つい》に重見に帰し夏目は遂に敗れたり是偏《ひとえ》に工藤の奸計に出つるなり」（八月二十四日）とあり、具体的な内容はわからないが、漱石もその間の事情を知ったであろうから、割り切れない不愉快な思いが残ったことは想像に難くない。

秋になると、第一高等学校と高等師範学校から同時に口がかかったのだという。これは漱石が二股をかけたような形になり、三者が気まずい関係に陥る。このとき高等師範の嘉納校長とちょっとしたやり取りがあったことは、〈9〉で触れた。その結果は、高等師範学校に落ち着き、年俸四五〇円で英語教授の嘱託をうけることになる。大学院生と嘱託教授という二足のわらじの生活が一年半ほど続き、明治二十八年春には松山の尋常中学の教師となり、さらに一年後には熊本の第五高等学校へとうつる。数年の後、そこから英国留学することになったのである。

漱石は講演で、「私は其時留学を断わらうかと思ひました。それは私のやうなものが、何の目的も有《も》たずに、外国へ行つたからと云つて、別に国家の為に役に立つ訳もなからうと考へたからです」と述べている。しかし漱石が東京を捨てて、一介の中学教師として松山に落ち延びたのは、一説には留学費用を捻出するためであったとされ、事実そのことをうかがわせる手紙ものこっている。

実際、松山では月収八十円という、月給六十円の校長や教頭よりも高い俸給を得た。高等師範学校は嘱託ではあったけれども、それでも年俸で二倍以上である（これは、松山の中学で英語を教えていた外国人教師の月給が一五〇円であったためで、県はこれでも月々七十円の節約ができたのである）。

留学の希望が本当にあったのかなかったのか、それはわからない。なんとなく歯切れが悪いのは、講演ではそこまで触れていないけれども、『文学論』の「序」で次のように述べていることが、関係しているかもしれない。「序」でも、自分が留学を希望したのではないと断ったうえで、「余の命令せられたる研究の題目は英語にして英文学にあらず。余は此点に就て其範囲及び細目を知るの必要ありしを以て時の専門学務局長上田万年氏を文部省に訪ふて委細を質したり。上田氏の答へには、別段窮屈なる束縛を置くの必要を認めず、只帰朝後高等学校もしくは大学にて教授すべき課目を専修せられたき希望なりとありたり。是に於て命令せられたる題目に英語とあるは、多少自家の意見にて変更し得るの余地ある事を認め得たり」と述べている。

前にも書いたように、漱石は文部省が国費で派遣する最初の留学生であった。松山に行くときに留学の希望があったとして、それは私費で自由に行くというイメージであったのではないか。たとえば土井晩翠は、漱石より一年遅れてヨーロッパに渡るが、これは国費ではなかった。英文学ならともかく、英語そのものには研究したいという希望を持ちにくかったのであるとすれば、いろいろ制約もある国費留学をことさらに望むものではない、との気持ちがあったとしても不思議ではあるまい。いずれにしても、このように言葉によって確認することなしには、漱石という人は、容易に一歩が踏み出せない生まれつきであったようだ。

こうしてロンドンまで行ったけれども、「然し果せるかな何もする事がないのです」という始末であったという。その理由を解き明かすべく、大学以来の自分と英文学との関係を総括し、それをもって講演の第一部とするのである。まず大学ではどんなふうに英文学を学んだかといえば、

・外人教師の前で詩や文章を読ませられ、発音を注意される
・作文を書かされ、冠詞が落ちているなどの注意を受ける
・ワーズワスの生没年が試験に出る
・シェイクスピアの刊本の種類に関する問題が出る
・スコットの作品を年代順に並べる問題が出る

という具合であったとして、これで英文学がどういうものかがわかるだろうか、そもそもこんなことでは、文学とはどういうものかが到底わからない、結局「三年勉強して、遂に文学は解らずじまひだつたのです。私の煩悶は第一此所に根ざしてゐたと申し上げても差支ないでせう」、という次第であった。大学を出て英語を教えることを生業としていたが、心中はいつも空虚――「空虚なら一そ思ひ切りが好かつたかも知れませんが、何だか不愉快な煮え切らない漠然たるものが、至る所に潜んでゐるやうで堪まらないのです」――であったといい、そのままの状態でロンドンに渡ることになった。「何もする事がない」とは、このような状態をいったものだろう。

行き詰まったロンドンで、漱石はとうとう次のように考えるに至る。

此時私は始めて文学とは何《ど》んなものであるか、その概念を根本的に自力で作り上げるより外に、私を救ふ途はないのだと悟つたのです。今迄は全く他人本位で、根のない萍《うきぐさ》のやうに、其所《そこ》いらをでたらめに漂よつてゐたから、駄目であつたといふ事に漸く気が付いたのです。私のこゝに他人本位といふのは、自分の酒を人に飲んで貰つて、後から其品評を聴いて、それを理が非でもさうだとして仕舞ふ所謂《いわゆる》人真似を指すのです。

ロンドンに着いてしばらくの間は、いわば漫然と、イギリスの文学作品を片っぱしから読み破るという生活であったのだが、俄然変化する。

私はそれから文芸に対する自己の立脚地を堅めるため、堅めるといふより新らしく建設する為に、文芸とは全く縁のない書物を読み始めました。一口でいふと、自己本位といふ四字を漸く考へて、其自己本位を立証する為に、科学的な研究やら哲学的の思索に耽り出したのであります。

こうして心がいつも空虚で、閉塞感にとらわれた精神生活から脱出する。しかしそれからの生活が、すべてこのことによって好転したわけではない。いろいろの事情から、この文学とは何であるかという探求も、中途で投げ出してしまい、そのささやかな果実ともいうべき著述である『文学論』も、「失敗の亡骸《なきがら》」であるという。にもかかわらず、自分にはかつてのような煩悶は訪れない。それは、自己本位というそのときに獲得した自分の考えがあるからだ、といって、次のように学生たちに語りかける。

以上はたゞ私の経験だけをざつと御話ししたのでありますけれども、其御話しを致した意味は全く貴方がたの御参考になりはしまいかといふ老婆心からなのであります。〔中略〕もし貴方がたのうちで既に自力で切り開いた道を持つてゐる方は例外であり、又他《ひと》の後に従つて、それで満足して、在来の古い道を進んで行く人も悪いとは決して申しませんが、（自己に安心と自信がしつかり附随してゐるならば、）然しもし左右《さう》でないとしたならば、何《ど》うしても、一つ自分の鶴嘴《つるはし》で掘り当てる所迄進んで行かなくつては行けないでせう。

ここにおいて、かなり控えめではあるけれども、漱石が自分自身の過去を、他者の利益のために語る、という構図を認めることができないだろうか。これは、『心』の「先生」が遺書において行なったことを、漱石が自らの実践に移した最初の試みであった。

14 「心」と「こゝろ」

年が明けて大正四年（一九一五）一月から、漱石は『硝子戸の中』と題した随筆の連載を始める。私が漱石全集の編集に携わっていたころ、読者からいろいろな質問が来た。そのなかに、この「中」をなんと読むべきか、というのが少なからずあった。そんなことがあったので、全集でこの随筆（漱石全集では「随筆」という言葉はつかわず、ひとくくりに「小品」と呼び習わしてきたので、新しい全集もそれに従ったが、ここでは「随筆」と呼んでおきたい。漱石には『永日小品』と自ら名づけた作品があり、これにはごく短い短篇小説のようなものと、いわゆるエッセイとが含まれている。『硝子戸の中』には小説仕立ての文章はないから、単独にいうときは「随筆」で問題はないと思う）を収録した、「小品」と名づけた巻の「後記」で、漱石自身がどのように読んでいたかを示しておいた。結論からいえば、「なか」でも「うち」でもどちらでもよい、というはなはだすっきりしない答えになる。

新聞に文章を発表するようになってからの漱石の手書きの原稿に眼を通すと、ルビ（振り仮名）の振り方がちょっと変わっているように見える。難読の熟語にルビが振られることはあまりなく、どうでもよい、読みまちがいのなさそうな漢字に、かえってルビが律儀に振られている。その原因は、新聞社で使っていた活字が、ルビつきというものであったことが関係している。漱石晩年の時期には、もうルビつきではなかったという話も聞いたが、事実は調べたことがないのでわからない。

ルビつき活字であると、一つの漢字に音と訓との二つの読みがあるから、当然活字も二種類あることになる。新聞小説は総ルビで印刷されたので、ルビまで指示して初めて、印刷工がまちがいなく活字を拾うことができるのである。熟語の場合は、音読みでほぼまちがいがないから、ルビは省略されるというわけであったらしい。

新聞に作品を発表するときは、連載原稿の一回ごとに、表題と連載回数、それに署名を書くのだけれども、その表題にもルビを振ることがある。この『硝子戸の中』のときも漱石は、連載の第一回の原稿の表題の「中」には、「うち」とルビを振っている。しかし第一回以外では、表題に振られるルビ（数えると十四回ある）は「なか」になってしまうのである。初回を尊重すれば「うち」だけれども、多数決にすると「なか」にならざるをえない。これは、新聞では第一回から「なか」のルビで通したからではないだろうか。漱石は第二回から第五回まではルビを振っておらず、第六回で「なか」とした。おそらく新聞に第一回が掲載されたのを見て、その「なか」というルビに合わせたのであろう。だから多数決といっても、漱石の意志である可能性は低いにちがいない。しかも、第一回の冒頭が「硝子戸の中から外を見渡すと」と書き起こされ、そこでは「うち」とルビが振られているのだから、「うち」と読んだほうが漱石の（少なくとも最初の）意図にかなうのではないだろうか。

どうでもよいようなことをもう一ついうと、今、連載の回数ごとに表題と連載回数と署名とを書くといったが、その回数を書き損じるということがあった。すなわち連載の第三十四回目に、「三十五」と書いてしまうのである。新聞のほうは訂正されて正しい回数で表示され続けるが、漱石はまちがったままで、原稿は最終回を「四十」で終わる。これは実際には第三十九回であったのである。まさにどうでもよいことではあるけれども、漱石自身は、四十回書いたつもりで連載を完了したことはまちがいない。

話が妙な方向にそれたから、ついでにもう一つ、読者からの質問でこれより多かったものを紹介しておこう。私は、特に注意することなく漱石の作品を『心』と表記してきたけれども、今までの全集では『こゝろ』と表記されたものが少なくない。岩波文庫は『こころ』と表示しているが、他の文庫でもひらがなが多いように思う。寄せられたのは、なぜ今度の全集は「心」となっているのか、あるいは、どちらの表記が正しいのか、といった質問である。

これも新聞の連載小説だから、各回の原稿の頭のところに、表題と連載回数と署名とを律儀に書くのだが、漱石は一貫して「心」と書き、さらに副題のように毎回、「先生の遺書」と別行に書いている。現在文庫などで流布しているこの作品には、この副題はなく、「先生と私」「両親と私」「先生と遺書」の三部からなる構成になっている。新聞連載が始まるときの構想では、「心」という総題の下に、それぞれ異なった話をいくつか続けるというのであった。その第一話が「先生の遺書」であり、すなわちこれが、今日われわれの目にする『心』そのものである。ところが実際に書いてみると、第一話が長くなってしまったので、第二話以降を書き継ぐのをやめてしまった。漱石が「心」という「全体の題」で、ほかにどんな物語を構想していたのかは、永遠に失われてしまったのである。そうして単行本として刊行することになったときに、本文の文章にはいっさい手をつけることなく、上に述べた三部構成に仕立てたのであった。これは、『心』に先立つ、『行人』と『彼岸過迄』とがそれぞれ、四部構成と七部構成とになっていたのを受けたものであろう(なおすでにみたように、本書での『心』の引用の出所表示においても、三部構成は採らず、章番号は全篇通しのものに拠っている)。

その単行本の装丁は、漱石自身が行なった有名な、あの朱色に黄緑の石鼓文《せっこぶん》を乗せた表紙の図柄である。しかし漱石が意匠をこらしたのは、あの模様だけではない、見返し、奥付、函などのすべてが、その対象となっていた。その装丁において、漱石は作品の表題を書き分けている。まず函の表に、書体の名前はわからないが、いかにも「心」と読むのであるらしい文字が書かれている。函の背は、そのものずばりで、「心」と楷書で書いている。表紙の表には、やはり「心」とあって、『康熙字典《こうき》』の「心」の字解の初めの部分を引き写している。その背には、漱石の筆で「こゝろ」と書かれている。これが問題の原因である(このほかに漱石は扉絵も描いている。白黒の版画仕立てで、木のたもとに横たわる中国の隠者が描かれている。空には妙なかっこうの雲があって、図柄の真ん中に朱肉で押したような、小篆《しょうてん》で書かれた「心」の字がある)。出版元である岩波書店の裁量のうちであったであろう本文の冒頭の記載は、「こゝろ」「漱石」である。函ではなく、本の背に書かれた表記を正式なものと考えたにちがいない。表紙表の「心」は、『康熙字典』の引用の一部と見たのであろう(実際その「心」の書体は、同字典の見出しの字体によく似ている)。作品の末尾には「こゝろ」「終」

とあって、首尾一貫している。

ただおかしいのは、巻末の広告頁に、それまでに出た他社刊行の漱石の著作を列挙して、最終行に当のその本を掲げるのに、「心」と表示していることである。漱石自身は、この単行本の「序」でも「『心』は大正三年四月から……」と書き起こしており、原稿執筆段階から一貫して漢字で表記している。背に「こゝろ」と書いたのは、あくまでもデザインの観点からの選択であったのであろう。原稿にもとづくと標榜した今回の全集では、「こゝろ」とは表示しえなかったのである。

どうでもよいような問題に紙幅をとられたので、本題に帰らなくてはならない。しかし実は、後に触れることになるが、このような問題は、ある意味できわめて漱石的といいうる種類のものなのである。

15　小手試し

『硝子戸の中』は、新聞連載の一回の分量が漱石山房の原稿用紙で七ないし八枚で、先述のように三十九回続いたものである。漱石山房の原稿用紙というのは十九字詰め十行だから、計算上は一回分が一三三〇から一五二〇字ということになるが、漱石は升目に頓着なく書くから、実際にはもう少し字数は多く、四百字詰めの現今の原稿用紙にして、四枚前後と考えてよいだろう（ちなみに新聞小説の一回の分量もだいたい同じである）。その三十九回のうち、二回以上を使った続き物が八回あり、全体をテーマ別に数えると二十九になる。そのうちで漱石が具体的に過去を語っているのは、八度である。

その、直接に過去を語っているところをみてみよう。最初は、連載の十六回と十七回をつかって、自らが十七、八歳のころのことを回想する。漱石の一まわり以上年長の従兄に高田庄吉という人がいて、その高田が神楽坂の行願寺の境内に住んでいたときの話である。その家には怠け者の次兄などが入り浸っており、漱石も遊びに行くことがあった。寺の境内には、東屋という芸者屋があり、昼の暇なときには互いに行き来があって、トランプなどして遊んだのだという。

あるとき漱石も一緒に東屋へ遊びに行き、トランプをすることになる。それには負けたものが奢るというルールがあって、漱石は「人の買つた寿司や菓子を大分食つた」という。それから一週間ほどして、また皆と遊びに行ったら、咲松という芸者が漱石の顔を覚えていて、またトランプをしようと誘った。しかし漱石は、「僕は銭がないから厭《いや》だ」と辞退する。するとその芸者が、「好いわ、私が持つてるから」と言ってくれたというのである。その後の成り行きはわからない。その芸者の簡単な後日談も語られるが、話の核心は、このことに尽きている。

つぎは十九、二十、二十一回の三回続きである。ここでは「小供の時」とあるだけで、具体的な年齢はわからない。実家とその周辺にまつわる思い出だから、養家先から籍はそのままで実家に戻された九歳から、せいぜい十代半ばくらいまでのことであろう。ここではさまざまなことが語られるけれども、焦点となるような話題はない。隣り近所にどんな家や店があったとか、寄席があったとか、神楽坂まで出る道筋がどうであったとか、自分の生まれる前の姉たちの華やかな芝居見物の話だとかが披露されている。ここに出てくる、隣家の小倉屋という酒屋の娘の長唄のおさらいの声や、向かいの誓閑寺の朝の鉦(かね)の音、豆腐屋があったことなどが、『草枕』や『二百十日』に登場する人物の懐旧談の素材に使われていることは、よく知られている。

三度目は、第二十六回である。先ほどの高田庄吉が父方の従兄であったのに対して、ここでは母方の従兄二人が登場する。時期については、本文に「当時二番目と三番目の兄は、まだ南校へ通つてゐた」とある。今日の東大のはるか前身となる「南校」の名称は、明治五年に消滅する。だからといって、この話がそれ以前であるとは考えにくい。学制の定まらない時期で、その呼称もその後、「第一番中学」「開成学校」「東京開成学校」などとめまぐるしく変わったから、通称としての「南校」が生き続けていたのではないだろうか。つまり明治十年に東京大学が設立される以前と読み替えれば、これもやはり漱石が九歳ころの話とみてよいのだろう。二人の従兄のうち、長男に相当する益次郎という人が、才覚の上でちょっと物足りない人であったらしい。その人を二人の兄がからかって面白がろうとした、というのである。

四度目は、二十九回。これは漱石が末っ子として、年輩の両親の下に生まれたこと、里子に出され、さらに養子に出されたこと、八、九歳で実家に戻されたことを淡々と語った後で、戻されて間もないころのエピソードを紹介する。養子に出されてからずっと、実の両親を、「御爺さん」、「御婆さん」と呼んでいたので、戻されてからもそのように理解していたところ、実家の下女が、寝ているときにそっと、彼らは祖父母でなく実の父母であると教えてくれた、というのである。くわしい事実関係の説明などはなく、下女の「親切」が嬉しかったと回想している。

五度目は、三十一、三十二回。漢学好きの小学校時代の友人「喜いちゃん」との思い出である。友だちの本当の名は桑原喜一といい、市谷学校のときの遊び仲間だから、やはり実家に帰されてしばらくのことであったにちがいない。その子の家は、漱石の実家からはちょっとした距離にあったのだけれど、実家の所有する長屋に、再婚した彼の母が住んでいたので、ちょくちょく遊びに来たらしい。その彼が、大田南畝直筆の写本という触れ込みで、考証がかった随筆『南畝《なんぽ》莠言《ゆうげん》』を持参して、五十銭で買わないかと交渉に及ぶ。安公と呼ばれる「喜いちゃん」の友人が、父の本を内緒で持ち出して金に換えようとしたのであった。そんな事情を漱石は知らないで、また本の値打ちも内容もわからないまま、二十五銭に値切って手に入れる。本人には、損だけはしなかったという満足が残った、と書いてある。

ところが翌日になって、「喜いちゃん」がその本を取り返しに来る。安公の父にばれて、二十五銭では安すぎると、叱られたものらしい。漱石は値切った自分に怒ると同時に、売った側にも怒りを感じた。そのこじれた感情を持ちあつかって、金は要らないから本だけ返す、という挙に出るのである。最後をこう締めくくっている。「さうして私は何の意味なしに二十五銭の小遣を取られてしまつたのである」。

六度目は、第三十五回である。これはまだ浅草の養家にいたときの話であろう。漱石は、「当時私のゐた家は無論高田の馬場の下ではなかつた」と婉曲に表現している。この一連の随筆の中では、まだ養家の具体的な話は出ていないのである。「無論」とあるのは、思い出の舞台が日本橋の寄席で、そこに一人で出かけているからだ。日本橋は、早稲田の田舎からでは小学生が独りで通うのに遠すぎるだろう。だからこの思い出は、九歳までのことということになる。しかし低学年ではなく、七、八歳のころのことではないだろうか。昼席で講談を好んで聞いたというのである。その場の雰囲気を伝え、かつ講釈師の思い出も語られるけれども、印象的なのは中入りのときの菓子の買い方である。菓子が箱に入れられて、客席に適当な間隔をもって置かれる。客はそこに手を伸ばして好きなだけ取って、代金を入れるという方式だったという。その「鷹揚で呑気な気分」を懐かしんでいる。

七度目は、第三十六回。長兄大助の思い出である。十歳以上も年長のこの兄は、漱石の敬慕する数少ない、いやたった一人といってもいい肉親であったが、結核を患い、東大の前身である開成学校を中退せざるをえなくなる。立派な顔立ちに恵まれ、元来は頭もよく勤勉であり、近寄りがたいという印象を漱石も持っていたのだが、病に冒されてからは、どこか遊び人ふうな柔らか味が出てくる。その兄は、結局三十歳そこそこで亡くなってしまう。漱石が二十歳の時である。葬式が終わってから、柳橋の元芸者という一人の女が訪ねてきて、兄が妻帯しなかったことを確認して帰って行く、という話である。

そしてこれが最後となる八度目は、第三十七、三十八回の二回を使って語られる、母の思い出である。実母の千枝は、漱石が十四歳のときに亡くなっているので、一緒に暮らしたのは、九歳で実家に戻されてから数えると、正味で四年と半年にすぎない。着ている着物、大きな鉄縁の眼鏡のこと、記憶と結びついている襖《ふすま》のこと、遺品にまつわる思い出、兄と囲碁を打っている姿、いろいろ語られるけれども、最も印象的なのは、漱石が夢に襲われたときの一部始終である。漱石は、学生時代の正岡子規宛の書簡などをみると、相当に昼寝が好きであったらしい。また、教師として熊本で教えていた時期の同僚の友人に撮られた写真にも、家で昼寝をしているのがある。

問題の夢も、二階で昼寝をしたときの夢である。長くなるが、ここは原文を引いておきたい。

私は何時何処《いつどこ》で犯した罪か知らないが、何しろ自分の所有でない金銭を多額に消費してしまつた。それを何の目的で何に遣《つか》つたのか、其辺も明瞭でないけれども、小供の私には到底《とても》償ふ訳に行かないので、気の狭い私は寐ながら大変苦しみ出した。さうして仕舞《しまい》に大きな声を揚げて下にゐる母を呼んだのである。

二階の梯子段《はしごだん》は母の大眼鏡と離す事の出来ない、生死事大無常迅速云々と書いた石摺《いしずり》の張交《はりまぜ》にしてある襖《ふすま》のすぐ後《うしろ》に附いてゐるので、母は私の声を聞き付けると、すぐ二階へ上つて来て呉れた。私は其所に立つて私を眺めてゐる母に、私の苦しみを話して、何《ど》うかして下さいと頼んだ。母は其時微笑しながら、「心配しないでも好いよ。御母《おっか》さんがいくらでも御金を出して上げるから」と云つて呉れた。私は大変嬉しかつた。それで安心してまたすや〳〵寐てしまつた。

漱石はどこまでが現実でどこからが夢なのか、今でも疑っていると書くけれど、事実関係はこの通りであったとしか考えられない、と結論づけている。なんと麗しい記憶であり、思い出であることだろう。人は、このような記憶に支えられてはじめて、苦難から立ち直り、生きてゆくことができるのではないだろうか。連載の最後から二番目に書かれたこの「過去」に、過去を語る漱石の思いが凝集しているように感じるのは、私ばかりではあるまい。

さて、このように語られた過去を別な角度からみてみると、いくつかの特徴に気がつくだろう。一つは、いうまでもなく、振り返られた年代が比較的狭いということである。『私の個人主義』において省みられたのが、英文学を学び始めてからロンドン留学を終えるころまでの、青年期から以降であったのに対して、最初の十七、八歳ころ若い芸者とトランプをした話や、長兄の亡くなった二十歳のころのことを除けば、いずれも養家から実家に戻された九歳前後の話である。しかしこれは、たしかに環境が大きく変わった転換の時期ではあっただろうけれど、記憶がここに集中していたからそうなったわけではないだろう。むしろ、書きやすいところを小手試《こてだめ》しに書いたのではないだろうか。それは後に見るように、最終回である第三十九回で、連載を総括した言葉からも窺えることだと思う。

もう一つの特徴は、金にまつわる話が多いということだ。最初の若い芸者とのトランプ遊びが、すでにして金の有無が生み出した話であるし、写本『南畝莠言』をめぐる幼い友人同士のトラブルにも、金銭の授受がからまっている。日本橋の寄席の思い出も、鷹揚で呑気な雰囲気は、金に対するおおらかさが生み出していたのであろうし、最後の母の思い出の夢にも、金の影が色濃く落とされている。

われわれは〈6〉において、『心』の「私」が、「先生」から受け取った「思想」を並べてみたことがあった。そのなかに、「鋳型に入れたやうな悪人は世の中にある筈がありませんよ。平生はみんな善人なんです、少なくともみんな普通の人間なんです。それが、いざといふ間際に、急に悪人に変るんだから恐ろしいのです」というくだりがあり、その「いざといふ間際」の意味を「私」に問われた「先生」は、「金さ君。金を見ると、どんな君子でもすぐ悪人になるのさ」と答えていた。回想に出てくる金は、無論この「いざという間際」というほどの切迫感を伴ってはいない。しかし漱石が過去を語ろうとしたときに、金にまつわることが、おそらく無意識にではあろうが、にじみ出てくることは注目しておいてよいだろう。

以上八度にわたって語られた漱石の過去をみてきたが、そのうちで漱石自身の心の動きをうかがうことができるのは、四つの思い出においてである。若い芸者とのトランプ遊びでは、心の動きそのものが表現されているわけではないけれども、「好いわ、私が持つてるから」と助け舟を出され、かつ仲間入りを誘われた思いは、十分に想像できるというものだろう。実家に戻された当座の、実の親であることをこっそり教えてくれた下女の「親切」に対しては、「心の中《うち》では大変嬉しかつた」

と率直に述べている。写本の獲得と放棄では、自らの心を持ちあつかいかねた、ねじれのようなものが吐露されていた。そして最後の母の救いの手には、「安慰」というものの原型であるような趣がある。これらから一つを除けば、いずれも漱石へと向けられた女性からの好意ないし親切が、好もしいものとして表現されている。これも『硝子戸の中』で語られた漱石の過去の、一つの特質であるといえるだろう。

みてきたような自身の具体的な過去は語られなくとも、筆が過去へと伸びていることもある。たとえば連載の「九」、「十」の二回は、学生時代のOという友人のことに当てられ、とくに「九」では、もっぱら学生時代の思い出が語られる。Oというのは、太田達人のイニシアルである。二人はよく行き来し、暑中休暇中に毎日のように水泳場に通ったとか、太田の貧しい下宿先で干鮭を振舞われたり、煮豆をつつきあったりしたことが綴られている。そして太田自身は、「口の利き方」が「鈍でゆつたりした調子」であり、「怒《いか》つたり激したりする顔を見る事」はなかったし、「性質が鷹揚」であり、「頭脳も私よりは遥かに大きかつた」という。また、「彼は最初から理科へ入る目的を有《も》つてゐながら、好んで哲学の書物などを繙《ひもと》いた」というふうであり、あるとき一緒に散歩していて、秋日和のなか風もないのに木の葉がはらはらと散るのをみて、低い声で「あッ悟つた」と叫んだりしたという。漱石は「彼を敬愛に価《あたひ》する長者として認めてゐた」のである。こうしてみてくると、『心』における「先生」とKの関係が重なるように思われてくる。もちろんモデル問題などには、私の関心はない。ただ『心』を書いていたときの余韻のようなものが、この回想に見え隠れしているように思うのである。

このほかにも、「十四」は、漱石の生まれる前の実家に泥棒の入った話――これは鏡子夫人が漱石の三兄から聞いたのを又聞きしたものであるという――などもある。また「二十三」では、生まれた土地と父のことが語られる。父は、維新前は名主であり、維新後は区長などを務めた地付きのいわばボスであった。彼は、町名や町内の坂に自家の紋所や苗字をあてて恥じなかったという。しかしこれを執筆している漱石は、「それを誇にした彼の虚栄心を、今になつて考へて見ると、厭な心持は疾《と》くに消え去つて、只微笑したくなる丈である」と書く。

また、「三十三」では、人とのかかわり方についてのむずかしさ、大げさにいえば苦悩が語られる。自分の過去なり経験なりを振り返って、つぎのように思う。

私の僻《ひがみ》を別にして、私は過去に於て、多くの人から馬鹿にされたといふ苦い記憶を有《も》つてゐる。同時に、先方の云ふ事や為《す》る事を、わざと平たく取らずに、暗に其人の品性に恥を搔《か》ゝしたと同じ様な解釈をした経験も沢山ありはしまいかと思ふ。

この反省に立ちはするものの、自分に相手を見誤ることのない、まったき直覚がそなわるか、他人が曇りなく濁りない、澄みきった「正直もの」となって、自分と一体化してくれる以外に、これを脱却する道はないと、なげいている。この感覚は、実は「喜いちやん」に対したときの気持ちと非常に近いものがある。ここでも自分にも腹を立てつつ、相手にも等分の責務を問う姿勢が見える。
このようにして、『硝子戸の中』は最終章を迎えることになる。ここではその「過去」との関係だけに注目してきたが、ほかには執筆当時現在の、身辺に起こるさまざまなこと――たとえば愛犬ヘクトーの死のような――が語られるけれども、今は省略につきたい。その第三十九回では、それまでの連載を振り返って、次のように総括している。

私は今迄他《ひと》の事と私の事をごちや〳〵に書いた。他《ひと》の事を書くときには、成る可《べ》く相手の迷惑にならないやうにとの掛念があつた。私の身の上を語る時分には、却つて比較的自由な空気の中《なか》に呼吸する事が出来た。それでも私はまだ私に対して全く色気を取り除き得る程度に達してゐなかつた。嘘を吐《つ》いて世間を欺く程の衒気がないにしても、もつと卑しい所、もつと悪い所、もつと面目を失するやうな自分の欠点を、つい発表しずに仕舞つた。聖オーガストの懺悔、ルソーの懺悔、オピアムイーターの懺悔、――それをいくら辿つて行つても、本当の事実は人間の力で叙述出来る筈がないと誰かゞ云つた事がある。況《ま》して私の書いたものは懺悔ではない。私の罪は、――もしそれを罪と云ひ得るならば、――頗《すこ》ぶる明るい側からばかり写されてゐただらう。其所にある人は一種の不快を感ずるかも知れない。然し私自身は今其不快の上に跨がつて、一般の人類をひろく見渡しながら微笑してゐるのである。今迄詰らない事を書いた自分をも、同じ眼で見渡して、恰《あたか》もそれが他人であつたかの感を抱きつゝ、矢張り微笑してゐるのである。

このくだりを読むと、私が先に回想の年代を局限していることに触れて、「書きやすいところを小手試しに書いたのではないだろうか」といったことが裏付けられるような気持ちになる。必ずしも「罪」ではないのだが、たしかにいずれも「頗ぶる明るい側からばかり写されて」いたように思う。父の虚栄心に対する寛容も、この「微笑」と同じものであったにちがいない。

一見この安心立命の極致にあるような文言の裏には、しかし、大きな覚悟と自負があったのではないだろうか。「本当の事実は人間の力で叙述出来る筈がない」とは誰の言葉であるのか、私にはわからないが、これはわれわれがこれまでに見てきた、偽りなく、すっかりありのままに書く、という罪の消える条件とはどのようにつながるのだろうか。それは実は不可能事だったのだろうか。もし漱石の筆がここで絶えていたなら、この文章はそのように受け取られたかもしれない。しかしわれわれには次の漱石の作品が残された。そしてわれわれは、そこにおいて、「私の罪」がもっと暗いところから、「本当の事実」として語られるところをみてゆこうとしているのである。

16　京での再発

『硝子戸の中』は、このようにして大正四年（一九一五）二月十四日に擱筆され、二十三日には新聞の連載も完結した。このころから二月下旬にかけて、『私の個人主義』の原稿を新たに書き起こしたと推測されることは、先に述べたとおりである。

三月の初めころ、画家の津田青楓が東京を去って、京都下深草の桃陽園というところへ移っていった。津田は、小宮豊隆の紹介で、明治四十四年ころから漱石山房に出入りするようになった人である。最初は、書いた小説をどこかに紹介・掲載してもらいたいという希望で近づいたらしいが、その後はもっぱら、漱石にとって大切な息抜きであり趣味でもあった、絵画の実践ならびに鑑賞のよい先導者としてのつきあいに変わっていた。かつては漱石を仰ぎみて尊崇の念を高めたいわゆる門下生たちが、師との関係においてたがいに新鮮味を失い、去るというほどではなくとも、疎遠に傾きつつあったときに、津田は心を通わせることのできる数少ない貴重な友人であった。

そのような友人を遠方に送るということは、漱石にとっても淋しいことであったにちがいない。津田が京都へ着いたという知らせを受けての三月九日付けの返信に、

御安着の由《よし》結構です僕も遊びに行きたくなつた小説は四月一日頃から書き出せばどうか間に合ふらしいのです夫《それ》で其前なら少しはひまも出来ると思ひます

と書き、「画を見てもらふ人がゐなくなつたので少々困つてゐます」と結んでいる。この「遊びに行きたくなつた」が、実行されることになり、漱石は三月十九日に新橋駅を発ち、同日夕刻、無事

京都に着いた。当初は一週間ほどの日程の予定であったのだろうが、現実に東京に戻ったのは、四月十七日のことだった。

この京都滞在が延伸した最大の原因は、胃病の再発である。三月十九日の夕刻に京都に着いたときは、津田が迎えに出た。津田は、木屋《きや》町の北大嘉《きたのたいが》という旅館に漱石を案内した。翌二十日は、津田の兄で、華道家であり画家でもある西川一草亭を交えた三人で、一力亭《いちりきてい》で毎年行なわれる大石忌（赤穂浪士の大石良雄の法要）を見に行った。一力亭というのは、いわゆる茶屋（料理茶屋）で、漱石は朝日新聞に入社する直前の、明治四十年四月に京都を訪れたときも立ち寄っている。

その一力亭の女将の妹にあたるのが、京都の名妓とうたわれた磯田多佳女《いそだたかじょ》で、当時はもう芸妓は辞めて、大友《だいとも》という茶屋の女将となっていた。この多佳女は、芸妓時代に九雲堂という陶器店を開き、そこでは洋画家浅井忠の絵付けの器などを扱っていた。浅井といえば俳句好きで、子規との因縁もあって、漱石とは浅からぬ関係にあった。ロンドン留学中には一緒に散歩をしたりしているし、第一その作品を評価し、愛していた。浅井の訃報に接したときに、ロンドンで親しくつきあった、当時はまだ実業家の卵であった渡辺和太郎宛に、次のように書き送っている（明治四十一年一月二十日付け）。

浅井画伯は惜しき事致候小生いつか同君の水彩を楣間《びかん》にかけ度《たし》と存居候ひしにまだたのみもせぬうちに故人となられ候。家がないから画などたのんだつて駄目だと思つてるうちに画の方が

駄目に相成候。同君帰朝後の事業半途にて遠逝画界のため深く惜むべき事に候

また、〈11〉で触れたいわゆる修善寺の大患のときに、人事不省からかろうじて回帰、その予後をまだ修善寺において養っていた、明治四十三年（一九一〇）九月十八日の日記には次のようにある。

○昨夜東洋城帰京の途次寄る。
九雲堂の見舞のコップ虞美人草の模様のものをくれる。戸〔砥〕部の一輪挿是は本人の土産也。

漱石が危篤になり、そこから回復しつつあることは、新聞などで報道されたから、九雲堂もそのことは承知していたにちがいない。それまでに漱石と多佳女の間にどのような関係があったのか、それはわからないが、ここにおいて、見舞いを東洋城に託すだけの関係、あるいは思いがあったことはたしかであろう。（明治四十五年春、谷崎潤一郎が京都に長田幹彦を訪ねて、その紹介で磯田多佳女にはじめて会ったときのことを記すに先立って、瀬沼茂樹は『日本文壇史』のなかで、同女を「多佳女は尾崎紅葉や巌谷小波の知遇を得た「文学芸妓」として知られ、和歌・俳句・書画をよくし、芸妓をやめた後も、夏目漱石、高浜虚子、吉井勇などによく知られていた」と説明している。）

二十日の日記には、北大嘉にもどってから、「晩食に御多佳さんを呼んで四人で十一時迄話す」

とある。しかしその前に「腹いたし」と書き込むことも、漱石は忘れていなかった。二十一日には、津田とともに一草亭の住居である去風洞を訪れ、午後には津田の桃陽園に赴き、そこに一泊する。二十二日には宇治一帯をみてまわり、一人で北大嘉にもどる。そして日記には、「淋しいから御多佳さんに遊びに来てくれと電話で頼む」とある。一草亭も後から来たらしい。二十三日は、朝から津田と一草亭が来て、「ある人」の別荘見学に出かける予定であったが、「腹工合あしく且天気あしゝ。天気晴るれど腹工合なほらず」というわけで中止にして、宿で三人で勝手に絵を描いて過ごす。二十四日は、暖かな日だったら北野の梅を見に行こうと多佳女が言っていたので、誘いの電話をかけると、相手は外出してしまっていた（漱石からみたこの違約は、許しがたいものであったらしく、後々まで尾を引くことになる）。仕方なしに博物館を見物したり四条京極をぶらつくが、やはり「腹工合あしし」である。「晩に気分あしき故明日出立と決心す」という次第になる。

二十五日は、いよいよよくない。寝台車の予約をとる。しかし、「胃いたむ。寒。縁側の蒲《がま》の上に坐布団をしき車の前掛をかけて寐る」。この日は津田と奈良へ行く約束があって、津田が見えるが、奈良行きを断らざるを得ない。多佳女も来て、「出立をのばせといふ」。そうしてとうとう、「寝台を断つて病人となつて寐る」ことになる。この日の日記は、この後つぎのように続く。

晩に御君さんと金之助がくる。多佳さんと青楓君と四人で話してゐるうちに腹工合少々よくなる。十一時頃浅木さんくる。二三日静養の必要をとく。金之助の便秘の話し。卯の年の話し。

先生は七赤の卯だといふ。姉危篤の電報来る。帰れば此方が危篤になるばかりだから仕方がないとあきらめる。

幽霊が出る話、先生生きてゝ御呉《おく》れやす

「御君さん」と「金之助」というのは、ともに祇園の芸妓である。金之助は漱石の本名でもあり、先に引いた修善寺の大患のときの、東洋城の見舞いのことを認《したた》めた日記の続きに、「〇地方にて知らぬ人余の病気を心配するもの沢山ある由難有《ありがた》き事也。京都の髪結某余の小さき写真を飾る由。金之助といふ芸者も愛読者のよし。東洋城より聞く」とあって、漱石もその存在を知らされていた。

このときなぜ二人の芸妓が訪れてきたのか。漱石の二十年忌、昭和十年（一九三五）十二月九日を期して北大嘉で開かれた「漱石を偲ぶ」座談会での、「金之助」すなわち梅垣きぬの証言をきいてみよう（『週間朝日』昭和十年十二月八日号より）。「御君さん」とよばれた野村きみのほうは、このときすでに物故していた。

梅垣　わて中村楼にお君さんと二人でゐたんどすわ。すると先生が大石忌へお越しになつたことを聞いたもんで、十年この方小説であこがれてゐる夏目先生どすしやろ、たとひ一眼たりとも先生に会うて見たいわ。影でもえゝよつて見たいわ。矢も楯もたまらんので二人で人力車に合乗りで来たんどす。

大道　ホウ合乗りはよかつたな。

梅垣　はあ、でなんぞおみやげもつて行かんならんちうので鳩居堂へ行つて『梅ヶ香』の竹の筒を買うてそれをもつてこゝの玄関へ来たんどすえ。それもお多佳さんが来てやはることちやんと知つてたもんで――お多佳さんを呼んで「先生おいでやしたらたつた一目でえゝよつて、影でもえゝから、お隣りの間までゞも入れておくれはりやしまへんか」いふたら、お多佳さんも考へてゐやはつたが、「では待つといや」いうて二階へ上つて行かはつた。すると「先生がお上んなさいといはれたからお上りやす」といはれた時のまあ嬉しかつたこと。

日記に記された「先生生きてゝ御呉れやす」は、まんざらの誇張でもなかったのだろう。この座談会では、金之助は大石忌の当日のこととして語っているが、漱石の日記と照らしてみると、この二十五日のことであったにちがいない。「四人」は五人であり、「浅木さん」というのは呼ばれた医者である。

津田宛に、遊びに行きたいと書いた書簡で、四月一日からとりかかれば間に合うとされた「小説」は、いうまでもなく『道草』であるが、その執筆直前に姉の訃に接するのは、何かしらの因縁を感じさせる。この日記ではまだ「危篤」だけれども、この三日後に鏡子夫人に出したはがきには、「姉は気の毒をしました」とあり、電報の後まもなく亡くなったことがわかる。

ちょっと先回りをするようだけれども、『道草』「五」において主人公である健三は、姉を久しぶりに訪ね、二人で年回りの話をする。そこで姉は、「健ちゃんは慥《たし》か七赤だつたね」といっている。二人の芸妓との話で、「先生は七赤の卯だといふ」のようなことが話題になったその晩に、姉の危篤の報が届いたことが、健三と姉の会話の背後に見え隠れする。

『硝子戸の中』で、漱石が過去を語る一番初めは、若い芸者とトランプ遊びをしたときのことであった。この話の発端は、漱石が早稲田南町の自宅近くの、「たつた一度」だけ入ったことがあると断った床屋での、亭主との会話である。話しているうちに、亭主は漱石の従兄の高田庄吉をよく知っていたことがわかる。そこから、昔の思い出へと筆は進んだのであった。従兄の話が出たとき、漱石は「高田も死んだよ」と告げると、亭主はびっくりしてその時期を尋ねる。「なに、つい此間《こなひだ》さ。今日で二週間になるか、ならない位のものだらう」と漱石は答えるのだが、この床屋で髪を刈ってもらった「たつた一度」がいつのことであるかがわからないために、庄吉の正確な没年が特定できない。私に不分明であるだけでなく、調べた人もないらしく、没年の記された資料に当たれないのである。そしてこの高田の女房こそ、上において危篤となった漱石の腹違いの姉、ふさその人であった。

　きたるべき『道草』においては、高田は比田として小さくない役割を与えられている。このように、『道草』の重要な登場人物として描かれることになる、現実の夫妻は、すでにこの世から姿を消していたのである。このことも、この小説の執筆に少なからぬ影を落としているように思われる。

　この二十五日の晩は夜を徹して話し込んだらしい、その不摂生がたたって、翌日はまた「終日無言、平臥、不飲不食《のまずくわず》」という状態になる。しかしまた小康が訪れて、二十八日には回復したことを告げるはがきを、鏡子夫人に出している。日記は、二十九日に「又画帖をかく、午後御多佳さんがくる、晩食後合作をやる」とあって、以降は絶えている。

三十日には、病気で倒れ、大勢の人に迷惑をかけたから、その償いをしたいというので、皆を多佳女の茶屋、大友に招待して、食事をしたり舞妓の踊りを見たりしようとしたらしいが、大友で再び倒れて、血便をみるという事態に至ってしまったのであった。二日ほどしてようやく北大嘉にもどった。京都は都踊りで、大友にとってもかき入れ時であったから、病人がいたのでは申し訳ないと、無理をして出たのである。

この後、鏡子夫人が駆けつけ、逗留はさらに長引き、四月十六日の寝台で帰京するまで続くことになる。一日から書けば間に合うとされた小説は、間に合うべくもなく、万が一に備えて出立前に手配をしてあった中勘助の『つむじまがり』が、代役を務めた。

17 呼称について

『道草』は、大正四年（一九一五）六月三日にその第一回が掲載された。すでに述べたように起筆の日時はわからない。具体的な構想が、いつどのように組み立てられたのかも知る由がない。

今までに何度かみたように、漱石の新聞連載では、執筆したそばから活字になってしまうので、後からの修正が事実上不可能である。今のようにコピーがあるわけではないから、書いてから出るまでの何回分かは、振り返る材料すらないのである。感心するのは、そのようなことによる失策の痕がほとんどないことである。

しかし、執筆の姿勢が揺らいだり変更されたりしたことが、まったくないわけではない。たとえば『それから』についてみると、主人公をどのように作品中で呼ぶか、にそれがみえる。漱石の初期の作品では、『吾輩は猫である』にしても『坊っちゃん』、『草枕』でも、語り手の正式呼称が現われない。猫は「名前はまだない」のだし、「坊っちゃん」は最後まで「おれ」のままである。『草枕』の語り手は、「余は画工である」だけですまされてしまっている。これは、書き手がすなわち物語の語り手であるため、猫やおれや画工が相対化されるきっかけないし必要がないからであろう。

朝日新聞に入る前の最後の作品は『野分』で、これは四百字詰め原稿用紙に換算して二五〇枚という中篇小説だけれど、雑誌『ホトトギス』に一挙掲載されたものである。「白井道也は文学者である」の一句ではじまるこの小説の主人公白井道也は、地の文で「道也」と表記されることも、「道也先生」と書かれることもある。貧しい書生である高柳周作とその友人中野輝一は、地の文であってもおおむね「高柳君」、「中野君」のように「君」をつけて呼ばれる。いずれも読んでいて不自然の感じは起こらないのだけれども、今ではちょっと珍しい部類に属する登場人物の呼称であろう。書き手と登場人物の距離感がそうさせているのだろうが、道也の場合などは、前後の文章の勢いしだいで、「先生」がついたりつかなかったりしているようにも見える。――たとえば『野分』

「三」には、「道也先生は頭をあげて向の壁を見た。鼠色の寒い色の上に大きな細君の影が写つてゐる。其影と妻君とは同じ様に無意義に道也の眼に映じた」というところがある。これだけを見ると、単純な行為では「先生」がついて、多少とも心理的な要素が混じると「先生」がつかないように思われるかもしれないが、この引用の一頁ほど後には、「道也は黙つて、茶を飲んで居る」とあり、答えはなかなか得られない。

最初の新聞連載小説である『虞美人草』でも、この傾向はつづき、登場人物は、「甲野さん」、「宗近君」、「小野さん」、「孤堂先生」などと書かれる。主人公である甲野欽吾は、小説のごく初めのほうでは「甲野君」とも書かれるが、途中からは「さん」に統一されているようである。女性はもっぱら名前で呼ばれ、「藤尾」、「小夜子」、「糸子」など、「さん」はつかない。二つ目の連載小説『坑夫』は、「自分」がすなわち語り手だから、『坊っちゃん』の場合とほぼ同様で、このような問題は生じていない。

つぎの『三四郎』は、主人公小川三四郎の視点から物語が語られはするものの、書き手は、三四郎を客観的に描写しうる位置を獲得している。ただ人物の呼称には、三四郎との関係がそのまま反映している。友人の佐々木与次郎は「与次郎」とそっけないが、故郷の先輩である野々宮宗八は君付けで呼ばれることもあるが大抵は「野々宮さん」だし、その友人の画家は「原口さん」となり、高等学校の先生である広田萇は、「広田先生」である。ここでも女性は名前で呼ばれ、「美禰子」、「よし子」などですまされている。ただ、田舎で三四郎を待っているらしい幼なじみは、「三輪田の御光《おみつ》さん」と、「さん」がつけられている。

「色々な意味に於てそれからである」、と予告された『それから』は、書き手の位置は、『三四郎』とほぼ同様であるが、登場人物の呼称ということに関しては、いずれもそっけない。これは一つには、『三四郎』のように、先生やら先輩やらが登場せず、友人のほかは、むしろ親族であるからだろう。したがって、付けたくても付けようがなかったのかもしれない。

『それから』は、周知のように、学生時代の親友のために、自分が好意を寄せていた、もう一人の友人の妹への思いを断ち切って、その妹と親友の結婚をとりもった男が、そのような「不自然」のために仇を討たれる物語である。物語は、その結婚した二人が任地の関西を離れて、東京に戻ってきたところから始まる。主人公の名は代助で、親友は平岡、結婚してその妻となった、友人の妹の名は三千代である。『それから』の「四の三」に、次のようなくだりがある。

> 代助は此細君を捕《つら》まへて、かつて奥さんと云つた事がない。何時《いつ》でも三千代さん〳〵と、結婚しない前の通りに、本名を呼んでゐる。代助は平岡に分れてから又引き返して、旅宿へ行つて、三千代さんに逢つて話しをしやうかと思つた。

この「三千代さんに逢つて話しをしやうかと思つた」が、三千代の名が地の文に出てくるはじめである。ここには「さん」がついている。この「さん」は、すぐ前の「三千代さん〳〵」をうっかり引きずったものかもしれないし、あるいは、ずっと「さん」つきの呼称でゆこうという方針であったのかもしれない。

次節の「四の四」では、「三千代は東京を出て一年目に産をした」と、もう「さん」はついていない。この節ではすべてなしである。しかし、漱石の自筆の原稿を見ると、この部分もはじめは、「三千代さんは東京を出て……」というように「さん」がついていたのだが、「さんは」を棒線で消して、「は」だけを補っているのである。この節では、ほかのところでも同じように「さん」を削除しているから、最初は「さん」付けでゆこうとしたのを、後から変更したのにちがいない。だとすると、はじめの「三千代さんに逢つて話しをしやうかと思つた」は、「さん」の消し忘れということになるのではないだろうか。

しかしこの「さん」は単行本になるときにも削除されず、その後の全集でも、今の文庫版でも、ここだけに「さん」がついているのである。初めに書いたように、新聞連載の難しさの一端がここに露呈していると、私は思っている。『それから』にはもう一つ、方針の変更にかかわるのではないかと思われる問題がある。この小説の書き手は、限りなく主人公代助の近くに身をおいているので、代助が知りえないことは書き得ない状況下にあるように見える。その点は、『吾輩は猫である』や『坊っちゃん』と同じことである。主人公が知りえないことは、原則として書くことができない。

漱石は、このような問題に一見無頓着に見えるが、実際は十分な考察がなされている。東大の講義をまとめた『文学論』には、有名な「間隔論」という一章があって、そこでは読者と、登場人物と、作者（語り手）の関係と、その効果についてさまざまに研究されている。平たく言えば、読者が登場人物と一体となるためには、語り手が意識されないほうがよい、というようなことである。たとえば『心』においては、語り手は登場人物の「私」であり、作者は見えない仕掛けになっている。しかも肝心の遺書になると、今度は「先生」が直接の語り手となって、「私」も作者も飛び越して、読者はじかに語りかけられているような感覚をもつことになる。これらのことが、『心』において十分な効果を発揮していることは、論をまたないであろう。

『吾輩は猫である』では、猫が知りえないことは書けない、というのは非常に窮屈である。登場人物の行動でも、猫がついてゆけないところで起こったことは書けない。その「二」では、猫が主人公苦沙弥の日記を覗いて、散歩中の出来事を読者に報知している。また「九」では、猫が苦沙弥の「沈思熟慮」した内容を詳細に書き連ねる。しかしそのあとでは、次のような弁明がどうしても必要になるのである。

> 吾輩は猫である。猫の癖にどうして主人の心中をかく精密に記述し得るかと疑ふものがあるかも知れんが、此位《このくらい》な事は猫にとつて何でもない。吾輩は是で読心術を心得て居る。いつ心得たなんて、そんな余計な事は聞かんでもいゝ。ともかくも心得て居る。人間の膝の上へ乗つて眠つてゐるうちに、吾輩は吾輩の柔かな毛衣《けごろも》をそつと人間の腹にこすり付ける。すると一道の電気が起つて彼の腹の中の行きさつが手にとる様に吾輩の心眼に映ずる。

『それから』においては、主人公が語り手、というわけではないが、ただ一箇所を除いて、代助が知りえないことの記載はない。その例外的なところは、連載の第二回、「一の二」にみられる。この主人公は、独身ながら一家を構えて、婆やと門野という書生を置いている。周知のように、代助は、大学を卒業しておりながら自分は働かないで、実家の仕送りで贅沢な生活を送っているのである。まだ第二回だから、その代助の描写、説明が必要になる。そこで、「婆さんと門野は頗る仲が好い。主人の留守などには、よく二人で話をする」として、二人の、主人をめぐる直接の会話が十行ほど紹介されるのである。この会話は、主人が留守なのだから代助の知りようのないものである。以降結末に至るまで、このような記述はどこにも出てこない。これはまだ、書き手の位置が確定していなかったことの証拠ではないだろうか。

長い回り道になったけれども、新聞の連載小説で、書いたそばから活字になるという状況の困難さが、このようなことから透けて見えるように思われる。

18 話者の位置

『道草』の自筆原稿の第一紙をみると、初めの一行に「道草」と表題を書いて、「漱石」と署名をしている。第二行では、「昔の男（一）」と書いた後から、これを消しているのを認めることができる。そうして改めて、ただ単に「一」とされるのである。全体をいくつかの章に分けて、その章に名前を与えるのは、『彼岸過迄』で初めて試みられた形式であり、それが次の『行人』にも引き継がれたことは、〈14〉で触れた。『坑夫』を例外として、漱石の新聞連載小説は、『行人』までは皆、いくつかの章がそれぞれ何回かの連載で構成されるというものであった。ただ、『虞美人草』、『三四郎』、『それから』、『門』は章が数字で示されるだけで、章題は与えられていなかった。『心』は、新聞連載と単行本では構成が異なっていることも前に述べた。新聞連載では章には分けられず、連載の回数だけが表示されたのであった。

この『道草』の自筆の第一紙をみて驚くのは、原稿に向かって書き出したときも、まだどのような構成にするかがきまっていなかった、ということである。実際に本文を書き出してから、「昔の男」を削除したのか、章題を書いて、すぐに消したのかはわからないけれども、文字通りの星雲状態で、船出したのはまちがいないだろう。

『道草』は、「健三が遠い所から帰つて来て駒込の奥に世帯を持つたのは東京を出てから何年目になるだらう」という文章で始まる。この「遠い所」というのは、さまざまに解釈されてきた。単に地理的に遠い所というだけでなく、主人公健三の、心のありかの象徴としての遠い所から帰ってきた、とされる。その読み方は、その通りだと思うが、星雲状態で書き始めたのであるから、書き手本人がまだ具体的なイメージを持てずにいた結果でもあるだろう。

連載の第二回では、

彼が遠い所から持つて来た書物の箱を此六畳の中で開けた時、彼は山のやうな洋書の裡《うち》に胡坐《あぐら》をかいて、一週間も二週間も暮らしてゐた。

とあって、「遠い所」が、外国であることが暗示される。そうして、第四回で腹違いの姉を訪ねたときの会話——その時の会話には例の「七赤」の話題も出てくるのだが——のなかで、姉の夏に次のように語らせている。

「でも健ちやんは立派になつて本当に結構だ。御前さんが外国へ行く時なんか、もう二度と生きて会ふ事は六づかしからうと思つてたのに、それでもよくまあ達者で帰つて来られたのね。

こうしてはっきりと、洋行帰りの主人公ということが明かされる。もう「遠い所」という言葉は必要ないし、象徴的な意味からも解放されてしまった。さらに連載の第五十三回になると、彼自身の「紙入《かみいれ》」の由来について、「彼はそれを倫敦《ロンドン》の最も賑やかな町で買つたのである」と、地名まで特定されてしまうのである。書き手の心理が、ある方向へと傾いて行く、つまり星雲状態から、はっきりした形をあらわにしてゆく過程を、そこに見ることができないだろうか。

私はこれまで、この『道草』という小説は、漱石が自分自身の過去なり経験なりを、できるだけありのままに「書く」ことによって、他者の参考に供するという意図と意欲にうながされた作品であろう、という考え方を示し、それが実際どのように実現されているのかを、ここで見ようとしている。そうして、この作品に先立つ『私の個人主義』と『硝子戸の中』において、小手試しのように過去が語られるのを見てきた。

『道草』で現在として語られる過去は、漱石自身がロンドン留学から帰って、東大や一高で教鞭を執っていた時期が選ばれた。作品のなかではその時代を特定できるような事実はひとつも記されないが、現実の漱石がロンドンから帰ったのは、明治三十六年（一九〇三）の一月のことであった。いま仮に、この年代を作品の「現在」であるとして、そこからさらに主人公の幼少時代へとさかのぼって過去が語られる、という構造になっている。

漱石が実際に筆を進めているのは、大正四年（一九一五）だから、十二年前のことを振り返っているのである。そうすると、執筆時現在の自分と、作品中現在の自分と、幼少期の自分と、漱石は、三人の間を行ったり来たりすることになる。ここに語り手、書き手の位置取りの困難が、胚胎しているように思われる。たとえば幼少期のことを書くとして、その書くのは、作品中現在の自分が振り返っているのか、執筆時現在の自分が回想しているのか、その視点が定まりがたいように見える。

先に、『道草』冒頭の一文を引いた。その結びの、「何年目になるだらう」というのは、きわめてあいまいである。だれがそのような感慨を催しているのかが、わからない。健三自身の感慨なのか、書き手が指を折っているのか、これだけではわからない。その後は、「彼は故郷の土を踏む珍らしさのうちに一種の淋し味さへ感じた」とつづく。この「感じた」のは健三その人であろう。それを知る書き手が、健三に成り代わって代弁しているのにちがいない。

ここですぐに段落が変わって、次のようにつづく。

　彼の身体には新らしく後に見捨てた遠い国の臭《にほい》がまだ付着してゐた。彼はそれを忌《い》んだ。一日も早く其臭を振《ふる》ひ落さなければならないと思つた。さうして其臭のうちに潜んでゐる彼の誇りと満足には却つて気が付かなかつた。

「付着して」いたことを自覚した健三が、それを「忌んだ」ばかりでなく、「振ひ落」そうと「思った」わけであるから、これは前文の「感じた」と同じことであろう。問題は次の「却って気がつかなかった」である。書き手は、健三が気がつかなかったことを、知っているのである。

『道草』も、『それから』と同じように、作品中現在において基本的には健三の知らないことは、表現されない構造になっている。ただこの場合も、おそらく一箇所だけ例外がある。それは連載の「三十五」で、健三の留守に、兄の長太郎がその前に借りた袴を返しに来る場面である。健三の妻御住《おすみ》が応対して、二人の会話が録されている。話の内容を、健三が御住から間接に聞くという形にもできたと考えれば、『それから』の書生と婆さんの会話より避けやすかったと思われるが、ほとんど一回分の全部が、健三不在の場面に当てられている。

「却つて気が付かなかつた」というのは、執筆時現在からみた十数年前の自分への批判とみることもできるが、この主人公不在の時の会話を報告しうるというのは、これとはまた異なった立場であるといわなければならない。小説の作者は、自分の創造した、いわば「第二の自然」である小説世界の創造主であるから、その世界をどのようにでも作ったり描写したりする権力と権能とをもっている。読者はその世界をただ見つめるだけで、参画して変更することは許されていない。その代わり、作られた世界が、「かぶれ甲斐のしない空気で、知り栄《ばえ》のしない人間」からできていたとすれば、読者は随意に見捨てることができる。作品の中の矛盾や撞着も同じことで、作者はそれらを起こしても、必ずしも責めを負う必要はないかわりに、いつ見放されても文句は言えない立場にある。

先ほど、基本的に健三の知らないことは描写できないと述べたが、実はもう一つ例外がある。具体的には後に検討するけれども、夫婦関係が険悪になった場合などにおける、御住の気持ちを表現しうる立場がそれである。これは顔つきや表情から、健三が、想像したり思い込んだりしたものであるのか、あるいは、当時はわからなかった相手の気持ちが、執筆時現在の作者には理解できるということなのか、それとも不在の会話を報告しうるのと同じ権能の発揮なのか、それはもう少し考えてみないとわかりそうもない。

いずれにしても、漱石が自らの過去を、できるだけありのままに書こうとするときの困難が、書き手の位置取りというものを読者にわかりにくくしていることは、たしかなようである。しかし、おそらく話は逆なのであって、偽りなく書くためには、それは避けがたいことであったのにちがいない。

19　親身に

『道草』は、いろいろに紹介することの可能な物語であるが、ある意味で、小さいころに養子に出された男が、自分で自分を取り戻す物語である。いや、もう少し正確には、取り戻した男の物語、というべきかも知れない。そうして、その取り戻した自己は、円満であったり、明るかったり、快活であったりするものではなかった。むしろある人から見れば、悲惨ともいいうるものであった。実際、充足という境地にいたることのないように見える主人公は、「己《おれ》の責任ぢやない。必竟こんな気違じみた真似を己にさせるものは誰だ。其奴《そいつ》が悪いんだ」（「五十七」）という弁解を、いつも腹の底に潜ませていなければならないのであった。

健三は幼くして養子に出される。養家は、ある一時期、扱所《あつかいじょ》を自宅内に開き、養父はそこの長を務めていた。扱所というのは、明治初年の東京において、各小区に設置された行政執務所である。健三は、そこでは小さな暴君として振る舞い、両親からは物質的に不自由なく、というよりはむしろ贅沢に育てられた。しかし家庭にあっては、精神的な圧迫を受け続けていた。一つには、養父母の愛が純粋なものとして幼い子供に映らず、彼らの将来の経済的安泰の担保としてしか認められていない、と感じざるを得なかったことがあり、また養母の性情にたいする倦厭《けんえん》の気持ちもあった。

さらには、養父島田の女性問題に発する、養父母の不和から来る諍い《いさか》への恐怖もあった。

養父母は離婚し、健三は八歳にして、籍は養家に残したまま実家に引き取られることになる。ところが、「実家の父に取つての健三は、小さな一個の邪魔物であつた。何しに斯《こ》んな出来損ひが舞ひ込んで来たかといふ顔付をした父は、殆んど子としての待遇を彼に与へなかつた」（「九十一」）。父には子供が何人かいて、健三に将来面倒を見てもらう必要性も気持ちもなかったからである。また実家では、たとえ立派に育てても籍が養家にある以上、いつかはまた取られてしまうと考えたのだ。実際、もどった後も出入りをしていた養家では、実家に預けておいて役に立ちそうになったら、表沙汰にして奪い返せばよい、という腹づもりでいた。「健三は海にも住めなかつた。山にも居られなかつた」（同）のである。

作品の中では時期も理由も明示されていないが、成長した健三は実家に復籍することになる。実父には健三を入れて男子が四人あったが、上の二人が相次いで亡くなってしまう。残った三番目の兄長太郎は、「派手好で勉強嫌」、「怠け者」と健三から評されており、父の眼から見ても頼りにならなかったにちがいなく、これらのことが健三の復籍に大きな動力を与えたであろうことは、想像に難くない。

復籍にあたって実父は、それまでの養育費として、一時金と月賦とで、養父の島田になにがしかを支払うとの証文を交わし、それが実行されるところとなって、実家と養家の経済的な関係は落着した。しかし、これきりで健三とまったく無関係になることを危惧した養父は、「今後とも互に不実不人情に相成ざる様心掛度と存候」(「百二」)という一札を、健三から養父宛に提出させる。

健三には、先ほどの三番目の兄のほかに、腹違いの姉である夏がいた。この姉は健三にとっては、「小さい時分いくら手習をさせても記憶《おぼえ》が悪くつて、どんなに平易《やさ》しい字も、とう〳〵頭へ這入《はい》らず仕舞《じまい》に、五十の今日迄生きて来た女だと思ふと、健三にはわが姉ながら気の毒でもあり又うら恥づかしくもあつた」(「六」)という存在である。この夏の亭主が、健三にとって従兄にあたる比田寅八である。比田は、女房の夏から見れば、「ありゃ一人で遊ぶために生れて来た男なんだから仕方がないよ。やれ寄席だ、やれ芝居だ、やれ相撲だつて、御金さへありゃ年が年中飛んで歩いてるんだからね」(「五」)という男であり、健三から見れば、「たゞ算筆に達者だといふ事の外に、大した学問も才幹もない彼」(「二十四」)であり、「無責任の男」で「領解しがたい人間」であると決めつけられている。

一人残った七つ年上の兄、それに二人ながら一回り以上年長の比田夫婦、健三はたしかに、これらの決して純良で賢いとはいえない人々の「世界」に育ったのである。しかし健三は学校を卒業する(「三十三」)。はっきりとは書かれないが、大学を出たにちがいない。そうして「昔しこの世界に人となつた彼は、その後自然の力でこの世界から独り脱け出してしまつた」(「二十九」)のである。この「自然の力」は、おそらく、別のところで、「何でも長い間の修業をして立派な人間になつて世間に出なければならないといふ慾」(「九十一」)、といわれているものを指しているのだろう。卒業後、健三は東京を離れ、さらにロンドンにまで出かけ、さらなる「修業」をつんで、東京に戻ってくる。そうして、これも明示的には明かされないが、大学の教壇に立つことになる。『道草』の話の現在は、ここから始まる。その日常の中に、「昔の男」島田が現われるのである。その出現が、忘れ捨て去った過去、健三が「人となつた」「世界」を呼び戻すことになる。

島田の出現は、出世した元の養い子から経済的な支援を得たい、という目論見《もくろみ》に発したものであった。はじめは年老いて淋しいので、元のようにつきあってほしいという嘆願であったが、じきに露骨な金の要求になる。その場限りの援助として、それに応えてはきたが、健三にしてみれば「自分を貧乏人と見做《みな》してゐる彼の立場から見て、腹が立つ丈《だけ》であつた」(「六十」)のにちがいなかった。そうしてついに、相手があまりにのしかかってくるので、断然拒絶するに至る。

年の暮れになって、島田は人を立てて最後の談判を仕掛けてくる。「互に不実不人情に相成ざる様」という例の書付《かきつけ》を、その取り引きの材料としようとするのである。しかし、それまで人情と義理から金を渡していたのを、取り引きに置き換えられるのは、健三にしてみれば、とうてい容認できることではなかった。しかし、

「書付を買への、今に迷惑するのが厭《いや》なら金を出せのと云はれると此方《こつち》でも断るより外に仕方がありませんが、困るから何《ど》うかして貰ひたい、其代り向後一切無心がましい事は云つて来ないと保証するなら、昔の情義上少しの工面はして上げても構ひません」(「九十六」)

ということろで落着することになる。

年が明けて、百円という金を何とかひねり出して、比田を通じて島田に手渡すと、島田のほうからは、金を受領したことと「向後一切の関係を断つ」ことを記した書付と、復籍のときの書付とが提出されたのであった。

事件ないし出来事としては、『道草』一篇は、このようにして閉じられる。そうして物語としては、この出来事が展開する中で、健三の過去が明かされ、島田のみならず、妻の御住《おすみ》、夏、比田、長太郎、御住の実家の父などとの、健三を中心とした関係の推移が語られるのである。先に見た健三の生い立ちは、おおむね漱石の実際に生い育った道筋と同じである。しかしだからといって、漱石の実人生そのままに、本当に偽りなく、そっくり書かれたということはできない。

私は先に、「作品のなかではその時代を特定できるような事実はひとつも記されない」と書いた。しかし主人公の年齢は、次のようにして明らかにされている。物語の初めで、健三が夏の家を訪れたときの会話である。


「時に姉さんは幾何《いくつ》でしたかね」

「もう御婆さんさ。取つて一だもの御前さん」

姉は黄色い疎《まば》らな歯を出して笑つて見せた。実際五十一とは健三にも意外であつた。

「すると私とは一廻《ひとまはり》以上違ふんだね。私《わたし》や又精々《せいぐ》違つて十《とう》か十一だと思つてゐた」

「どうして一廻どころか。健ちやんとは十六違ふんだよ、姉さんは。良人《うち》が未《ひつじ》の三碧で姉さんが四緑なんだから。健ちやんは慥《たし》か七赤だつたね」

「何だか知らないが、とにかく三十六ですよ」

「繰つて見て御覧、屹度《きつと》七赤だから」

健三はどうして自分の星を繰るのか、それさへ知らなかつた。年齢《とし》の話はそれぎり已めてしまつた。（「五」）


漱石がロンドンから帰ってきたのは、前述のように明治三十六年（一九〇三）一月である。満年齢で三十六歳であり、数え年では、三十七歳ということになる。嘉永四年（一八五一）三月七日生まれの姉ふさは、この年に数えで五十三歳である。この「取つて一」というのは、数え年の数え方だろうから、年齢は二人とも、実際とは少しずらされている。年齢差は、現実の五十三歳と三十七歳であれば、書かれているように「十六」になるけれども、五十一歳と三十六歳では、十五でなければならない。私にも、九星の星の繰り方はよくわからないが、漱石が生まれた慶応三年（一八六七）は、たしかに「七赤」であり、京都で金之助たちに「卯」といわれているのもその通りである。姉の生まれ年が、「四緑」であるのなら、年齢差が十五の嘉永五年生まれでなくてはならない。要するに、上の引用それ自体でも、齟齬《そご》をきたしているのである。これは、書き手の不注意なのか、会話の主体がいい加減なのか、どちらとも決めがたい。

それよりも、このような会話が、現実の漱石とふさの間で交わされただろうか。むしろこれは、すでに触れたように京都の宿で訪ねてきた芸妓の金之助たちといろいろの話をしているときに、姉の危篤の電報が届き、姉の年齢が話題になってもたらされた知識を、もっともらしい姉との会話に転用したのではないだろうか。もし事実をありのままに書くことが、偽りないことになるなら、書かれている年齢は偽りである。会話が、別の現実からの転用であれば、これも偽りといわなければならない。しかし、このような会話で描写されることによって、夏は現実のふさより以上にふさらしく、作品の中で生きているのではないだろうか。なぜ、といえば、それが作者の腕だからとしか言いようはないのだけれども。

漱石は、明治四十一年（一九〇八）十一月七日の『国民新聞』に、『田山花袋君に答ふ』という短い論評を発表した。花袋がある雑誌に発表した文章に、漱石はズーデルマンの『猫橋』を高く評価し、『三四郎』はそれと同じ筆法で行くつもりだと聞いた、と書いたのを受けて、それに反撃するためであった。当時は、実体験に根ざし人生そのものに肉薄するのが真の文学で、漱石のは頭でこしらえた物で迫るものがないと、自然主義の人々から軽んぜられる傾向が強かった。漱石は次のように主張している。

　拵《こしら》へものを苦にせらるゝよりも、活きて居るとしか思へぬ人間や、自然としか思へぬ脚色を拵へる方を苦心したら、どうだらう。拵らへた人間が活きてゐるとしか思へなくつて、拵らへた脚色が自然としか思へぬならば、拵へた作者は一種のクリエーターである。拵へた事を誇りと心得る方が当然である。

ここで言われていることは、現実と小説世界とを区別するために、モデルを変形して活用するというのとは、ちょうど反対のことである。変形してモデルをよりきわだたせよ、というのである。このような意味において、『道草』の登場人物は皆、活きているとしか思えないようにこしらえられた人物である。それでは、それが偽りでないというのは、どういうことか。

それには、『それから』における代助と作者の関係を考えるのが、わかりやすいかもしれない。あまり気づかれないことだけれども、作者は代助を、それほど親身に取り扱ってはいない。むしろ批判的であるとさえいえるだろう。漱石は、あのような人物を「拵へる」ことに興味を持ったのであって、自身の思想を仮託する意図は希薄であったにちがいない。むろん代助の文明批評には、漱石の考えが大いに反映しているだろう。しかしだからといって、作者は全面的に代助を支持しているわけではないようである。

『それから』「十一の七」で、代助は見合いの場である芝居見物に、そうとは知らずに誘い出される。歌舞伎見物をしながら、次のような感想を洩らす。

代助は不図《ふと》二三日前新聞で見た、ある文学者の劇評を思ひ出した。それには、日本の脚本が、あまりに突飛な筋に富んでゐるので、楽に見物が出来ないと書いてあつた。代助は其時、役者の立場から考へて、何もそんな人に見て貰ふ必要はあるまいと思つた。

代助が読んだという劇評は、漱石自身が『それから』を書き始める直前の、明治四十二年五月十五日に『国民新聞』に発表した、『明治座の所感を虚子君に問れて』そのもののことである。その一節には次のようにある。

〇夫《それ》から段々慣れて来たら、漸く役者の主意の存する所も略《ほゞ》分つて来たので、幾分か彼我《ひが》の胸裏に呼応する或ものを認める事が出来たが、奈何《いかん》せん、彼等のやつてゐる事は、到底今日の開明に伴つた筋を演じてゐないのだから甚だ気の毒な心持がした。

代助が漱石に異を唱えている。芝居への見方一つだけれども、ここでは作者はむしろ、自らと切り離すことに努めているのである。これはあくまでも『それから』の話だから、これをもって何かを批判するというのではない。ただ『道草』においては、このようなことさらな距離感を演出しようとはしていない、といいたいのである。漱石は、たとえば『吾輩は猫である』において、自らを苦沙弥と迷亭とに書き分けた。ここではそのような作為も排して、一人ひとりの登場人物に、個別に親身につきあおうとしている。それが、偽りなく書くことにつながるのではないだろうか。そこに、この作品を書き続ける苦心と困難があった。

20 まとまらないということ

そこで問題になるのが、作品の冒頭において、洋行帰りの主人公が誇りと満足に気づいていなかったと指摘しえたものは誰か、ということである。同じような文脈を作品の中から探してみよう。

・健三は研究のために時間をいくらでも必要としていた。友人の誘いも断って、「机の前にこびり着」く生活である。その彼はこんなふうに批判される。「さうして自分の時間に対する態度が、恰も守銭奴のそれに似通つてゐる事には、丸で気がつかなかつた」。(三)

・その結果として孤独に陥っているのだが、自らの営為については、「心の底に異様の熱塊」をもっていた。「だから索寞たる曠野《あらの》の方角へ向けて生活の路を歩いて行きながら、それが却つて本来だとばかり心得てゐた。温かい人間の血を枯らしに行くのだとは決して思はなかつた」。(同)

・健三は風邪をこじらせたときに、熱に浮かされて、御住《おすみ》を邪慳に扱った。回復後御住は、日ごろから愛情がないからそのような態度が出るのだとなじるが、健三は夢や麻酔状態のときに本心が表われるとはかぎらない、という「論理」で対抗してとりあわない。「健三は座を立つた細君の後姿を腹立たしさうに見送つた。彼は論理の権威で自己を伴《いつわ》つてゐる事には丸で気が付かなかつた」。（「十」）

・島田が健三の前に現われて、健三は幼い頃のさまざまな情景を思い出すことになる。そもそも御住は、健三がいまさら島田とかかわりを持つことに反対である。「彼は此事件に就いて思ひ出した幼少の時の記憶を細君に話さなかつた。感情に脆《もろ》い女の事だから、もし左右《さう》でもしたら、或は彼女の反感を和らげるに都合が好《よ》からうとさへ思はなかつた」。（「十五」）

これらは、「守銭奴の態度と変わらなかった」、「人間の血を枯らしに行くのに他ならなかった」、「論理の権威で自己を偽っていたのである」、「幼少の記憶を彼女に話したなら、反感は和らいだであろう」などのようになぜ書かれなかったのか。その差異は、どこにあるのだろう。

私は、これは「間隔論」の一種の応用だろうと思う。『道草』は、健三の独白体ではない。しかし、気づかなかったり思わなかったりした健三と、気づいたり思ったりする健三という二人が存在するという幻想を読者に与え、そこから語り手が、気づいたり思ったりする後者の健三であるかのような錯覚を生み出しているのではないだろうか。なぜそのようなことが可能となったのかといえば、くどいようだけれども、書く漱石と書かれる漱石という、自身の時間的な隔たりがあったからできたのであろう。

しかしこのような、現在の健三から過去の健三への批判の文体は、以降ほとんど影を潜めてしまう。そうして作者は、健三をはじめとする登場人物の、誰をでも俎上に載せうる立場を獲得していくのである。

さて、ここでわれわれが『道草』にかかわっているのは、漱石が『心』において、「先生」に、「記憶して下さい。私は斯《こ》んな風にして生きて来たのです」と遺書で語らせたときに、借り物の「先生」の過去でなく、実際に生きた漱石自身の過去を、すなわち経験を、表白したいという欲求が起こらなかっただろうか、という問いへの答えが、すなわち『道草』一篇ではないのか、という流れに従ってのことであった。そしてその執筆の姿勢なり目的は、偽りなく書くことによって、罪——もし罪というならば——を浄化すること、そうして読者になにがしかのメッセージを伝えることであったにちがいない、ということをみてきた。これからのいくつかの段落において、その書かれた「経験」の中味を実地にみて、そこから、『心』の「私」が「先生」からうけとった「思想」と同じような意味における「何か」を、引き出すことができるのかどうかを、考えてみたいと思う。

しかしその「何か」は、箇条書きにできるような、箴言《しんげん》のような形で提示することのできるものではない。それは、ああでもあれば、こうでもあるという、はなはだ割り切れないどっちつかずのことばかりである。そしてそれこそが、漱石の思想であるのだと思う。

明治四十年から四十一年頃と推定されている、「断片」がある。この「断片」というのは、『漱石全集』においては、着想の心覚えや日々の印象、作品の構想らしきものや読書の要約ないし批評、俳句・漢詩の下書きなど、さまざまな内容を含む日付のないメモのことである。長いものもあるし短いものもある。内容的にはメモでも、日付があれば「日記」に分類されることもある。新しい全集では、この「断片」に通し番号をつけて参照しやすいようにするとともに、その断片が手帳に記されたのか紙片に書かれたのかなど、原形を辿りやすくする工夫も試みた。

その「断片」には、「四七A」という番号が与えられている。これは、漱石が手帳に書きつけた三頁ほどのまとまりで、いくつかの内容を含むが、その冒頭は「結構」についての断片である。「結構」とは、小説を成り立たせる構成ないし仕掛けを意味しているように読める。

作品を書くときに、普通の活動を書いても陳腐だから、異常な活動に眼をつける。異常なことを書くには、それ相当の'situation'が必要になる。そのsituationを作るのが、結構の目的の一つであるという。もともと異常なことを自然らしく見せるためのものだから、それ自身が不自然であっても無理であっても仕方がない。situationさえもっともらしくできれば、その目的はかなったことになる。としたうえで、次のような文章がつづく。

×結構其ものが目的の場合がある。人間はまとめる事が好である。生存競存《〔争〕》上の必要にせまられて、まとめつゝ進んで来た習慣は何事をも（生存競争に必要のなき事迄も）まとめたくなる。
自然は存外まとまらぬものである。だらしのないものである。之をまとめたがるのが人情である。従つて此人情を満足させる時には不自然になる事がある。それでもまとめる方を好む場合がある。結構を目的にする場合にも（此故に）自然を標準にする事は出来ん。よく纏《〔まとま〕》つたと云ふ事を標準にする。

これはたしかに、田山花袋に答えた、「拵へる」方向の一つである。しかし漱石は、それと反対の方向へ考察をつなげる。その、よくまとめるためには、作中の人物の自由行動を束縛しなければならなくなるときがある。なぜなら、いろいろな人が会合して自由に言いたいことを言ったなら、なかなかまとまるものではない。だから「圧制が必要な場合がある」としたうえで、「個人主義の世界には纏まりがつかない事が多い。個人主義に渇仰するとまとまらなくても仕方がないとあきらめる。まとまらないでも自由行動がいゝと云ふ気になる。従つて、まとまらないもの事を見聴しても左程気にかゝらない」と述べ、先ほどと反対の結論へと導く。

×此傾向が自然と小説にもあらはれる。乃《すなわ》ち読者が小説に対して「まとまる」事を要求しなくなる。作家も無理にもまとめる事が必要でないと思ふ様になる。従つて結構はまとまらないでも作中の人物が其性格に応じて自由自然に働らく様にする。

おそらくここに、自然としか思われないようにこしらえる、ということの真相が語られているのであろう。(この「断片」を実際に応用したものは、明治四十一年元旦から新聞連載が始まった『坑夫』である。その「三」には、「よく小説家がこんな性格を書くの、あんな性格をこしらへるのと云つて得意がつてゐる。読者もあの性格がかうだの、あゝだのと分つた様な事を云つてるが、ありや、みんな嘘をかいて楽しんだり、嘘を読んで嬉しがつてるんだらう。本当の事を云ふと性格なんて纏《まとま》つたものはありやしない。本当の事が小説家抔《など》にかけるものぢやなし、書いたつて、小説になる気づかひはあるまい。本当の人間は妙に纏めにくいものだ。神さまでも手古《てこ》ずる位纏まらない物体だ」とあって、作品そのものも、「結構」はあってなきがごとく、その時々の主人公の意識、感じ方をどこまで描写できるかに力点が置かれている。それが「作中の人物が其性格に応じて自由自然に働らく」ことの実践であったにちがいない。ちなみに、この『坑夫』の末尾は、「——自分が坑夫に就《つい》ての経験は是れ丈《だけ》である。さうしてみんな事実である。其の証拠には小説になつてゐないんでも分る」というものである。）

これは、『道草』にとりかかるよりずっと以前の「断片」であるけれども、これから考えてみようとしている、作品に表われた「思想」なるものがどうしてまとまらないのかへの、一つのヒントであることはまちがいないだろう。『道草』から汲み取るべきことは極めて多いにちがいない。その全部を取り上げ考えることは、容易なことではないと思う。とりあえず、まずは「不人情」というものをめぐる問題を考えてみることにしよう。

21　不人情

『道草』に描かれる主人公の、家庭での一番大きな出来事は、妻御住《おすみ》の出産である。産婆が間に合わなくて、健三が出産に立ち会う場面は、漱石の実体験でもあるといわれるが、臨場感にあふれている。その生まれた赤ん坊のために、御住は、着物を縫っている。その布地は、姉からの出産祝いである。健三は、姉に月々経済的な援助をしているので、姉のその行為を理解できない。

健三から貰つた小遣の中《うち》を割いて、斯《か》ういふ贈り物をしなければ気の済まない姉の心持が、彼には理解出来なかつた。

「つまり己《おれ》の金で己《おれ》が買つたと同じ事になるんだからな」

「でも貴夫《あなた》に対する義理だと思つてゐらつしやるんだから仕方がありませんわ」

姉は世間でいふ義理を克明に守り過ぎる女であつた。他《ひと》から物を貰へば屹度〔きつと〕それ以上のものを贈り返さうとして苦しがつた。（「八十五」）

このことの一月ほど前に、健三は知りあいの経営する雑誌に長い原稿を書いて、予期しなかった現金収入を得る。健三はその金を、紫檀《したん》の懸額《かけがく》や花活け、自分のための反物《たんもの》など、すべて緊急でない自分の欲求を満たすだけのために使ってしまう。

是等の物を買ひ調へた彼は毫《ごう》も他人に就いて考へなかつた。新らしく生れる子供さへ眼中になかつた。自分より困つてゐる人の生活などはてんから忘れてゐた。俗社会の義理を過重する姉に比べて見ると、彼は憐れなものに対する好意すら失なつてゐた。(「八十六」)

そうして姉を、「見栄坊《みえ》」であると批判する。しかし、姉の行為の背景に「親切気《ぎ》は丸でない」のかと、御住に問われてみると、内省の気持ちが起こってくる。

健三は一寸《ちよつと》考へなければならなかつた。姉は親切気のある女に違なかつた。
「ことによると己《おれ》の方が不人情に出来てゐるのかも知れない」(同)

この心内語は、姉との対照だけではあるまい。

健三の養父の島田が、出世した健三に金をせびりに来る最初は、吉田という男を介してのことであった。その吉田が島田の窮状を訴えるときに、「人間があまり好過《よす》ぎるもんですから、つい人に騙されてみんな損《す》つちまうんです。とても取れる見込のないのに無暗《むやみ》に金を出してやつたり何かするもんですからな」と島田を弁護すると、健三はすぐに、「人間が好過ぎるんでせうか。あんまり慾張るからぢやありませんか」と切り返す(「十二」)。作品全体から見れば、たしかに健三の評が正鵠を得ているのだろう。少なくとも読者がそう思うように、描かれている。

島田は、健三のところに行く前に、比田に相談を持ちかけていた。それで比田が、健三と長太郎とを自宅に呼んで、経過の確認と対応を検討するところがある。健三が先に着くと、姉の夏がはげしい喘息の発作を起こしている。その姿を目《ま》の当たりにした健三は、「病気に罹つた当人よりも自分の方が却つて不安で堪《たま》らなくな」（「二十四」）るのだけれども、比田は慣れているせいもあって、いっこうに病人を気にする気配を見せずに、名将や傑物の歴史読み物を平気で読んでいる。健三は、「それにしても自分の細君が今にも絶息しさうな勢で咳き込んでゐるのを、丸で余所事《よそごと》のやうに聴いて、こんなものを平気で読んでゐられる所が、如何《いか》にも能《よ》く此男の性質をあらはしてゐた」（「二十五」）と感じざるを得ない。

先の内省は、このような欲張りや薄情者と一線を画しているつもりの健三が、彼らに大きく接近する契機であるといえるだろう。しかし、健三は、『心』の「先生」が、自分を欺いた叔父と、Kを自殺に追いやった自分とを深刻に重ねたようには、自らを彼らと同じ地平に置こうとしない。

物語では、養父に続いて養母の御常《おつね》も、健三を頼って訪ねてくる。その二回目の訪問は、姉の贈り物をめぐるやりとりから、それほど時間が経過していないときであった。

　健三は黙つて御常の顔を眺めてゐた。同時に彼は新らしく床の間に飾られた花瓶《はないけ》と其後《〔その〕うしろ》に懸つてゐる懸額《かけがく》とを眺めた。近いうちに袖を通すべきぴか〱する反物も彼の心のうちにあつた。彼は何故此年寄に対して同情を起し得ないのだらうかと怪しんだ。

「ことによると己《おれ》の方が不人情なのかも知れない」

彼は姉の上に加へた評をもう一遍腹の中で繰り返した。さうして「何不人情でも構ふものか」といふ答を得た。(「八十七」)

おそらくこれは、偽りなく書かれている。しかし作者は、もう一度健三に駄目を押すことを忘れていない。


四五日前少し強い地震のあつた時、臆病な彼はすぐ縁から庭へ飛び下りた。彼が再び座敷へ上つて来た時、細君は思ひも掛けない非難を彼の顔に投げ付けた。

「貴夫《あなた》は不人情ね。自分一人好ければ構はない気なんだから」

何故子供の安危を自分より先に考へなかつたかといふのが細君の不平であつた。咄嗟の衝動から起つた自分の行為に対して、斯《こ》んな批評を加へられやうとは夢にも思つてゐなかつた健三は驚ろいた。

「女にはあゝいふ時でも子供の事が考へられるものかね」

「当り前ですわ」

健三は自分が如何にも不人情のやうな気がした。(「九十三」)


ここではあたかも男と女の相違のように場面が作られているが、実際はあくまで健三と御住との対照である。それでは二人のどこからくる違いであるのかといえば、この場面で強調されているわけではないが、物語の流れとしては、教育の問題が、作者なり健三なりの頭には存在している。健三は教育の力を借りて、はじめて「何不人情でも構ふものか」と開き直ることができたのにちがいない。

先に見たように、知的な雰囲気の希薄な環境の中に育った健三は、「自然の力」で、その「世界」から脱出することに成功した。その脱出の象徴的な事件が、洋行であったろうことは、それが成功のシンボルと島田や御常に映り、過去を呼び戻す契機となっていることからも明らかだろう。しかし作品冒頭では、その「遠い所」の臭いを健三は、忌み、ふるい落とさなければならないと思ったのであった。そうしてその背後にある「誇り」と「満足」には、気づかなかったとされた。

　彼〔健三〕は親類から変人扱ひにされてゐた。然しそれは彼に取つて大した苦痛にもならなかつた。

　「教育が違ふんだから仕方がない」

　彼の腹の中には何時《いつ》でも斯《か》ういふ答弁があつた。（三）

健三がこのように言いうるのは、彼が教育の成果に対して、「誇り」と「満足」をもっていたからではないのだろうか。いずれにしても、「不人情でもかまわない」、の背後には、この「教育が違う」が、大きな支えとなって控えていることはまちがいないだろう。
シェイクスピアの『オセロ』に出てくるイアゴーは、真の悪人であるといっても異議を差し挟まれまい。この人物の右に出るような悪人には、小説でもめったにお目にかかることはできない。漱石は大学講師の時代に、シェイクスピアの講読を担当し、それらは名講義とうたわれた。『オセロ』は、明治三十九年（一九〇六）一月から十月までかかって、評釈をしたとされる。野上豊一郎は、漱石の没後、昭和五年（一九三〇）に、その詳細な講義ノートを刊行した。その『オセロ評釈』は、新しい『漱石全集』に、全集としては初めて収録された。その講義で、漱石はこんな言葉をもらしている。

Shakespeare は Iago を conceive し得る人である。彼は一変すれば自ら Iago 位になれる人である。それほど conception の大きい人である。余には Iago の如きことは出来ない。良心の為に出来ないのではなく、intellectually に出来ない。

イアゴーのような行動が取れないとは、筆にのぼせることができないというのと、この場合同義と見てよいだろう。実際、漱石の作品には、本格的な悪人が登場することはない。それどころか、不人情な人物さえ、なかなか登場しない。不人情に対しても、知的な想像力があまり作動してくれなかったのにちがいない。

そんななかで、『虞美人草』の「小野さん」は、不人情の人として、異彩をはなっている。もちろんあまり芳《かんば》しい異彩ではないけれども。小野は不幸な星の下に生を享《う》ける。小さいときに父も家も失い、井上孤堂という、学校の教師でもしていそうな人の世話を受けて、京都で成人する。成績が優秀で、東京の大学に進学し、卒業の時には恩賜《おんし》の銀時計をもらう将来有望の青年である。孤堂には小夜子という年頃の娘があり、はっきりした約束ではないが、小野と小夜子は、許婚《いいなずけ》のような関係として、三人に了解されていた。小野は、今は博士論文を用意しながら、友人でありこの物語の主人公でもある甲野の、腹違いの妹の家庭教師をしている。妹は藤尾という名で、美しく気位の高い女性として登場する。この藤尾は、小野に秋波を送っている。小野には、あわよくば財産家である甲野家に婿入りしたいという下心があり、小夜子からは逃れたいと思っている。

甲野と宗近という親友同士が、比叡山の山登りをするところから小説は始まるが、藤尾が家庭教師を受けながら、小野になぜ一緒に京都に行かなかったのかと、問いかけるところがある（一二）。「京都には長い事、居らしつたんぢやありませんか」と藤尾にいわれると、「あんまり古い馴染だから、もう行く気にならんのです」と答える。藤尾は小夜子のことを、この時点では知っていない。「随分不人情ね」と藤尾に言われると、小野は、「比較的真面目になつて」、「なに、そんな事はないです」と答えざるを得ない。

将来のことを案じた井上父娘が、京都の家をたたんで上京してくるところから、物語は展開する。五年ぶりに会った小野は、二人の目にはすっかり変わった男に映り、小野は捨て去った過去からいかにして逃れるかに、汲々とすることになる。こうしてみてくると、不幸な生い立ちといい、学問の力で自立を獲得するところといい、捨て去った過去に追いかけられ脅かされるところといい、その結果不人情への傾きが是認されるところといい、小野は健三によく似ているところがある。しかし小野は健三ではないから、物語の終盤に至って、すっかり改心して、「真面目」になって、藤尾を捨てて小夜子との約束を果たそうとする（その急展開の中で、藤尾は命を絶つのだけれども）。

『三四郎』の有名な場面の一つに、団子坂の菊人形見物に行くくだりがある。会場に着く前の人混みの中に乞食がいる。「額を地に擦り付けて、大きな声をのべつに出して、哀願を逞しうしてゐる」。しかし誰も金銭を施そうとしない。広田、野々宮、美禰子、よし子、三四郎たち一行も、冷淡に通り過ぎようとする。のみならずあからさまな批評を加える。まずよし子が、「遣る気にならないわね」というと、兄の野々宮がその理由を尋ねる。「あゝ始終焦《せ》つ着《つ》いて居ちや、焦《せ》つ着《つ》き栄《ばえ》がしないから駄目ですよ」と、よし子に代わって美禰子が断案を下す。広田は、「いえ場所が悪いからだ」と別の解釈を示す。「あまり人通りが多過ぎるから不可《いけ》ない。山の上の淋しい所で、あゝいふ男に逢つたら、誰でも遣る気になるんだよ」。野々宮は、「其代り一日待つてゐても、誰も通らないかも知れない」と混ぜっ返しさえする。都会人の冷酷、とはちょっと違うかもしれないけれど、三四郎にはカルチャー・ショックであった。

三四郎は四人の乞食に対する批評を聞いて、自分が今日迄養成した徳義上の観念を幾分か傷けられる様な気がした。けれども自分が乞食の前を通るとき、一銭も投げてやる料簡が起らなかつたのみならず、実を云へば、寧ろ不愉快な感じが募つた事実を反省して見ると、自分よりも是等四人の方が却つて己れに誠であると思ひ付いた。又彼等は己れに誠であり得る程な広い天地の下に呼吸する都会人種であるといふ事を悟つた。（「五の五」）

今までに養った「徳義」からは、憐れみと施しの感情が起こるべきところに、「不愉快な感じ」が起きてしまった。そのような違和への対処として、徳義のほうに体重をずらして感情を訓化する生き方が、批判にさらされている。徳義よりも、己に起こった感情に従うのが、「己れに誠」であるということを、目の当たりにしたのである。そうしてここでは、つまり都会人種であると共にそれなりの新しい教育を受けた人種にとっては、「己れに誠」のほうが、「徳義」より大切なのであった。

『道草』の原稿を作っている漱石には、小野とも三四郎とも違うものが見えていたように思う。健三が、不人情でもかまわない、ということの意味は、それだけの感情が起こらない自分というものに「誠」つまり不人情であることが、自己に忠実であり正直でもある、ということであるにちがいない。三四郎にはショックはあったが、葛藤は描かれていない。しかし健三は、不人情であることで平安な気持ちを保持できているわけではない。

健三自身の人生行路は、前節で引用したように、「だから索寞たる曠野《あらの》の方角へ向けて生活の路を歩いて行きながら、それが却つて本来だとばかり心得てゐた。温かい人間の血を枯らしに行くのだとは決して思はなかつた」（「三」）というものであった。ここでは、健三その人は、そうは思わなかったとされるが、物語の中では、「血を枯らしに行く」ことが事実として、読者の前に提示されることとなる。

健三の心は紙屑《かみくづ》を丸めた様にくしや〳〵した。時によると肝癪の電流を何かの機会に応じて外《ほか》へ洩らさなければ苦しくつて居堪《ゐたゝ》まれなくなつた。彼は子供が母に強請《せび》つて買つて貰つた草花の鉢などを、無意味に縁側から下へ蹴飛ばして見たりした。赤ちやけた素焼の鉢が彼の思ひ通りにがら〳〵と破《わ》れるのさへ彼には多少の満足になつた。けれども残酷《むご》たらしく摧《くだ》かれた其花と茎の憐れな姿を見るや否や、彼はすぐ又一種の果敢《はか》ない気分に打ち勝たれた。何にも知らない我子の、嬉しがつてゐる美しい慰みを、無慈悲に破壊したのは、彼等の父であるといふ自覚は、［なおさら］猶更彼を悲しくした。彼は半ば自分の行為を悔いた。然し其子供の前にわが非を自白する事は敢てし得なかつた。

「己《おれ》の責任ぢやない。必竟こんな気違じみた真似を己にさせるものは誰だ。其奴《そいつ》が悪いんだ」

彼の腹の底には何時でも斯《か》ういふ弁解が潜んでゐた。（「五十七」）

自らが不人情であり、無慈悲でさえあることの自覚、しかしそこから逃れたい気持ち。作者は、誰も責めないし、ましてや褒めもしない。ここに、本当のことを偽りなく書くことへの作者の意欲と思いが込められていると、私は思う。

22　夫婦の視点

主人公健三の絶対的な位置を脅かすのは、いうまでもなく御住《おすみ》である。健三が、「教育が違ふんだから仕方がない」と腹の中で思えば、「矢つ張り手前味噌よ」と解釈するものは御住である。

気の毒な事に健三は斯うした細君の批評を超越する事が出来なかつた。さう云はれる度に気《き》不味《まづ》い顔をした。ある時は自分を理解しない細君を心《しん》から忌々《いまく》しく思つた。ある時は叱り付けた。又ある時は頭ごなしに遣《や》り込めた。すると彼の癇癪が細君の耳に空威張《から［いばり］》をする人の言葉のやうに響いた。細君は「手前味噌」の四字を「大風呂敷」の四字に訂正するに過ぎなかつた。
（「三」）

大学の教壇に立つ人であるらしい健三にとっての、仕事ないしは研究、学問ないし専門がどのような意味を持っていたのかは、後に考えるとして、健三にとって絶対とも思えたその仕事への、御住の距離の取り方は次のようであった。

彼はまた平生の我に帰つた。活力の大部分を挙げて自分の職業に使ふ事が出来た。彼の時間は静かに流れた。然し其静かなうちには始終いら〳〵するものがあつて、絶えず彼を苦しめた。遠くから彼を眺めてゐなければならなかつた細君は、別に手の出しやうもないので、澄ましてゐた。それが健三には妻にあるまじき冷淡としか思へなかつた。細君はまた心の中《うち》で彼と同じ非難を夫の上に投げ掛けた。夫の書斎で暮らす時間が多くなればなる程、夫婦間の交渉は、用事以外に少なくならなければならない筈だと云ふのが細君の方の理窟であつた。(「九」)

健三を中心とする太陽系の、惑星の位置に甘んずることのない姿勢がみてとれる。

健三から見れば冷淡であるが、御住には御住の感情なり意地なりがあることは、こんなことにも現われる。前段の続きであるが、健三は風呂の後でうたたねをして、ちょっと風邪気味になる。食膳について、くしゃみをたて続けに二回するが、御住は黙っている。健三は同情の乏しい態度につくづく嫌気がさす。御住の方では、夫が先に話してくれれば能動的に振る舞えるのに、と思う。この夫婦には、このような行き違いがさまざまな場面で起こる。

健三の家の家計は、御住が預かっている。健三は黙って稼いだ金を渡し、必要に応じて請求するというスタイルである。その家計が逼迫《ひっぱく》しているという報告を受けて、健三はよけいに働くことを決める(これは漱石の実生活からいえば、明治大学への出講なのだが、作品の中では「余分の仕事を片付けて家に帰る」と、家の外での仕事であることが暗示されているだけである)。その成果は、「月々幾枚かの紙幣に変形」する。その受け渡し後の双方の心中は、次のように描写される。

其時細君は別に嬉しい顔もしなかつた。然し若《も》し夫が優しい言葉に添へて、それを渡して呉れたなら、屹度《きつと》嬉しい顔をする事が出来たらうにと思つた。健三は又若し細君が嬉しさうにそれを受取つてくれたら優しい言葉も掛けられたらうにと考へた。それで物質的の要求に応ずべく工面された此金は、二人の間に存在する精神上の要求を充たす方便としては寧ろ失敗に帰してしまつた。(「二十一」)

先に〈17〉で、『野分』「三」から次のような文章を引いた。「道也先生は頭をあげて向の壁を見た。鼠色の寒い色の上に大きな細君の影が写つてゐる。其影と妻君とは同じ様に無意義に道也の眼に映じた」。道也の細君は、政《まさ》というのだが、この夫婦も健三夫婦とよく似ている。つまり政は、道也に冷淡であるように描かれている。道也には、影が実体のない無意義なものであるのと同じように、妻である政も、同じように無意義にみえたというのである。この場面が象徴するように、『野分』においては、政は夫に無理解な、夫の知己とは反対の圏内の人物として、道也の側から一方的に描写されている。

それに比べると、『道草』の御住は作者から、はるかに公平な扱いを受けているようにみえる。

実際、その心中なり脳中なりが、さまざまに解釈されたり忖度《そんたく》されたりしているのは、右に見たとおりである。これは、『野分』を書いていた当時の漱石には、妻というものが単に了解不可能なわからずやでしかなかったものが、『道草』執筆時にいたって、振り返って、当時の妻の考え方なり感じ方が、想像の圏内に入ってきたということなのだろうか。あるいは、道也は作者の批判から自由な存在として描いたが、健三は批判にさらされるべく創造された主人公、ということなのだろうか。

この『道草』執筆の、わずか半年前の漱石その人は、けっして妻に同情的ではなかった。それは、〈12〉において、当時の日記をたよりに紹介したところから明らかであろう。のみならず、この小説は十数年前の自分を、批判的に考察するものであると断ってきたものの、その具体的な題材は、実はこの半年前のことが、ちょくちょく顔を出しているのである。たとえば、『道草』「三十」には次のくだりがある。

細君はよく寐る女であつた。朝もことによると健三より遅く起きた。健三を送り出してから又横になる日も少なくはなかつた。斯《か》うして飽く迄眠りを貪ぼらないと、頭が痺《しび》れたやうになつて、其日一日何事をしても判然《はつきり》しないといふのが、常に彼女の弁解であつた。

これに対応する記述として、日記には次のようにある。

妻は朝寐坊である。小言を云ふと猶起きない、時とすると九時でも十時でも寐てゐる。洋行中に手紙で何時に起るかと聞き合せたら九時頃だといつた。普通の家庭で細君が九時頃起きて亭主がそれ前に起きるのは極めて少ない、そんな亭主はベーロシやとしか思はれない。妻は頭がわるいといふ事を屹度口実にする。早く起きるとあとで仕事をする事が出来ない終日ぼんやりしてゐると主張する。

日記に「洋行中」とあるように、実際そのような手紙が残っているのだから、十数年前から変わっていないということはできる。しかしその苦情が、生《なま》の形で半年前に筆記されていることは、注目に値しよう（「ベーロシャ」は、真言宗で繰り返される経文から発生したことばで、ふつうは同宗の僧侶を罵っていう。また、「しゃべる」の転倒で、「よくしゃべる者（事）」の俗語であるとされるが、漱石の用法には、女に甘い男のイメージがある）。

同じく日記に、「妻は私が黙つてゐると決して向ふから口を利かない女であつた」とあるのは、先ほどのうたたねから風邪をこじらせたときのやりとりにも現われているし、『道草』「十八」の「彼等は顔さへ見れば自然何か云ひたくなるやうな仲の好い夫婦でもなかつた」というところにも認められるだろう。

また、この日記の時期には、家計の管理についても、「十二月から会計を自分がやる事に」したことは前にも触れたが、『道草』「二十」では、御住のつけている会計簿について、自分でつけるとまではゆかないが、「けれども〔機嫌の〕悪い時は意地になつてわざと見せろと逼《せま》る事があつた」とある。鏡子夫人の虫封じや、お百度参りは、先に引用したとおりであるが、御住については、「迷信家の細君は加持、祈禱、占ひ、神信心、大抵の事を好いてゐた」（「六十六」）とある。「日記」においては、あれほど一方的に決めつけ、憎しみさえあらわであるのに、作品化されたときの二人の関係は、たとえば次のようにも描写される。

> 夫と独立した自己の存在を主張しやうとする細君を見ると健三はすぐ不快を感じた。動《やゝ》ともすると、「女の癖に」といふ気になつた。それが一段劇しくなると忽ち「何を生意気な」といふ言葉に変化した。細君の腹には「いくら女だつて」といふ挨拶が何時でも貯へてあつた。
> 「いくら女だつて、さう踏み付けられて堪るものか」
> 健三は時として細君の顔に出る是丈《〔これだけ〕》の表情を明かに読んだ。
> 「女だから馬鹿にするのではない。馬鹿だから馬鹿にするのだ、尊敬されたければ尊敬される丈の人格を拵えるがいゝ」
> 健三の論理《ロジック》は何時《いつ》の間にか、細君が彼に向つて投げる論理《ロジック》と同じものになつてしまつた。
> 彼等は斯《か》くして円い輪の上をぐる〳〵廻つて歩いた。さうしていくら疲れても気が付かなかつた。（「七十一」）

「細君が彼に向つて投げる論理《ロジック》」とは、「単に夫といふ名前が付いてゐるからと云ふ丈の意味で、其人を尊敬しなくてはならないと強ひられても自分には出来ない。もし尊敬を受けたければ、受けられる丈の実質を有《も》つた人間になつて自分の前に出て来るが好《い》い。夫といふ肩書などは無くつても構はないから」（「七十一」）というものである。これは健三を戯画化しているのでは、おそらくないだろう。健三も作者も、大変に真面目であるのにちがいない。

宇宙論によれば、太陽のように孤立している恒星はむしろまれで、銀河系全体では一対の連星を形成しているものの方が多いのだという。健三と御住は、ちょうどその連星のように、互いに引き合い反発し合いながら、ぐるぐるとめぐり合っているのである。天体力学では、連星のほうが単独であるよりも安定性が高いのだというが、夫婦の場合ははたしてどうであろうか。

健三と御住が接近するときもある。

それでも護謨紐《ごむひも》のやうに弾力性のある二人の間柄には、時により日によつて多少の伸縮《のびちゞみ》があつた。非常に緊張して何時切れるか分らない程に行き詰《つま》つたかと思ふと、それがまた自然の勢で徐々《そろ〳〵》元へ戻つて来た。さうした日和《ひより》の好《い》い精神状態が少し継続すると、細君の唇から暖かい言葉が洩れた。

「是は誰の子？」

健三の手を握つて、自分の腹の上に載せた細君は、彼に斯《こ》んな問を掛けたりした。其頃細君の腹はまだ今のやうに大きくはなかつた。然し彼女は此時既に自分の胎内に蠢《うご》めき掛けてゐた生の脈搏を感じ始めたので、その微動を同情のある夫の指頭《しとう》に伝へやうとしたのである。

「喧嘩をするのは詰《つま》り両方が悪いからですね」

彼女は斯んな事も云つた。夫程《〔それほど〕》自分が悪いと思つてゐない頑固な健三も、微笑するより外に仕方がなかつた。

「離れゝばいくら親しくつても夫切《それぎり》になる代りに、一所にゐさへすれば、たとひ敵同志でも何《ど》うにか斯《〔こ〕》うにかなるものだ。つまりそれが人間なんだらう」

健三は立派な哲理でも考へ出したやうに首を捻《ひね》つた。（「六十五」）

波瀾に比べれば、平穏はいつも退屈である。この一段に長くつきあう必要はあるまい。日記にあれほどの敵愾心をにじませたその人が、表現者として立つときは、このように理非を闡明《せんめい》できることに、感嘆すれば足りるように思われる。「偽りなく」の中には、このような平穏も含まれることを、心のどこかにとどめておきたい。

健三が腹違いの姉の夏に対して、「是が己の姉なんだからなあ」（「四」）という述懐がいつも起こることは前にも述べた。その姉はまた、「親類は亭主孝行といふ名で姉を評し合つてゐた」（「六十七」）とされている。健三と御住はこんなやりとりをしている。

「字が書けなくつても、裁縫《しごと》が出来なくつても、矢つ張姉のやうな亭主孝行な女の方が己《おれ》は好きだ」

「今時そんな女が何処《どこ》の国にゐるもんですか」

細君の言葉の奥には、男ほど手前勝手なものはないといふ大きな反感が横はつてゐた。（「七十」）

『道草』が書かれたのは、大正四年（一九一五）のことである。書かれている作品の中での「今時」は、それをさらに十数年さかのぼることとは、何度も確認した。そう考えると、この御住のいう「今時」は、ずいぶん大胆に聞こえる。二十一世紀の現在ならいざ知らず、九十年いや百年前においてすでに、「亭主孝行」はこの世のものではなかったのだろうか。もしかすると人類の結婚制度が始まって以来、そのような「女」はいなかった可能性もある。

それはともかく、健三がこのような結婚のパートナー像を開陳すれば、御住もそれに負けていないのがこの作品の、あるいはこの夫婦の特色である。夫婦が対照をなす御住の言い分も紹介しておこう。

「妾《わたし》、どんな夫でも構ひませんわ、たゞ自分に好《よ》くして呉れさへすれば」

「泥棒でも構はないのかい」

「えゝえゝ、泥棒だらうが、詐欺師だらうが何でも好《い》いわ。たゞ女房を大事にして呉れゝば、それで沢山なのよ。いくら偉い男だつて、立派な人間だつて、宅《うち》で不親切ぢや妾《わたし》にや何にもならないんですもの」(「七十七」)

私はこの段落を『吾輩は猫である』のなかの、妻帯せざる迷亭の夫婦論を引用して閉じようと思う。これもまた、夫婦というものへの、漱石の偽らざる眼差しだと思うからである。

「昔は亭主に口返答なんかした女は、一人もなかつたんだつて云ふが、夫《それ》なら唖を女房にして居ると同じ事で僕などは一向難有《ありがた》くない。矢つ張り奥さんの様にあなたは重いぢやありませんかとか何とか云はれて見たいね。同じ女房を持つ位なら、たまには喧嘩の一つ二つしなくつちや退屈で仕様がないからな。僕の母抔《など》と来たら、おやぢの前へ出てはいとへいで持ち切つて居たものだ。さうして二十年も一所になつて居るうちに寺参りより外に外へ出た事がないと云ふんだから情けないぢやないか」(「六」)

この『吾輩は猫である』を書き継いでいたのは、『道草』の作品中の現在から、それほど年月の経過していない時期のことであった。

23 一時期の英詩

「夫婦は親しきを以て原則とし親しからざるを以て常態とす」。これは、熊本の第五高等学校と東京帝国大学の両方で漱石の教えを受けた、新婚間もない野間真綱に宛てた、明治四十年（一九〇七）七月二十三日付けの書簡にみえる言葉である。この原則と常態の間を「弾力性」をもって伸び縮みするのが、生活という実際の営みである、と先の引用はいっているのであろう。そしてその前提は、「一所にゐさへすれば」であるとされた。

　姉の夏の亭主である比田が、病気の妻に対して酷薄な男であることはすでにみた。さらに夏は、比田の経済状態についてもまったく関知せず、夫の金遣いに対して、「丸で隣の宅《うち》の財産でも云ひ中《あ》てるやう」にしか述べることができない。「姉を斯《か》ういふ地位に立たせて平気でゐる比田は、健三から見ると領解しがたい人間に違なかつた。それが已《〔やむ〕》を得ない夫婦関係のやうに心得て辛抱してゐる姉自身も健三には分らなかつた」（「七十」）のであった。

　家計を妻に任せて、妻からは同情を得られない健三と、家庭経済から疎外されていながら、亭主孝行とされる夏。ここには、明らかな対照が描かれている。健三は、姉夫婦を次のように批判する。

　「金の要る時も他人、病気の時も他人、それぢやたゞ一所にゐる丈ぢやないか」（同）

この「たゞ一所にゐる丈」と「一所にゐさへすれば」は、同じ事の別の言い方にすぎないのだろうか、それともこれもひとつの対照を形作っているのだろうか。「健三の謎は容易に解けなかつた」のであった。

夫婦の関係に「弾力性」をもたらしているものは、自然である。二人の関係が険悪の度を増して、身動きがとれなくなるとき、「斯ういふ不愉快な場面の後には大抵仲裁者としての自然が二人の間に這入つて来た」(「五十五」)とされる。――私は以前に、この「自然」というのは、夫婦の性的な営みの漱石らしい表現ではないだろうか、と考えたことがあった。あるいはそうかもしれないと思いながら、今はそこには踏み込まないでおこう。

しかし、「或時の自然は全くの傍観者」で、夫婦は背中合わせのまま、極端に緊張が高まることになる。そのときの健三の決まり文句は、「生家へ帰れ」であった。御住《おすみ》は、帰ろうが帰るまいが自分の勝手だ、という顔をして、健三はますますいらいらする。そうしてあるとき、「ぢや当分子供を伴《つ》れて宅《うち》へ行つてゐませう」(同)の言葉を残して、御住は里へ帰ることになった。夫婦関係を形成・維持するうえで大切な要件であるとされた「一所」が、壊れたのである。

「少しも淋しいとは思はなかつた」健三は、「あゝ晴々《せいせい》して好い心持だ」と解放感に浸る。時期がちょうど夏休みにあたったので、健三は思うように研究を続けることができたのであった。「彼の心は二人一所にゐる時よりも遥かに平静であった」。しかしこの別居は、御住の「貴夫故《あなたもと》のやうになつて下さらなくつて」という言葉とともに、ひと月あまりで終息を迎える。

このエピソードは、明治三十六年（一九〇三）九月十四日付けの菅虎雄宛書簡に、「愚妻先日より又帰宅致居候大なる腹をかゝへて起居自在ならず如何なる美人も孕むといふ事は甚だ美術的ならぬものに候況《いわ》んや荊妻に於てをやかね」とある、まんざら歓迎しないでもないとも読めそうな一節に対応するものであろう。

この夏の間に、漱石は二つの英語の詩を書いている。'Silence' と 'Dawn of Creation' と名づけられた、二つの英詩である。新しい『漱石全集』では、収録した英詩に、山内久明氏による日本語訳を付すことができた。それぞれ「静寂」、「天地創造の曙」と訳されている。

「天地創造の曙」は、天と地がまだ一体であり、その魂が一つに融け合って眠っているところへ、天地創造の曙が訪れて、雷によって天と地は引き裂かれてしまう。ここにその訳を引用しておこう。

天地創造の曙

悲しみにめざめて天は言った。「お別れ前にもう一度くちづけを」。

地は答えた。「愛しい人よ、あなたの悲しみを癒せるのなら、一度と言わず千回でも」。

しばし二人は眠った、互いに抱き合い魂はひとつに融け合って。

一体であり、未分化の天と地——

折しも迫りくる雷《いかずち》は二人の眠りを打ち砕く。

それは天地創造の曙、以来絶えて二人は相見《あいまみ》えることはない。
いまやかけ離れて暮らす二人――
青白き月影が愁わしげな光により天の物言わぬことづてを飽くことなく送り、
星はことごとく夜毎瞬いて差し招き、
涙は音もなく鮮やかに、すべての葉に浮かぶ夜露の玉となり天の悲しみを凝縮するが、
二人が相見えることはついにない。
悲しいかな、天と相見えるには地はかくも罪深き身の上。

地がなぜ罪深いのかは、私にはわからない。また、「いまやかけ離れて暮らす二人」とあるからといって、現に別居している自分たち夫婦のことを、裏に詠み込んだとも思わない。ただ、ロンドン留学による、足かけ三年、正味で二年四カ月ほどの別居を経た半年後のこの別居は、期間は短くとも、その別れて暮らす、の意味はまったく異なっていたであろう。

あるいは、漱石の妻への思いが、「月影」であったり「星の瞬き」であったり「夜露の玉」であったりするのかもしれない。またこの別居が、天地創造ではなくとも、何かの新しい出発と漱石の眼に映っていたかもしれない。いずれにしても、何かが始まり、それが決定的なことであり、それ以前の調和が永遠に失われた、という事態が、「創造」とか「曙」という言葉とは裏腹に、喜びとしてではなく、悲しみと表現されていることに注意したい。

漱石はさまざまな表現手段をもっていた。散文はもちろんのこと、子供のころからの漢詩・漢文があり、子規の教導による俳句がある。この英詩は、留学中の一つを除いて、この別居の時期から翌年の春までの間に十一を数え、以来再び作られることはなかった。この間、俳句もほとんど作られなかったことと ともに、この時期の漱石の精神のありかを、ある角度から照らし出しているにちがいない。もっとも、留学を終えて帰途につくころ、子規の訃に接しての高浜虚子宛書簡に、「近頃の如く半ば西洋人にて半日本人にては〔出来た俳句も〕甚だ妙ちきりんなものに候」と書き、「文章抔《など》かき候ても日本語でかけば西洋語が無茶苦茶に出て参候。又西洋語にて認め候へばくるしくなりて日本語にし度《たく》なり、何とも始末におへぬ代物と相成候」（明治三十五年十二月一日付け）と告白している状態が、まだ続いていただろうから、あるいは自然な表現手段だったのかもしれない。

そこに表現されているのは、孤独・寂寥・悲哀など、自身の心の内を表白しているものが多いように思われる。別居修復から半年あまりすぎた、明治三十七年四月（詩の末尾に'April 1904'とある）の無題の詩をみてみよう。今度の全集では、無題の詩には、書き起こしの数語を取って仮の表題とした。'We live in different worlds'と題されるところとなったその詩を、同じ山内氏の訳で引用しよう。

分かれ分かれの世界に住む二人
分かれ分かれの世界に住む二人、あなたとわたし。

いかなる手だてを尽くしても
会うことのない二人、あなたとわたし。
あなたはあなたの世界に住んで幸せ、
わたしはわたしの世界で満ち足りている。
ならば分別をもちましょう、
たがいの運命に干渉しないよう。
角を矯めて牛を殺す
そうなってはならぬわたしたち。

あなたの世界はわたしから遥か遠い。
幾マイル行けども霧と靄とに包まれている。
目を瞠《みは》っても無駄、
あなたの住処《すまい》を一目見ることもできない。
そこには花や、きれいな品々があるのだろうか。
でもそこに行きたいと夢見ることもしない。
わたしがいるのはここ、そちらではない、
永遠《とわ》にわたしはわたし自身であり、あなたのものではない。

この「あなた」を、夫人であると断定することはできない。たとえ「わたし」を漱石であると仮定することが許されるとしても、「あなた」を英文学と読みとることも可能であるだろう。大学での講義が二年目に入ろうとしていたこの時期にあって、英文学への違和感は強まりこそすれ、薄れてはいなかったはずである。しかし読めば読むほど、この「わたし」と「あなた」の距離感は、健三と御住のそれに似てくるように思われるのも事実である。

24 女の技巧

「一所」から、思わぬ方向に逸れてしまった。私は、「一所」が崩れた場合の問題を考えようとしていたのであった。夫婦にとって、「一所」が崩れた後に残るのは、男と女という事実であろう。今までに何度も見たように、『道草』では、同じようなことの繰り返しが多い。「八十三」では、夫婦のこんなやりとりが問題になる。

健三は、生まれたばかりの赤ん坊をなかなか抱こうとしない。御住《おすみ》の近くには赤ん坊を中心として、いつも子供たちが集まっている。(現実の漱石には、熊本時代の明治三十二年(一八九九)五月に長女の筆子が誕生し、留学中の三十四年一月には次女の恒子が、さらに帰国後の三十六年十一月に三女栄子が生れているから、漱石の頭にはその子供たちの姿が浮かんでいたにちがいない。)

健三には、自分だけが疎外されているような、ものたりない嫉妬のような感情が起こる。「女は子供を専領してしまふものだね」と厭味をいう。御住は驚く。健三はさらに、「女はそれで気に入らない亭主に敵討《かたきうち》をする積《つもり》なんだらう」とひねくれる。御住は、子供がなつかないのは、あなたがかまわないからだ、というが、健三の理屈では、おまえがそう仕向けているのだ、ということになる。ここで御住は匙《さじ》を投げるのだが、健三の論理であり、結論でもあるものは、

「女は策略が好きだから不可《いけな》い」

である。

今度は御住が、健三が赤ん坊を抱かないのは、女房や子供に対して情合いが欠けているからだ、となじる。赤ん坊はぐたぐたしていて、男には手が出ないと弁解するが、御住は、一番上の娘が水《みず》疱瘡《ぼうそう》を病んだときに、それまで毎日抱いていたのに、まるで抱かなくなったのではなかったか、と追及する。

健三は事実を打ち消す気もなかつた。同時に自分の考へを改めやうともしなかつた。

「何と云つたつて女には技巧があるんだから仕方がない」

彼は深く斯《か》う信じてゐた。恰《あたか》も自分自身は凡ての技巧から解放された自由の人であるかのや

うに。

ここで唐突に出てくる女性のこの「策略」とか「技巧」に対して、それ以前にも健三は、独特の感得と反応とを示していた。「二十二」では、〈22〉でみたように、家計の逼迫を補助すべく健三が「余分の仕事」に手を出すのだが、いざその報酬を受け渡す段になってみると、「物質的の要求に応ずべく工面された此金は、二人の間に存在する精神上の要求を充たす方便としては寧ろ失敗に帰してしま」うのであった。

細君は其折の物足らなさを回復するために、二三日経つてから、健三に一反の反物を見せた。「あなたの着物を拵へようと思ふんですが、是は何うでせう」
細君の顔は晴々しく輝やいてゐた。然し健三の眼にはそれが下手な技巧を交へてゐるやうに映つた。彼は其不純を疑がつた。さうしてわざと彼女の愛嬌に誘はれまいとした。細君は寒さうに座を立つた。細君の座を立つた後で、彼は何故自分の細君を寒がらせなければならない心理状態に自分が制せられたのかと考へて益《ますます》不愉快になつた。（「二十一」）

また、「五十四」では、夜中に目覚めた健三は、隣で寝ている御住が健三の「髪剃《かみそり》」を手に天井を見詰めているのを目撃してびっくりする。健三は急いで刃物を取り上げて放り投げるのだが、このある種のヒステリー性の行動に対して、さまざまな解釈を下そうとする。

彼女は本当に情に逼《せま》つて刃物三昧をする気なのだらうか、又は病気の発作に自己の意志を捧げべく余儀なくされた結果、無我夢中で切れものを弄《もてあ》そぶのだらうか、或は単に夫に打ち勝たうとする女の策略から斯《か》うして人を驚ろかすのだらうか、驚ろかすにしても其真意は果して何処にあるのだらうか。自分に対する夫を平和で親切な人に立ち返らせる積《つもり》なのだらうか、又はたゞ浅墓《あさはか》な征服慾に駆られてゐるのだらうか、——健三は床の中で一つの出来事を五条《いつすぢ》にも六《む》条《すぢ》にも解釈した。（「五十四」）

私は、女の人が男と比べたときに、格別に「策略が好き」であったり、「技巧がある」とは思わない。しかしこの健三の「自分の考へ」は、漱石の癖でもあるかのように、さまざまな文章に表われてくるものである。漱石は、ここではルビを振っていないが、この「技巧」にしばしば「アート」というルビを振りたがる。

漱石のいうところの「技巧」の中味が具体的に披瀝されるのは、『彼岸過迄』においてである。その主人公は須永市蔵という名前である。物語の後半になって明かされることであるけれども、市蔵は、今は亡き父が小間使いに生ませた子供である。母と呼ぶ人には子供ができなかった。母は実子のようによく養育するけれども、自分の出生の秘密を知らない市蔵は、それでも何かしらの不自然を感じて、なかなか素直になれず、僻んだ心持から解放されないまま成人する。

市蔵の母の義弟に年頃の娘、田口千代子がいる。さっぱりとした、素直で屈託のない女性として描かれる。母は自分と市蔵の間に血のつながりがないのを懸念して、小さいときから、将来はその娘と市蔵が結婚すればよいと思っている。実際、父存命の頃は、そんなことが双方の家の暗黙の了解点に至っていたらしい。そうして二人も、憎からず思い合っている。しかし千代子の父は、その結婚に今は積極的ではない。大学を出ても働くでもなく、自らに屈託している市蔵と異なり、前途有望で頼もしげな高木という男性が、結婚の対象となりかねない勢いで現われてくる。市蔵は、母ともども義弟の鎌倉の別荘に避暑に招かれる。そこで高木と鉢合わせするのだが、僻みが顔を出して、独りで不機嫌になって先に東京に帰ってきてしまう。

後から、千代子が、市蔵の母を鎌倉から家まで送ってくる。市蔵が帰ってしまってからの鎌倉の話が出るけれども、市蔵が気になって仕方がない高木の名前は、とんと出てこない。以下は、「須永の話」と名づけられた章の三十一節。この章は市蔵の独白体でつづられる。


千代子は斯《か》くの如く明けつ放しであつた。けれども夜が更けて、母がもう寐やうと云ひ出す迄、彼女は高木の事をとう〳〵一口も話頭に上《のぼ》せなかつた。其所《そこ》に僕は甚だしい故意を認めた。白い紙の上に一点の暗い印《いん》気が落ちた様な気がした。鎌倉へ行く迄千代子を天下の女性のうちで、最も純粋な一人《いちにん》と信じてゐた僕は、鎌倉で暮した僅か二日の間に、始めて彼女の技巧《アート》を疑ひ出したのである。其疑《うたがひ》が今漸く僕の胸に根を卸さうとした。

眠られぬままに、「僕は技巧《アート》といふ二字を細かに割つて考へた」という。本文では改行せずに書かれているけれども、その内容を箇条書きにして引用しよう。

・高木を媒鳥《をとり》に僕を釣る積《つもり》か。
・釣るのは、最後の目的もない癖に、唯《たゞ》僕の彼女に対する愛情を一時的に刺戟して楽しむ積か。
・或は僕にある意味で高木の様になれといふ積か。
・さうすれば僕を愛しても好いといふ積か。
・或は高木と僕と戦ふ所を眺めて面白かつたといふ積か。
・又は高木を僕の眼の前に出して、斯《か》ういふ人がゐるのだから、早く思ひ切れといふ積か。

シェイクスピアを引き合いに出して、漱石は悪人や不人情者にたいしては想像力が働きにくいらしいと、前に述べたけれども、「技巧」にたいしては、これだけの想像力が働いている。実際このような可能性(?)をあれこれ並べて、さまざまに忖度《そんたく》して思い悩むのは、常人のよくなしうるところではあるまい。しかしおそらく漱石に、もしくは健三に言わせれば、自分が悩むのではなく、悩ませられるのだ、ということになるのだろう。

『道草』の連載に先立って、京都へ赴いたことはすでに述べた。そのときに、多佳女と北野天神の梅を見に行く約束をすっぽかされたことも、そこで触れた。『道草』にそろそろとりかかろうとしていた頃に、この多佳女との間に新たな悶着が発生する。漱石がまだ京都にいて、胃の発作に悩んでいた三月二十八日、『硝子戸の中』が岩波書店から刊行された。漱石が東京に帰ったのは、四月十七日であったから、実際にその本を手にしたのはそれ以降のことであったであろう。漱石は、「三四十冊の本を取寄せて夫《それ》に一々署名してそれを本屋からみんなに送らせた」。「みんな」のなかに多佳女も入っていたのだけれども、多佳女には届かなかったようである。私には届きません、というようなはがきが多佳女から届いたらしい。五月三日、同女に宛てて、そんなはずはない、と右に引用した経緯を述べたところで、怒りがこみ上げてきたようだ。

もしそれが届いてゐないとするなら天罰に違ない。御前は僕を北野の天神様へ連れて行くと云つて其日断りなしに宇治へ遊びに行つてしまつたぢやないか。あゝいふ無責任な事をすると決していゝむくひは来ないものと思つて御出《おい》で。本がこないと云つておこるより僕の方がおこつてゐると思ふのが順序ですよ。

これだけ書くと怒りは収まるから、すぐに「それはとにかく本はたしかに送つたのです」とつづくのだけれども、この瞬間的な怒りの根っこに、「断りなし」が響いていることは、もう注意する必要もないだろう。

怒りを抑え込んだとしても、手紙の末尾には、「うそをつかないやうになさい。天神様の時のやうなうそを吐《〔つ〕》くと今度京都へ行つた時もうつきあはないよ」と書かざるを得ないのが、漱石流である。「うそつき」と決めつけられた多佳女は面白くない。多佳女はこの手紙の返事に、玉子素麺《そうめん》と清水焼《きよみずや》きのおもちゃと女持ちの紙入《かみいれ》を添えて、反論したようである。おもちゃは子供たちへ、紙入は夫人への配慮であろう。反論は、そのあとで漱石が再反論した書簡から判断するしかない。その再反論の五月十六日付け書簡には、次のように認《したた》められている。

あなたをうそつきと云つた事についてはどうも取消す気になりません。あなたがあやまつてくれたのは嬉しいが、そんな約束をした覚がないといふに至つてはどうも空とぼけてごま化してゐるやうで心持が好くありません。

嘘をついただろう、いやそんな約束をした覚えはない、こんなことは、平凡なわれわれの日常にもよくあることである。水かけ論であるから、どちらとも折れにくく、喧嘩別れするか、なんとなく和解するかで、根本的な正邪は決めにくい。しかし、「互に打ち明けて悪人の方が非を悔いて善人の方に心を入れかへてあやまるのが人格の感化」であるとして、多佳女の言い分に十分納得できないのは、多佳女の感化する力が足りないからであり、多佳女が漱石に降参しないのは、逆に漱石の感化する力が足りないからだと考える。漱石は、「女将の料簡で野暮だとか不粋だとか云へば夫《それ》迄《まで》ですが、私は折角《せっかく》つき合ひ出したあなたに対してさうした黒人向《くろうと》の軽薄なつき合をしたくないから長々とこんな事を書きつらねるのです」という態度を貫こうとする。この結末がどうなったかは、わからない。これ以降、彼女に宛てた漱石の書簡は、知られていない。おそらくこれ切りの関係であったのであろう。

〈16〉で紹介した、漱石の二十年忌に開かれた「偲ぶ」座談会には、多佳女も出席している。司会者に「天神さまが大分たゝつてゐますね」と水を向けられた多佳女は、「あんなんかなはんわ。あれは先生が天神様は二十五日といふことをお知りなかつたからどすわ……」と答えている。昭和二十七年まで生きた多佳女は、晩年に至るまで、この行き違いを苦にしていたという。（肝心の『硝子戸の中』については、「本は売り切れてもう一冊もありませんから小売屋から取寄せてそれを送る事にしませう。京都の郵便局になければ此方でさがしたつて判る筈がありません。書留小包でないから調べてくれるにしても出ては来ません。こんな事は滅多にない事です」とある）。

全集の「断片六五A」には、この漱石自身の書簡についてのメモが記されている。

○御多佳へ手紙、アートと人格、人格の感化とは悪人が善人に降参する事

「アート」は、すなわち技巧である。漱石はここでは、多佳女の「断りなし」の違約を、「技巧」と

してとらえている。須永市蔵にならって考えれば、約束をしておきながらそれを破ることによって、漱石の心をもてあそぶつもりであり、そしてそのことによって、多佳女自身への漱石の注目度を増進させることができるつもり、とでもいうことなのだろうか（さらにいえば、「滅多にない事です」に、本の未着問題にも、漱石が「技巧」の臭いを嗅ごうとしている気配が感じられないだろうか）。『道草』において、なかば唐突に、女は「策略が好き」であり「技巧がある」と、断案を下した背景には、あるいは多佳女との一件が、影を落としていたのかもしれない。

多佳女との関係は、けっして濃厚なものではなかったであろう。しかし京都でのつきあいは、きっと楽しいものであったにちがいない。それがこのような形で別れなければならないところに、漱石という人の、あるいは現代という自由と独立と己に満ちた時代の、淋しさがあるのだと思う。そしてその淋しさには、「恰も自分自身は凡ての技巧から解放された自由の人であるかのやうに」と、相対化されざるを得ない省察が、重ねあわされているにちがいない。

本題にもどれば、夫婦は、「二所」であるがために、このようには別れることができない。健三が、ないしは漱石が技巧を感じるのは、御住や夫人に対してばかりではあるまい。男からだって、技巧を弄されることは、日常の一部をなしているであろう。しかし最も身近な、同伴者のそれに敏感たらざるを得ないのは、大変苦しいことであるにちがいない。技巧に鈍感な私には、そうとしか言うことができないのだけれども。

25 手腕の有無

この節では、健三と義父、つまり御住《おすみ》の父との関係について考えてみたい。

健三が大学の講壇に立つのは、実用の学、法律とか工学とかを講ずるためではないだろう。そのことはいずれ考えたいが、『心』の「先生」がそうであったように、哲学や思想、文学といったものを研究する人として、暗黙に了解されているように思う。一方、名前の与えられていない義父は、官吏であった。それも下級ではなく、それ相当の地位についていた。西洋館のほかに日本建てが一棟ついている官邸の玄関は、つるつる光って、慣れない健三の足を滑らせたという。下女が五人いて、書生も二人抱えるというその屋敷の石門を、主人が絹帽《シルクハット》とフロックコートに身を包んで勇ましく出てゆく姿は、健三の眼に鮮やかに焼きついている（「七十二」）。

そのような生家であるから、健三が日本を留守にしたときは、安心してそこに妻子を預けることができた。この留守の間に内閣が代わり、「比較的安全な閑職」から引っ張り出され、激務を伴う地位に着くのだが、この内閣がすぐにつぶれてしまう（これは、明治三十一年十一月からつづいていた第二次山県内閣が、漱石のイギリス留学出発直後、まだ船に乗っていた三十三年十月に第四次伊藤内閣にとって代わられ、その内閣が翌年の六月には第一次桂内閣へと移行したことに対応している）。その内閣崩壊の余波を受けて、義父は引っ張り出された激務の地位を、辞職せざるを得なくなる。彼を引っ張り出した者は、義理立てから貴族院議員に推挙しようとするが、その選にも洩れてしまう（「九十七」）。この間相場に手を出してしくじるなど、すべてがうまくゆかず、零落してゆく。だから健三がロンドンから帰った頃は、もう昔日の勢いはなく、居候《いそうろう》をしていた御住の生活ぶりも、健三を驚かせるのに十分であった。

細君は夫の留守中に自分の不断着《ふだんぎ》をこと〴〵く着切《きき》つてしまつた。仕方がないので、仕舞には健三の置いて行つた地味な男物を縫ひ直して身に纏《まと》つた。同時に蒲団からは綿が出た。夜具は裂けた。それでも傍《そば》に見てゐる父は何《ど》うして遣《や》る訳にも行かなかつた。彼は自分の位地を失つた後、相場に手を出して、多くもない貯蓄を悉く亡《な》くして仕舞つたのである。（「五十八」）

この義父と健三は価値観が合わない。義父の元で育った御住が、健三と結婚する前に知っていた男といえば、父と弟と、官邸に出入りする数人の男にすぎなかった。「さうして其人々はみんな健三とは異《ちが》つた意味で生きて行くものばかりであつた」（「八十四」）。結婚して健三を知った御住は、健三も「世間から教育されて」、父のように変わっていくものと確信していたとされる。その、義父と健三の価値観の違いを端的に表わす言葉は、「役に立つ」あるいは「手腕」である。御住の知っている、健三とは違うほかの男たちは、役に立ったり手腕を発揮したりすることの中に生きている人々であった。

『道草』「九十二」の、健三と御住の会話をみてみよう。

「御前は役に立ちさへすれば、人間はそれで好いと思つてゐるんだらう」

「だつて役に立たなくつちや何にもならないぢやありませんか」

生憎《〔あいにく〕》細君の父は役に立つ男であつた。彼女の弟もさういふ方面にだけ発達する性質《たち》であつた。これに反して健三は甚だ実用に遠い生れ付であつた。

彼には転宅の手伝ひすら出来なかつた。大掃除の時にも彼は懐手《ふところで》をしたなり澄ましてゐた。行李《〔こうり〕》一つ絡《から》げるにさへ、彼は細紐《ほそびき》を何《ど》う渡すべきものやら分らなかつた。

「男の癖に」

動かない彼は、傍《はた》のものゝ眼に、如何にも気の利かない鈍物のやうに映つた。彼は猶更動かなかつた。さうして自分の本領を益《〔ますます〕》反対の方面に移して行つた。

私は、現実の漱石が行李を絡げるのを苦手としていたのかどうか、つまびらかにしない。しかし少なくとも、漱石はその行為にこだわりを持ってはいた、と思う。『それから』では、代助のところの書生の門野の斡旋で、上京してきた平岡の新宅が決まる。その引越しの様子を、代助は見物に訪れる。「平岡は縁側で行李の紐を解いてゐたが、代助を見て、笑ひながら、少し手伝はないかと云つた」（「五の一」）。恐らくこれは、平岡も代助が手伝ってくれるとは思っていない。書かれてはいないけれども、当然代助も手を出さない。むしろ出せないにちがいない。

『行人』の主人公一郎については、本書〈3〉で、強迫神経症に悩む姿を紹介した。一郎には二郎という弟がいて、二人は対照的な人物として描かれる。この小説では、はじめに登場人物たちが東京から大阪・和歌山に移動して、ふたたび東京に帰る。その帰りの旅支度《たびじたく》の描写に、今問題にしている作業が登場する。「兄」という章の最終「四十四」節を見てみよう。季節は夏、物語は二郎の語りで進行する。

自分は兄と反対に車夫や職人のするやうな荒仕事に妙を得てゐた。ことに行李《かうり》を括《くゝ》るのは得意であつた。自分が縄を十文字に掛け始めると、嫂《あによめ》はすぐ立つて兄の居る室の方に行つた。

二郎は「右足で行李の蓋をぎい〳〵締めた」。やがて作業が終わると、一郎と嫂が別室から出てくる。

自分は行李を絡《から》げる努力で、顔やら脊中《せなか》やらから汗が沢山出た。腕捲《うでまく》りをした上、浴衣《ゆかた》の袖で汗を容赦なく拭いた。

「おい暑さうだ。少し扇《あふ》いで遣るが好い」

兄は斯《か》う云つて嫂を顧みた。嫂は静に立つて自分を扇いで呉れた。

代助、一郎、そして健三、かれらは皆、役に立たないのである。

それはそれで、よしとしよう。それでは、健三が本領を移していったという「反対の方面」とは、どのような方面なのであろうか。話は、健三の留学前の地方にいたときにさかのぼる。御住の弟のようすを気にした健三は、彼をその田舎に連れて行って、教育しなおそうと提案する。小説には書かれていないが、弟は中学か高等学校に通う年頃で、健三も漱石と同じように、その地方の高等学校の教師をしていたのであろう。

健三にそのような気を起こさせた弟のようすは、つぎのようであった（「九十二」）。

・健三からみるといかにも生意気。
・家庭の中を横行して誰にも遠慮・会釈がない。
・東大出の理学士の家庭教師の前でも胡坐《あぐら》をかく。
・その家庭教師を君づけで呼ぶ。

具体的であるから眼に浮かぶように思うけれども、今日の眼で見ると、たいしたことではないようにも映る。漱石自身は、〈8〉においてみたように、若い人の行儀作法における自由を容認していた。実際、明治三十七年（一九〇四）七月二十日付けの野間真綱宛書簡には、漱石宅を訪れる大学生たちのありさまが、次のように記されている（読みづらいので句読点を補う）。

俣野大観先生卒業。彼云ふ、訪問は教師の家に限る、かうして寐転んで話しをして居ても小言を言はれないと。僕の家にて寐転ぶもの、曰く俣野大観、曰〔く〕野村伝四。半転びをやるもの、曰く寺田寅彦、曰く小林郁。危坐するもの、曰く野間真綱、曰く野老山《〔ところやま〕》長角

ちゃんと正座するのは、野間と野老山のふたりで、あとは寝そべったり膝を崩したりであるようすが、正座組の一人に報告されている。文面に、苦情の形跡はない。

だから、当たり前のことだけれども、義弟への健三の懸念は、形式的なしつけではないのだろう。おそらく、漱石宅を訪れる大学生たちにあって義弟にないものを、漱石は見つめているのである。しかし、それを言葉で表現するのはなかなか難しい。むしろ、言葉にすると、空疎になりやすい。ちょっと横道に逸れるけれども、別のことを考えて類推できるかどうかみてみよう。

漱石が、『吾輩は猫である』によって一躍脚光を浴びることになったのは、よく知られるところである。その文体が、いかにも人を食っていながら、どこか伸びやかで、上品な趣を漂わせていることも、首肯されるであろう。諷刺・諧謔・滑稽、どんな言葉をかぶせても、どれもが当てはまりながら、どれも少しずつずれる。

熊本時代から関係があり、何年か後にともに朝日新聞社の社員となった人に、渋川玄耳《しぶかわげんじ》（本名は柳次郎。藪野椋十《やぶのむくじゅう》の筆名も使った）がいる。入社早々の漱石の、編集部側の担当者でもあった。この人は記者としても活躍したらしいが、文筆にも才を示し、いくつかの著書を残している。その著書

『東京見物』に序文を求められた漱石は、次のように書いている。入社直後の明治四十年（一九〇七）六月のことである。

「東京見物」が東朝〔東京朝日新聞の略〕紙上にあらはれたのが余の入社と前後した為め、且《かつ》は其筆致の「猫」に似て居る為め、掲載の当時は漱石だ〱と云ふ評判が大分八釜敷《やかまし》かつた。余計な御世話である。

全体にふざけたような、気楽な文章に見せかけているが、本当は漱石にしてみれば、いやなことであったにちがいない。序文を書くことも、「猫」に似ているとされることも。

玄耳は、明治四十二年三月に、朝日新聞社から派遣されて世界一周の旅に出る。「東京見物」の続編として、「世界見物」を新聞に連載しようというのである。その四月二十九日の日記に、漱石は次のように記している。

玄耳朝日に世界漫遊通信を載せ始む。文達者にしてブルコト多し。強いて才を舞はして田《でん》臭《しゅう》を放つ。彼は文に於て遂に悟る能はざるものなり。

これだけの批評は、必ずや二年前の序文のときにも感じていたであろう。「猫」と一緒にされてたまるか、の声が聞えるような気がするのは、私だけではないと思う。

横道のさらなる横道のようだけれども、玄耳に関連して、もう少し触れておきたい。朝日新聞社における漱石の扱いは、少なくとも鄭重を極めたというものではなかった。たしかに修善寺の大患のときなど、物心両面での支援は怠らなかったけれども、東京朝日新聞の紙面を作る上では、後にあげる信じられないような扱いも受けている。その点では大阪朝日新聞の方が、はるかに鄭重である。

無論、新聞にしてみれば小説より大切な記事はいくらでもあるわけだから、仕方のない面はある。しかし私は、この差は、ひとつには新聞社側の担当者の熱意とか誠実といったものが、関係しているような印象を持つ。大阪には鳥居素川《とりいそせん》、長谷川如是閑《はせがわにょぜかん》など、漱石を信頼し、感覚も合う人がいたのに対し、東京には、たしかに池辺三山《いけべさんざん》はいたけれども、直接の担当は、はじめはこの渋川玄耳であり、大正になってからは如是閑の実兄である山本笑月《しょうげつ》であった。

新聞掲載の信じられない扱いとは、たとえば二回目の連載小説となる『坑夫』の場合、たしかに大阪からの注文で書き始めたものではあるけれども、東京では、漱石の指示したと思われる連載の切れ目を無視して、紙面の都合で一回分の掲載分量を決めている。また、大阪では堂々たる挿絵を、少なくとも途中までは入れるという熱の入れようだったが、東京では挿絵もなかった。翌年の明治四十二年の正月から始まった、連載小品『永日小品』では、これも大阪企画だけれども、東京には掲載さえされないものがあった。同じような冷遇は、『満韓ところ〴〵』にも『思ひ出す事など』

にもみえる。『硝子戸の中』だって、漱石が、大阪の注文だけれど、よかったら東京にも載せてくれないかと、頼み込んでいるほどなのである（大正四年一月九日付け山本笑月宛書簡）。

話を元に戻せば、同じく滑稽かつ軽妙であっても、玄耳の文章と「猫」の文章に大きな差があるように、同じ無作法でも、健三の義弟と漱石邸における大学生との間に、漱石は大きな相違を認めていたにちがいない。——ここで、私は、健三のいうところの「本領」に突き進むべきであるのだけれども、「猫」と玄耳風の文章とを峻別したい漱石に、もう少しつきあいたい誘惑に勝てそうもないので、節を改めて横道を増幅させることにする。

26　非を改める

明治四十二年（一九〇九）四月二十九日の日記で玄耳の文章を批判した漱石は、そこに自他を峻別する眼を持っていた。私はその判断をまちがっていないと思う。当の批判にさらされた玄耳の文章の冒頭を、引用しておこう。

一世一代の大事と相成つた。

老後の思ひ出に世界見物をして御座れと村の衆が勧め、七十八十の老人が幅を利かす今の時節に俺《わし》などはまだ老後どころか老前の、此からが花聟盛りぢや、あながち眼の上の瘤取りに逐《お》ひやられるのでもあるまい。世界見物と言へば山一つ彼方《あなた》の和荘兵衛《わさうべゑ》殿がずつとの昔に為《せ》られた以来誰も此近郷に例《ためし》が無い、人の為《せ》ぬこととあれば何でもして見たい性分の俺《わし》ぢや、其処に乗《つ》けこんで例の苔野奴《め》が無暗と勧め立てるので、いよ〳〵覚悟が極まつた。(『世界見物』)

玄耳は明治五年(一八七二)生まれだから、三十七、八歳の働き盛りである。その記者が、新聞社から派遣されて海外事情を報告するという単純な事実を、このようにはぐらかしたり韜晦《とうかい》したりする必要があるのかどうか、あるいはあったのかどうか、私にはわからない。

この明治四十二年の九月から十月にかけて、漱石は日本の進出著しい満洲と韓国に旅行をする。学生時代からの親しい友人であった中村是公《ぜこう》が、南満洲鉄道、いわゆる満鉄の総裁になって、漱石を招待したものだが、今の眼から見れば、宣伝に一役買わされたというのが、実際のところだろう。もちろん漱石にはその気はなく、単純に招待に応じたつもりであったにちがいないのだけれども。(ただ私にも、気にならないでもない言説がある。大正三年(一九一四)四月に、森田草平・生田《いくた》長江《ちょうこう》らが、社会性の強い文芸雑誌『反響』を創刊する。その創刊号に、森田を相手に語った談話が『漱石山房座談』として掲載されている。その冒頭に、「コムミツシヨン」(賄賂)についての漱石の意見が開陳されている。賄賂を認めてしまえ、どちらにしてもなくならないのだし、そのほうが問題がはっきりする、というのである。漱石らしい、「僕の考へでは、賄賂を取つて、明日からでも取つた相手を攻撃するだけの覚悟がないやうなものは、賄賂を取る資格がないと云ふんだ。賄賂を取つて、其為めに自由の意志を拘束されるやうぢや苦しくて堪らない。〔僕は〕全く拘束されないよ。尤も、そんな所へは向うでも持つて来ないがね」というくだりもあるにはあるが、なんだかすっきりしない。『それから』に、平岡を相手に代助が勝手な気炎をあげて、その感想を傍で聞いていた三千代に求めるところがある。三千代は、「私《わたくし》よく分らないわ。けれども、少し胡麻化《ごまくわ》して入らつしやる様よ」（「六の七」）と答える。そんな感じがぬぐえない。談話は、五年前のこの旅行に及ぶ。「僕が満洲へ行つた時、是公からそれでも五六百円貰つたか知ら――併し明日でも其必要があれば彼《あ》んな奴立所《たちどころ》に遣ツ附けて仕舞ふね」というのである。おそらくこれは本当だろうけれど、「其必要」を決めるのが漱石自身なのだから、ずるい言説でもあるのではないだろうか。さらに問題なのは、漱石自身がその金を「コムミツシヨン」と結びつけて、つまり「是公のためにする」と考えていたことだろう。）

漱石は、その旅行記を『満韓ところ〴〵』と題して、新聞に連載した。それは戯文というと言い過ぎかもしれないが、真率よりもくだけることに重点のある文章であることは否めない。作品における文章と題材は、物における色と形のようなもので、切り離すことはできない。題材がくだければ、文章も真率にはなりきれない。この連載を読んで激しい憤りを感じたのは、長塚節《ながつかたかし》であった。彼が友人の佐久間政雄を訪ねたときのことを、佐久間は回想記のなかで次のように述べている。

〔長塚さんは〕座蒲団に坐るとすぐに、懐中から朝日新聞を出された。それには漱石先生の満韓ところ〴〵が載つてゐたのである。長塚さんはそれを示して盛んに攻撃した。不真面目だといふのである。読者を愚弄して居るといふのである。
「我々共は文章も下手であり書いたものもつまらない、併し真剣になつて書くといふ事に誇りを持つてよい」といふのである。（『新小説』大正十四年十二月）

この佐久間という人は、漱石を「心の底から敬服」しており、かつて高浜虚子に連れられて漱石を訪問したことがあった。そうしたかかわりがあったので、漱石が長塚節に、朝日新聞の連載小説を執筆依頼したことを知って、手紙で、長塚節のこの憤りを漱石に伝えたのである。その小説は『土』であり、大正元年（一九一二）に単行本になるときに、漱石は、序文を寄せた。その序文で、「Sといふ人」が、わざわざ手紙で知らせてきたこととして、長塚の憤慨を紹介したあとで次のように述べている。

「満韓ところ〴〵」抔《など》が君の気色を害したのは左もあるべきだと思ふ。然し君から軽佻の疑を受けた余にも、真面目な「土」を読む眼はあるのである。だから此序を書くのである。長塚君はたま〳〵「満韓ところ〴〵」の一回を見て余の浮薄を憤つたのだらうが、同じ余の手になつた外のものに偶然眼を触れたら、或は反対の感を起すかも知れない。もし余が徹頭徹尾「満韓ところ〴〵」のうちで、長塚君の気に入らない一回を以て終始するならば、到底長塚君の

「土」の為に是程《これほど》言辞を費やす事は出来ない理窟だからである。

「満韓」を発表してから三年後の文章であるが、「満韓」を軽佻、浮薄であると肯《うべな》っていることがなんだか痛々しい。「猫」を玄耳から峻別したがった漱石はどこにいるのか。それとも、「猫」は「満韓」とは違う、という思いがあったのだろうか。

ただこの三年の間に、修善寺の大患があったことは確かである。大患以前の明治四十二年三月にドイツ留学に出て、大患後の四十四年六月に帰国した寺田寅彦は、出発前と帰国後の漱石について、「帰朝して後に久々で逢つた先生は何だか昔しの先生とは少しちがつた先生のやうに自分には思はれた。つまり何となし年を取られたと云ふのでもあらう。蛙の声の真似をするやうな先生はもう居なかつた」(『夏目漱石先生の追憶』昭和七年十二月)という感想を、漱石の没後十六年経ってからではあるが、漏らしている。大患のせいであるのかどうかは別として、この寅彦の証言は、『土』の序文と同じ傾向を指し示しているにちがいない。

このときからさらに一年半の後には、当の「猫」にも同様の矛先を向けることになる。それは、米窪太刀雄《よねくぼたちお》の『海のロマンス』に寄せた、大正二年十二月二十日の日付のある書簡体の序文に現われている。

あなたの文章は才筆です。少しの淀みもなく、それからそれと縦横にペンを駆使して行く御手際は殆んど素人らしくありません。〔中略〕あなたの筆は達者過ぎます。あなたは才に任せて書き過ぎました。〔中略〕あなたの文章は私が昔し書いたものの系統を何処《どこ》かに引いて居ます。それが私には猶更《なおさら》辛いのです。人の文章が自分の文章の悪い所に似てゐる。私に取つて是程面目のない事はありません。私は「猫」を書いて何遍か後悔しました。さうして其後悔の過半は「猫」らしい文を読んだ時に起つたのです。あなたが私の文章を真似たと云つては失礼です。然し私の文章の悪い所があなたの文章にもあると云ふ事は疑もない事実です。私は其後自分の非を改めた積《つも》りです。

『海のロマンス』の著者は、商船学校の修習生である。その世界周航の演習航海をつづったのが、この書である。はじめ朝日新聞紙上に掲載されたのだが、その採否を決めたのは玄耳その人である。彼も漱石と共に序文を寄せ、海洋に関する文学では「日本一」だと持ち上げている。この著書の文章は、たしかに才筆だが、先の玄耳の「世界見物」ほど読みにくくはないように見える。

はじめは、自分のもの、たとえば「猫」が、他の類似の文章と同列に受け取られることを嫌がったのだが、年を経て自らが、自作を向こうの側へと押しやってしまったようにみえる。はじめは自他の区別を言い募っても、なんだ自分も同じことじゃないか、と人知れず赤面することは、日々の暮らしの中で珍しいことではない。

私は「横道」と断ってこの段落に入ってきた。漱石は先の序文で「私は其後自分の非を改めた積りです」と述べていた。その「改めた」とされる実際を見て、この横道から出て行くことにしたい。

漱石の作品は、初期の頃は雑誌に、朝日新聞社に入ってからは新聞に、それぞれ発表されたものが単行本としてまとめられ、流布していった。明治期には今の文庫本に相当するものとして、袖珍《しゅうちん》本《ぼん》とよばれる小型本があった。単行本はやがて袖珍本として再刊され、さらに多くの読者へと広がっていった。それとは別に、単独の作品の再刊でなく、いろいろの作品から抄録して一冊の本を構成するということが、今日ではあまり見かけないようだが、当時では珍しくなかったようで、漱石にもそのような本が二冊ある。

そのはじめの一冊は、大正四年（一九一五）九月に新潮社から刊行された『色鳥《いろどり》』という単行本である。そこには、それまで単行本に収録されることのなかった『倫敦《ロンドン》消息』が収められることになった。これは明治三十四年（一九〇一）四月、ロンドンに留学中の漱石が、病床にあった子規を慰めるために、三回に分けて書き送った長い手紙である。子規は喜んで『ホトトギス』紙上に掲載し、読者に供したのであった。『猫』をさかのぼること三年半であり、今では、帰国後の『自転車日記』とともに、『猫』の先蹤《せんしょう》をなす文業として位置づけられている。実際、自らを「吾輩」といって生活の細部を報告するスタイルは、自然に『猫』につながっているように感じられる。漱石自身も多少の手応えを感じていたらしく、その手紙の余白に「通信は帰朝の上見せてもらうかも知れないから反古《ほご》にせずとゝつて置いて呉れ給へ」と頼んでいる。

しかし先ほど来みてきた、「後悔」した漱石の眼からは、耐えがたかったらしく、再録に際して、初めの「一」は全文削除、「二」と「三」は全文書き直しているのである。（私はこういうところがいかにも漱石らしいと感じるのだけれども、この処置に際して、新たな「二」を「一」にはしないのである。だから『色鳥』の「倫敦消息」は、いきなり「二」から始まっている。）

「自分の非を改めた」と自白してから二年近く経ってはいるけれども、その「改めた」を比較するには恰好の例だと思うから、「二」の冒頭を以下に二つ並べて、この段落を閉じることにする。

はじめは『ホトトギス』の方である。

　又「ホト、ギス」が届いたから出直して一席伺はう。我輩の下宿の体裁は前回申し述べた如く頗《すこぶ》る憐れつぽい始末だが、そういふ境界に澄まし返つて三十代の顔子《がんし》然として居られるかと君方は屹度《きつと》聞くに違ひない。聞かなくつても聞く事にしないと此方が不都合だから先づ聞くと認める、処で我輩が君等に答へるんだ懸価《かけね》のない所を答へるんだから其積《そのつも》りで聞かなくつては行けない。

　我輩も時には禅坊主見た様な変哲学者の様な悟り済した事も云つて見るが矢張大体の処が御存じの如き俗物だからこんな窮窟な暮しをして回《かい》や其楽《そのたのしみ》をあらためず賢なるかなと褒められる権利は毛頭ないのだよ、そんならなぜもつと愉快な所へ移らないかと云ふかも知れないが其処《そこ》に大に理由の存するあり焉《えん》さ、先《まず》聞き給へ成程《なるほど》留学生の学資は御話しにならない位少ない。倫敦《ロンドン》では猶々少ない、少ないが此留学費全体を投じて衣食住の方へ廻せば我輩と雖《いえど》も最少《もすこ》しは楽な生活が出来るのさ。夫《それ》は国に居る時分の体面を保つ事は覚束ないが（国に居れば高等官一等から五ッ下へ勘定すれば直ぐ僕の番へ巡はつてくるのだからね。尤《もつと》も下から勘定すれば四つで来て仕舞うんだから日本でも余り威張れないが）兎《と》に角《かく》是よりも薩張《さつぱ》りした家へ這入れる。然るにあらゆる節倹をして斯様なわびしい住居として居るのはね、一つは自分が日本に居つた時の自分ではない単に学生であると云ふ感じが強いのと二つ目には切角《せつかく》西洋へ来たものだから成る事なら一冊でも余慶《よけい》専門上の書物を買つて帰り度《たい》慾があるからさ。

『色鳥』では次のように書き換えられる。どちらの漱石が、あるいは文章が、力があるのか、生き生きしているのか、だらだらしているのか、締まっているのか、それは個人の趣味の問題に帰すしかないのだろう。

僕の下宿の体裁は前便に申述た通り頗る憐れつぽいものだが、さういふ心細い所に、三十代の顔子のやうな気持で、能《よ》く澄ましてゐられたものだと君は不審を起すかも知れないが、僕とても御存じの如き俗物である以上、斯《こ》んな窮屈な活計《くらし》をして回や其楽《たのしみ》を改めず賢なるかなと賞められやうなどとは無論思つてゐない。たゞ已を得ないので厭々ながら辛抱してゐるのだとさへ推察して貰へばそれで沢山だ。

僕だつて留学生の学資全体を衣食住の方へ廻せば、いくら物価の高い倫敦でももう少し楽な生活は出来るのだが、自分はまた昔し通りの書生に立ち返つたのだといふ感じが強く起るのと、折角西洋へ来たものだから成らう事なら一冊でも余計専門上の書物を買つて帰りたいといふ慾望が僕を高圧的に支配するのとで、少しの不自由は我慢しなければならないといふ気になるのだと思つて呉れ給へ。

27 「反対の方面」

健三が本領を移していったという「反対の方面」、というところから話がそれてしまったが、『道草』のなかでその方面が明示的に語られることはない。義弟を田舎に引き取って教育しようとしたが、それは義父から拒絶された、という結果が語られるだけである。文脈の続きからすれば、この教育し直す方向が、すなわち「反対の方面」であるのだが、拒絶されてしまっては、本領の移しようはなかったのではないか。しかしおそらく、これも箇条書きふうにはまとまりのつかない「方面」なのであって、読者はこの作品全体から、それを感受するしかないにちがいない。漱石は、「さうして遺憾ながら其方面は、今日に至る迄いまだに細君の父母にも細君にも了解されてゐなかつた」(「九十二」)と書くのだが、これは、どうかこの作品から「了解」してほしいという、読者へのメッセージであるように読めないだろうか。

義弟と、漱石邸における大学生との差異は、言葉にすると空疎になりやすい、と私は書いた。その義弟は、現実には鏡子夫人の弟の中根倫《ひとし》である。漱石の没後二十年目の昭和十一年（一九三六）六月に、倫が森田草平に、漱石の思い出を語った記録が残っている。その一節に、「僕が家庭教師を友達づき合ひにしてゐるのを見て、五高の生徒なぞは、粗暴なやうだが、ちやんと先生を尊敬することを知つてゐる。九州人の気風はよいと云つて、暗に僕をたしなめてゐました。長幼の序といふことは、自分でも深く考へてゐた人のやうですね」とあるのだが、言葉にするとどうしてもこうならざるを得ない典型のような気がする。まちがってはいないだろうが、漱石は本当に「長幼の序」を教え諭そうとしたのか（ちなみに言う、漱石の部屋で寝転んだ俣野も正座をする野間も半転びの寺田も、みんな五高出身の大学生である）。

またロンドンへの航海の途上、上海からもらった手紙は散逸してしまったけれども、それには、「当代の才子になる必要はない、昔の武士道的な男子になれとあつた」という。これもその通りだろうが、『道草』を書いている漱石は、おそらくこのような「言葉」に解消したくない何かを、表現しようとしていた。そんな言葉は、書こうと思えばいつでも誰でも書けるし、口にもできる。でもそれは、おそらく本当のこととの表現ではないのだ。

役に立たない健三はまた、手腕というものにおいても、義父と手を結ぶことができない。実務家であり、仕事本位から人を評価する傾きのあった義父は、台湾総督を務めた乃木大将を次のように批判していたという。

「個人としての乃木さんは義に堅く情に篤く実に立派なものです。然し総督としての乃木さんが果して適任であるか何《ど》うかといふ問題になると、議論の余地がまだ大分あるやうに思ひます。個人の徳は自分に親しく接触する左右のものには能く及ぶかも知れませんが、遠く離れた被治者に利益を与へやうとするには不充分です。其所《そこ》へ行くと矢《や》つ張《ぱり》手腕ですね。手腕がなくつちや、何んな善人でもたゞ坐つてゐるより外に仕方がありませんからね」（「七十七」）

乃木の人物評はともかく、手腕なるものが、このような意味において必要とされる実社会が現に存在することは、論を俟たないだろう。

引用のこの後に続くのは、義父が公金を使い込んで、その利息の穴埋めに苦心する話である。零落した義父はそれでも何とか、保険会社の顧問料を当ててそれをしのいでいるのだが、そのようなやりくりを、総督の手腕と同列に論じているのだろうか。それでは健三への皮肉にもならないと思うが、手腕が実際に健三に向けられることもあった。

談話『私のお正月』（明治四十二年一月）で漱石は、「平素の生活が簡易である如く、正月も矢張り簡単で、頗る気楽であります」としたうえで、「私は、廻礼もせず、賀状も出しません」と語っている。賀状は、まったく出さなかったわけではなく、四十四年に正月を病院で迎えたことがきっかけとなって、この年からは印刷の賀状を出すようにもなってはいるが（ただし大正二年は明治天皇の服喪で欠礼）、正月の年始廻りは、たしかに習慣になかったようである。健三も、義父のところへは年始の挨拶に訪れようとはせず、「恭賀新年」の賀状だけですましてしまう。

これに報いるべく義父は、「十二三になる末の子に、同じく恭賀新年といふ曲りくねつた字を書かして、其子の名前で健三に賀状の返しをした」という。これが、健三の名づけるところの「手腕」である。こういうことの積み重なりが、二人をますます遠ざける。

一事は万事に通じた。利が利を生み、子に子が出来た。二人は次第に遠ざかつた。已を得ないで犯す罪と、遣らんでも済むのにわざと遂行する過失との間に、大変な区別を立てゝゐる健三は、性質《たち》の宜《よろ》しくない此余裕を非常に悪《にく》み出した。(「七十七」)

「已を得ないで犯す罪」は、断って無沙汰をすることであり、「遣らんでも済むのにわざと遂行する過失」は、断らずに無沙汰をすることに通じるであろうことは、多言を要しない。断る・断らない、が「大変違ふ」ということを、ここではもう少し深刻に、かつ普遍的に言い直しているということができるだろう。その限りでは、もうわれわれは、軽く会釈してこの一段を通過することができるはずである。

しかしこの、手腕が問題にされている文脈においては、少しくひっかかりが存在しているような気がする。十二、三の自分の息子に賀状の代行を課すのは、たしかに「わざと遂行する過失」といってよいだろうが、健三が新年に妻の実家に顔を出さないのが、それとの対比において、なぜ「已を得ない」ことなのだろう。

年始廻りを欠礼するという自分の習慣を他人に押しつけて、やむをえないと言っているのだろうか。御住《おすみ》に「手前味噌」と評される健三だから、それもありそうではあるけれども、それではまるで子供の言い分になってしまう。両者の関係がすでに遠ざかっているのだから、やむをえないということなのだろうか。それに対して、義父はことさらに意趣を返そうとしたのだろうか。そうだとすると、これは相手を悪感情にすることを目的としていると、断ぜざるを得ないことだから、相手の歓心を目当てにおく「技巧」とは本質的に異なることになる。健三は、女の「技巧」と男の「手腕」に、挟撃されていることになるのだろうか。

このような手腕というものが、何のために揮われるのかをちょっと考えてみよう。悪感情を相手に植えつけることは、一般には敵を増やすことにつながるから危険である。にもかかわらずそうしようとするのは、悪感情を抱かれても、その相手が自分に報復する心配がないからである。あるいは、報復できないことを知っているからである。逆に、悪感情を抱いた相手のほうが反省して、抱かせたほうに寄り添うことを、暗に予期してさえいるのかもしれない。こうなると「手腕」は、「技巧」にだいぶ近づいてくるように見える。すっかり決別したいなら、賀状の返事を出さなければすむ。世の中はなかなか複雑で、決別よりも、仲たがいしつつも関係を継続したがるもののようである。継続するからには、自分の優位性を確保せずんば非ず、というあたりに、「手腕」が発生する根っこがありそうである。こう考えてみると、手腕は優位者が揮うもので、風下にあるものが風上に対して手腕を及ぼすことは、ないのかもしれない。だとすると、反対に「技巧」は、弱者が強者を動かす「手腕」にほかならなくなりそうである。

そうであるとするなら、手腕を揮われた健三は「与《くみ》し易い男だ」と義父に思われたことになる。「実際に於て与《くみ》し易い或物を多量に有《も》つてゐると自覚しながらも、健三は他《ひと》から斯《か》う思はれるのが癪に障《さわ》つた」（「七十八」）といっておいて、作品は次のようにつながってゆく。

彼の神経は此肝癪を乗り超えた人に向つて鋭どい懐しみを感じた。彼は群衆のうちにあつて直《すぐ》さういふ人を物色する事の出来る眼を有《も》つてゐた。けれども彼自身は何《ど》うしても其域に達せられなかつた。だから猶さういふ人が眼に着いた。又さういふ人を余計尊敬したくなつた。

（同）

「肝癪を乗り超えた人」とは、とりもなおさず、手腕を用いない人でもあるにちがいない。いや正確には、手腕を用いるとか用いないとかの埒外《らちがい》に生息する人、というべきであろう。そんな人を人混みの中から選《え》りだせる、とはずいぶんな思い込みである。しかしこれは次の引用と、おそらく同じことを表現したものであろう。

仕舞には世の中で自分程修養の出来てゐない気の毒な人間はあるまいと思ふ。さういふ時に、電車の中やなにかで、不図《ふと》眼を上げて向ふ側を見ると、如何にも苦のなささうな顔に出つ食はす事がある。自分の眼が、ひとたび其邪念の萌《きざ》さないぽかんとした顔に注ぐ瞬間に、僕はしみぐ〳〵嬉しいといふ刺戟を総身に受ける。僕の心は旱魃に枯れかゝつた稲の穂が膏雨《かうう》を得たやうに蘇へる。同時に其顔――何も考へてゐない、全く落付払つた其顔が、大変気高く見える。眼が下つてゐても、鼻が低くつても、雑作は何うあらうとも、非常に気高く見える。僕は殆んど宗教心に近い敬虔の念をもつて、其顔の前に跪づいて感謝の意を表したくなる。

『行人』の一郎が、Hさんに語った言葉である（「塵労 三十三」）。これは本書の〈3〉において、一郎が「僕のは心臓の恐ろしさだ。脈を打つ活きた恐ろしさだ」と、自身を襲う不安について述べたことを紹介した、そのすぐ後の記述であるから、直接には手腕云々とはつながらないようだけれども、人間の認識としては、同じことを言っているにちがいない。

おそらく漱石その人も、「肝癪を乗り超えた人」「邪念の萌さないぽかんとした顔」に、親近感を抱いていたのだと思う。実際、友人の太田達人、門下生の野村伝四など、もちろんその人々を私が直接知るわけではないけれども、いかにも不器用で逼《せま》らない風貌を感じさせる人々に、漱石は多大の好意を寄せている。

しかし健三が自覚しているように、漱石がどんなにあこがれても、その境地は、決して獲得、ないしは回復することができない。ちょうど知恵の木の実を人類が口にしてしまったようなもので、自由と独立と己に満ちた「現代」にあっては、そのことに気づいてしまった以上、そのような存在のあり方は、もう取り返すことができないのである。であるから、一郎が電車の中で見つけた顔の当人も、そんな顔をしながらも、金の取り立てを胸算用しているかもしれないのである。そのことに漱石が気づかないはずはなく、むしろ彼がもっとも気に病んだことの一つは、うわべ、つまり外見と中味の不一致という問題であった。

当然のことながら、外見とは、容貌そのものだけを意味するのではない。言語・動作についても、同じことが言えるにちがいない。本書の〈15〉において、『硝子戸の中』について考えたときに、その「三十三」を簡単に紹介したが、そこでは、相手の言うことをすべて真《ま》に受けるべきか、それとも疑ってかからなければならないのかについて、率直な感想を述べ、「それで私はともすると事実あるのだか、又ないのだか解らない、極めてあやふやな、自分の直覚といふものを主位に置いて他《ひと》を判断したくなる。さうして私の直覚が果して当つたか当らないか、要するに客観的事実によつて、それを確める機会を有《も》たない事が多い。其所にまた私の疑ひが始終靄《もや》のやうにかゝつて、私の心を苦しめてゐる」と告白している。この「直覚」こそが、「物色する事の出来る眼を有つ」という思い込みの正体であるにちがいない。

そうしてこの「人間の内側」と「外部へ出た所」の問題は、義父への評価にはねかえってくる。『道草』の結末近くで、健三は最後の手切れ金——健三はそうみなすことを肯《がえん》じないのだけれども——として、百円の金を島田に渡すことを約束させられる。健三はその金を何とか工面しなければならない。御住にしてみれば、それは遣《や》らずもがなの金なのだから、勝手に約束して自ら苦しむのは理屈に合わないと、彼女の眼には映る。健三にとっては、遣りたくはないが遣らねばならぬものなのだから、単純な理屈で割り切られるのは面白くない。おまえは形式的だと、御住を批判する。

「御前が形式張るといふのはね。人間の内側は何《ど》うでも、外部《そと》へ出た所丈《〔だけ〕》を捉《つら》まへさへすれば、それで其人間が、すぐ片付けられるものと思つてゐるからさ。丁度御前の御父《とつ》さんが法律家だもんだから、証拠さへなければ文句を付けられる因縁がないと考へてゐるやうなもので……」

「父はそんな事を云つた事なんぞありやしません。私《わたくし》だつてさう外部《うはべ》ばかり飾つて生きてる人間ぢやありません。貴方が不断からそんな僻《ひが》んだ眼で他《ひと》を見てゐらつしやるから……」（「九十八」）

最後は言葉にならず涙が、ぽたぽた落ちたのであった。御住の言うことは、その限りでまちがいのないところだろう。しかしだからといって、健三の批判がまったく当たらないわけではないようにも思う。筆者である漱石は、「さうして段々こんがらかつて来た」というばかりだけれども、本当のことはいつも、こんがらかっているのであるにちがいない。

28 金の力

『道草』において漱石が表現しようとした、「本当のこと」のさまざまな局面について、いろいろみてきたけれども、「金」についても考えないわけにはゆかないだろう。実際、健三をめぐる人間関係の誰を取っても、金が絡んでいるのが、この小説の特色である。養父の島田はもちろん、腹違いの姉の夏との関係においてもそうであるし、また妻である御住《おすみ》との関係も、義父に巻き込まれるようにして、金をめぐる問題が顔を出してくるのである。

もっとも、漱石の作品で、金の絡まない小説を探すほうが難しいくらい、どれを取っても、金が作品に深くて長い影を落としている。『吾輩は猫である』は、実業家金田に代表される金に使役される人々と、苦沙弥一派からなるしからざる人々との対立が、縦糸のように全篇を貫いているのだし、『坊っちゃん』だって、一見のんきに見えながら、大きく見れば、父の遺産分与の話から、それを元手にせっかく得た収入の道を、最後は放棄する物語である。また細かに見れば、清《きよ》からもらった小遣いの三円を、蝦蟇口《がまぐち》ごと後架に落としたことから始まって、親の遺産として六百円を兄から受け取ったこと、それを三等分して学費にあてたこと、四十円の月給で四国の中学に奉職すること、三十円を懐に東京を立ったこと、松山についた汽車が三銭だったこと、宿で茶代に五円使ったこと、おかげで手持ちが九円になり、もう東京へは帰れなくなったこと、山嵐に一銭五厘で氷水を奢ってもらったこと、下宿に移ったら亭主に骨董を押しつけられそうになったこと、その亭主が他人の茶をよく飲むこと、住田の温泉の上等に毎日入るのは月給の割りに贅沢だといわれること、山嵐に氷水代を返そうとすること、山嵐がそれを受け取らないこと、などなど金の出番にこと欠くということがない。

それはそうとして、この『坊っちゃん』の名作であるゆえんは、さまざまに説かれるけれども、歯切れがよくってユーモアのある中に、「喪失」というものが気づかれないように織り込まれているところに、最大の理由があるのだと私は思っている。人々は喪失感の余韻の中に本を閉じ、ある種のしんみりした感じを、長く心に宿すのである。あまり愛情を注がれることのなかった父母とは、成人前後に死別し、兄とも別れて暮らすことになる。親愛しあう清とも別れて、ひとり松山に行く。松山では、魚を釣りにいっても、収穫はない。温泉で泳ぐ楽しみも、団子や蕎麦を口にする喜びも禁止されてしまう。一番親しみを感じていた「うらなり」は、肝胆相照らす関係に至ることなく、遠くへ去ってしまうのだし、その遠因をなしたマドンナとは、口さえも利かずに終わってしまう。下宿の蜜柑の熟れるのを楽しみにしていたけれども、口にすることはかなわなかった。中学は自らが去り、同志の山嵐とは新橋で別れたきりである。そうして駄目を押すように、清は死んでしまう。

事実を並べるとまるで悲劇のようではないか。もちろん、釣れた魚が肥料にしかならないというゴルキであったり、蕎麦や団子という罪のない悲劇がちりばめられる可笑《おか》しさは、論を俟たないけれども——この悲劇性こそが、今日まで読み継がれる何かを支えているのだと思う。釣りにゆけば面白いように魚がかかったり、甘い蜜柑をたらふく食べられるようでは、主人公にとっては好都合であっても、名作は生まれないのにちがいない。

閑話休題。『草枕』は、主題が芸術そのものであるから、金は出にくいようなものの、最後に那美さんの顔に、画工の求めていた「憐れ」をもたらすのは、もとの亭主の零落した姿ではなかったか。『野分』は、貧乏文学者白井道也が、金の力に打ち勝とうとする物語であり、貧しい書生で道也の弟子たらんとする高柳が、結核療養のためにと友が提供してくれた金を、道也の原稿のために差し出すところで終わっている。

ついでだから、新聞に連載になってからの作品にも眼を向ければ、『虞美人草』は、後妻の未亡人とその娘が、腹違いの兄と、父亡き後の財産をめぐって暗闘することが基調にすえられている。その象徴となっている、今は娘の手にある父譲りの金時計が、最後になって砕けることによって、物語は終わるのである。『坑夫』は、家を飛び出して無一文になった青年が、ポン引きの手で鉱山につれて行かれ、坑夫にはなり損ねるけれども、会計などの事務職について小金をためて、そこを脱出する物語である。

『三四郎』は、金銭的にはのんきな熊本出身の大学生が主人公で、深刻な金銭の問題は出てこないけれど、友人が競馬ですった金を、女から借りて融通することが、物語を動かす動力の役割を果たしている。『それから』は、現代の流行の言葉でいえば、典型的な「パラサイト」の主人公が、自分はいっさい金を稼がないくせに贅沢な暮らしを送りながら、内実において常に金の圧迫を受け、最後には寄生先の宿主から見放され、金を求めて街に飛び出すところで終わっている。『門』は、貧しい借家住まいの下級官吏が主人公である。歯医者にかかったり靴を新調するにも、神経をつかわなくてはならない。そういう身の上は、半分は自らが招いた結果であるが、半ばは、叔父による父の遺産詐取が原因である。最後には、公務員の増俸の知らせにわずかな安堵が与えられる。『彼岸過迄』と『行人』では、今まで見てきたような、金そのものや金の貸し借りが物語の展開で大きな役割を果たす、ということがない。『彼岸過迄』では、敬太郎という主人公須永の友人が、就職活動のために探偵まがいの任務を課せられたり、その下宿先の知人が出奔して満洲あたりへ出稼ぎに出たりはするけれども、そのことが、本来のテーマと切り結びはしない。『行人』においても、主人公の苦悩に金が力を及ぼすことはない。

『心』は、すでにみたように、「先生」が叔父のために親の遺産をごまかされさえしなければ、人間そして自分への懐疑も生まれなかったかのように、物語が作られている。また『硝子戸の中』で漱石自らが、小手試しのように過去を振り返ったときに、金にまつわる話がちょくちょく顔を出していたのも〈15〉でみた通りである。そしてこの『道草』においては、人間関係が、ことごとくといってよいほどに、金の連鎖から逃れられないでいる。

健三が金のことを考えるのは、「五十七」においてである。学究の道を歩んできながら、金の問題からなかなか解き放たれないので、焦《じ》れているようにみえる。反省の一つは、「何故物質的の富を目標《めやす》として今日迄働いて来なかつたのだらう」というのだが、これは、そのことに専念すれば己《おれ》だって、という己惚《うぬぼ》れが顔をのぞかせたのである。そうして自分もさることながら、兄も姉も経済において苦しんでいるのを気の毒に思い、せびりに来る島田にさえ憐れをもよおして、次のような結論を導く。

「みんな金が欲しいのだ。さうして金より外には何にも欲しくないのだ」
斯《か》う考へて見ると、自分が今迄何をして来たのか解らなくなつた。

健三は、貧しかった昔を思い出さずにはいられない。

彼は元来儲ける事の下手な男であつた。儲けられても其方に使ふ時間を惜がる男であつた。卒業したてに、悉く他《ほか》の口を断つて、たゞ一つの学校から四十円貰つて、それで満足してゐた。彼はその四十円の半分を阿爺《おやぢ》に取られた。残る二十円で、古い寺の座敷を借りて、芋や油揚《あぶらげ》ばかり食つてゐた。然し彼は其間に遂に何事も仕出かさなかつた。

本書の〈13〉で、漱石が大学を卒業したときの就職先として、学習院、第一高等学校、高等師範などが候補に挙がったことをみたが、ここにはそのことが反映しているにちがいない。ただし現実の漱石は、在学中からの、早稲田大学の前身である東京専門学校の講師はつづけていたのだけれども。

健三はその頃の自分と現在とを比べてみて、変わったところもあるけれども、経済の逼迫《ひっぱく》と何事も仕出かさないことは同じだとの認識から、金持ちになるか、学問的に偉くなるかのどちらかに決めたくなる。しかし、金持ちを目指すには遅すぎることは明白であった。では偉くなれるかといえば、やはり金に阻まれる現実があったのであった。

こうして例の如くに堂々巡りになるのだけれども、作者は次のような思わぬ一文で、この「五十七」を閉じてしまう。

金の力で支配出来ない真に偉大なものが彼の眼に這入《はい》つて来るにはまだ大分間《ま》があつた。

ここではまた急に、書かれている現在と書いている今との落差が、顔を出している。書き手は、「真に偉大なもの」があることを信じており、かつそれが何であるかを知っている。そうして、「大分間《ま》」の後には、健三の眼にそれが見えてきたといっている。それは一体なんであろうか。当然のことのように、作品の中では、それがなんであるかは明示されないのだが。

たしかに金の力で支配できないものは、世の中にあるだろう。しかし、それは必ずしも偉大であるとはかぎらない。たとえば暴力というものは、しばしば金の支配に拮抗する形で発揮される。もちろんそれは、多くの場合やぶれかぶれの破滅的状況で発揮されるのであって、「真に偉大なもの」とは言うべくもない。それは暴力が、理性や論理に支配されないというのと同じことで、いわば暴力の定義のようなものである。（暴力だって金で買える、というのは事実であろうけれども、それは暴力が手段と化した結果であるにすぎず、――つまり、目的と手段という関係のほうが、本来の暴力そのものより上位に位置してしまっている――その実は、暴力を買わざるを得ない事案が、金で買えないからこそ、金を使って暴力を揮わざるを得ないのではないだろうか。）

　このことから逆に、暴力というものをなかだちに考えると、金の力がやっかいであるのは、理不尽でないこと、つまり理性的ないし合理的に発揮されるからだろう。金には金の論理がある、といってもおそらく同じことであるにちがいない。その点、金は言葉にも似ている。人間の情に抗《あらが》うようにして、合理性が貫徹されるのである。健三が、いくら理性や論理の力を借りて金の力を乗り越えようとしても、乗り超えられないのは、そのせいであるのにちがいない。

　そうしてみると、作者に見えていた「真に偉大なもの」とは、理性や合理性では割り切れないもの、ということになりそうである。であるとするなら、何度も繰り返し見てきたように、この『道草』全体で表現しようとしている「本当のこと」、すなわちああでもありこうでもあるという割り切れないものが、「真に偉大なもの」と名づけられているものそのものであるのかもしれない。

29　教育論

　健三が、「何でも長い間の修業をして立派な人間になつて世間に出なければならないといふ慾」、すなわち「自然の力」によって、近親の人々の住む世界からひとり脱出したことは、〈19〉において触れた。

「然し今の自分は何《ど》うして出来上つたのだらう」

彼は斯《か》う考へると不思議でならなかつた。其不思議のうちには、自分の周囲と能く闘ひ終せたものだといふ誇りも大分交《まじ》つてゐた。さうしてまだ出来上らないものを、既に出来上つたやうに見る得意も無論含まれてゐた。

彼は過去と現在との対照を見た。過去が何《ど》うして此現在に発展して来たかを疑がつた。しかも其現在のために苦しんでゐる自分には丸で気が付かなかつた。

彼と島田との関係が破裂したのは、此現在の御蔭であつた。彼が御常を忌むのも、姉や兄と同化し得ないのも此現在の御蔭であつた。細君の父と段々離れて行くのも亦《また》此現在の御蔭に違なかつた。一方から見ると、他《ひと》と反《そり》が合はなくなるやうに、現在の自分を作り上げた彼は気の毒なものであつた。(「九十一」)

「其現在のために苦しんでゐる自分には丸で気が付かなかつた」というのは、苦しんでいる原因が、健三に「現在」をもたらした教育ないしは学問にある、ということに気づかなかったということなのであろう。書き手には、教育というものに、「他《ひと》と反《そり》が合はなくなるやうに」する働きのあることがわかっているのである。

作品の現在である大人になっている健三が、まだ若く、おそらく学生であった頃の自分を反省するところもある。それは兄の長太郎が三番目の妻を迎えるときのことで、健三は、「教育も身分もない人を自分の姉と呼ぶのは厭だと主張して」兄を困らせたという。その健三を、次のように批判している。

習俗《コンエンシヨン》を重んずるために学問をしたやうな悪い結果に陥つて自ら知らなかつた彼には、とかく自分の不見識を認めて見識と誇りたがる弊があつた。彼は慚愧の眼をもつて当時の自分を回顧した。（「三十六」）

この場合の「習俗」、つまり「慣わし」は、嫁には家柄にふさわしい女性を迎えるべきである、というあたりであろうか。

健三にしてみれば、そのような習俗のゆえに異を唱えるのではなく、姉にふさわしい教育と身分がほしいという、いわば近代的な人格本位の考えからであったにちがいない。別の言い方をすれば、習俗は形式であり、健三のは内実といえるかもしれない。ただその結果が、兄の認めた夫人を承認したくないという点において、一致してしまったのである。そんな若き日の自分を、健三は恥じている。当時の彼は陰で、「なんて捌《さば》けない人だらう」と批評されたというが、健三が今恥じているのは、さばけなかった自分を恥じているのだろうか。当事者の決めた結婚の相手を認めようとしないのは、近代の考えから見て不見識であるにちがいないのだから、その点では、健三を批判する側に見識があることになる。両刃《もろは》の剣のような近代主義をうまくくぐり抜けられなかったことを、恥じているのだろうか。どちらにしても、この場合も、「他《ひと》と反《そり》が合はなくなるやうに」なってしまっているのである。

健三が、親類から変人扱いにされると「教育が違ふんだから仕方がない」と開き直ったり、義弟の教育を自ら買って出ようとしたことは、すでに見たとおりである。それでは漱石その人は、教育についてどんな考えを持っていたのだろう。明治二十五年（一八九二）十一月、漱石は大学の教育学のレポートとして、今日では『中学改良策』と名づけられる論文を提出している。これはその名の示すように、施策としての具体的提案も含む現実的な論考であるけれども、教育そのものへの言及もなされている。

すなわちその「序論」において、これからの日本の運命は子弟にこそかかっているのだから、国運を挽回しようとの志あるものは、「国家の為めに身を挺し全力を挙げて教育に従事すべき」であるとしたうえで、次のように述べている（読みづらいので句読点を補う）。

固《もと》より国家の為めに人間を教育するといふ事は、理窟上感心すべき議論にあらず。既に（国家の為めに）といふ目的ある以上は、金を得る為めにと云ふも、名誉を買ふ為にといふも、或は慾を遂げ情を恣《ほしいま》まにする為に教育すといふも、高下の差別こそあれ其の教育外に目的を有するに至つては、毫《ごう》も異なる所なし。理論上より言へば、教育は只教育を受くる当人の為めにするのみにて、其固有の才力を啓発し、其天賦の徳性を涵養するに過ぎず。つまり人間として当人の資格を上等にしてやるに過ぎず。若《も》し是より以外に目的ありと云はゞ、其目的の断滅する時、教育も亦断滅の運に到着するものなり。かくては、人は活き民は存すれども教育を施こすに及ばず、抔《など》と云ふ時期来らんも知るべからず。国家主義の教育も之と同様にて、国家と云ふ条件が滅却するときは、国家的教育も純然たる一個の癈物と化し去らざるを得ず。試みに、今の列邦が合一して地球上に只一の大国を現出したりと思へ。然る時は、其住民に彼我の別なく、其政府に自他の差なきに至らん。其時、人の心に対外と云ふ精神は消滅すべし。是は、我国の為故《ためゆえ》、斯《か》く教育すべし、我国の為めなる故、かく訓練すべし、抔といふ一切の条件は尽《ことごと》く無用とならん。是等の条件無用となるも、教育の猶《なお》、忽《ゆる》かせにすべからざるは、言を待たざるなり。

いかにも漱石らしい理屈っぽさを紹介したいために、長くなってしまった。理屈っぽいけれども、言っていることは、今日でも堂々たる議論であると思う。いや、むしろ現代においてこそ、省みられるべき内容が含まれているというべきだろう。論はこのあと、そうは言っても、現実に国家間の軋轢《あつれき》がある以上、国家主義の教育を廃してはならない、と続くのだけれども、今はそれを問題にすまい。なにしろ帝国大学に提出する論文なのだから。
この議論を反語的に敷衍《ふえん》したのが、『坊っちゃん』「五」の次のくだりだろう。

> 考へて見ると世間の大部分の人はわるくなる事を奨励して居る様に思ふ。わるくならなければ社会に成功はしないものと信じて居るらしい。たまに正直な純粋な人を見ると、坊ちゃんだの小僧だのと難癖をつけて軽蔑する。夫《〔それ〕》ぢや小学校や中学校で嘘をつくな、正直にしろと倫理の先生が教へない方がいゝ。いつそ思ひ切つて学校で嘘をつく法とか、人を信じない術とか、人を乗せる策を教授する方が、世の為にも当人の為にもなるだらう。

「社会に成功」する「為」の教育なら、という諷刺であるにちがいない。ますます現代がすぐそこにあるような気がしてくる。また、この「坊っちゃん」の批判を正面から言い直すと、『それから』の代助の、以下のような議論になってくる。

「維新前の武士に固有な道義本位の教育を受けた」父から、「誠実」とか「熱心」を基調とする御談義を聞かされると、代助はうんざりする。それが社会的事実と、ちっとも切り結ばないからである。

> 代助は凡ての道徳の出立点は社会的事実より外にないと信じてゐた。始めから頭の中に硬張《こわば》

つた道徳を据ゑ付けて、其道徳から逆に社会的事実を発展させ様とする程、本末を誤つた話はないと信じてゐた。従つて日本の学校でやる、講釈の倫理教育は、無意義のものだと考へた。彼等は学校で昔し風の道徳を教授してゐる。それでなければ一般欧洲人に適切な道徳を呑み込ましてゐる。此劇烈なる生活慾に襲はれた不幸な国民から見れば、迂遠の空談に過ぎない。此迂遠な教育を受けたものは、他日社会を眼前に見る時、昔の講釈を思ひ出して笑つて仕舞ふ。でなければ馬鹿にされた様な気がする。（「九の一」）

この、道徳の出立点を社会的事実におく、とはどういうことなのか、をここでは具体的に述べていないけれども、それを考えるのに適当な例が、『吾輩は猫である』「八」にある。苦沙弥家の隣の落雲館中学から倫理の授業が聞えてくる、そのくだりである。

私も人間であるから時には大きな声をして歌抔《など》うたつて見たくなる事がある。然し私が勉強して居る時に隣室のものなどが放歌するのを聴くと、どうしても書物の読めぬのが私の性分である。であるからして自分が唐詩選でも高声に吟じたら気分が晴々してよからうと思ふ時ですら、もし自分の様に迷惑がる人が隣家に住んで居つて、知らず〳〵其人の邪魔をする様な事があつては済まんと思ふて、さう云ふ時はいつでも控えるのである。かう云ふ訳だから諸君も可成《なるべく》公徳を守つて、苟《いやしく》も人の妨害になると思ふ事は決してやつてはならんのである。

幼稚な議論と言うなかれ。この直前には、『論語』から真心と思いやりの大切さを説く一節を要約した、「夫子の道一以て之を貫く、忠恕のみ矣」がおかれていて、「昔し風の道徳」との対照をとっているのである。のみならず、〈8〉において「己れ」について考えるために『私の個人主義』を見たときに、その主義は「他の存在を尊敬すると同時に自分の存在を尊敬」し、「我は我の行くべき道を勝手に行く丈で、さうして是と同時に、他人の行くべき道を妨げない」ものであると紹介したことの、具体例ともなっているのである。漱石は、諷刺や諧謔でなく、まともに、あるべき倫理教育の姿を描出しているのだと思う。このようにみてくると、義弟の教育をもって健三の「本領」としたことの輪郭が、幾分か具体性を帯びて見えてくるように思われないだろうか。

30　血を枯らしに行く道

さて、健三は教育の力で今の自分を獲得し、学問を身につけて、それを自らの職業としている。その学問分野については、実用のそれではないだろうという推測を述べておいたが、それ以上の材料は、作品からは与えられていない。ただ、学問で何をしようとしているかについては、それが単なる飯のための手段ではないことが、たびたび語られる。すでにみたように、学生時代の自分と今を比べて、経済は同じように苦しく、「何事も仕出かして」いないことも同様である、と自嘲の言葉を述べていた。また「彼は生きてゐるうちに、何か為《し》終《〔おお〕》せる、又仕終せなければならないと考へる男であつた」（「二十二」）ともあり、これは一般には学問的野心と呼ばれるものであるだろう。

その野心の内容が語られることはないが、それに立ち向かう奮闘ぶりは、健三の日常のスケッチの中にしばしば顔を出している。御《お》住《すみ》が夏の一時期、実家に身を寄せて、事実上別居したことがあることは前にみたとおりである。その夏の間中、健三が研究に没頭できたことも、そのときにみた。

> 彼は八畳の座敷の真中に小さな餉台《ちゃぶだい》を据ゑて其上で朝から夕方迄ノートを書いた。丁度極暑《ごくしょ》の頃だつたので、身体《からだ》の強くない彼は、よく仰向になつてばたりと畳の上に倒れた。何時替へたとも知れない時代の着いた其畳には、彼の脊中を蒸すやうな黄色い古びが心《しん》迄透つてゐた。
>
> 彼のノートもまた暑苦しい程細かな字で書き下《くだ》された。蠅の頭といふより外に形容のしやうのない其草稿を、成る可《べ》くだけ余計拵《こしら》えるのが、其時の彼に取つては、何よりの愉快であつた。そして苦痛であつた。又義務であつた。（「五十五」）

「蠅の頭」と形容されている文字は、研究が進んで来るとますます小さくなっていったという。

> 最初蠅の頭位であつた字が次第に蟻の頭程に縮まつて来た。何故そんな小さな文字を書かなければならないのかとさへ考へて見なかつた彼は、殆んど無意味に洋筆《ペン》を走らせて已まなかつた。

日の光りの弱つた夕暮の窓の下、暗い洋燈《ランプ》から出る薄い灯火《ともしび》の影、彼は暇さへあれば彼の視力を濫費して顧みなかつた。（一八十四）

ここで言われる「ノート」あるいは「草稿」というものを、漱石に引きつけて解釈すれば、それは東大での「文学論」の講義のための下原稿である。今日ではその所在は不明であるけれども、「昭和三年版」と称される『漱石全集』の月報第九号に、写真版で二枚が印刷されている。一枚は、「「文学論」ノート草稿の最初の部分」と説明があり、もう一枚には同じく「最後の部分」とあって、こちらには「最初の部分に比し其字の小になれるを見よ」という注記が付されている。

実物を見ていないので何ともいえないけれども、漱石の他のノートから類推すれば、その紙はA5判よりもやや幅広で無罫、少し厚手の洋紙であるように思う。もちろん二つは、同じ用紙であるにちがいない。写真版をみると、文字の大小は明らかである。その文字数を数えると、文字の大きいほうは三百字程度であるのにたいして、細かい方はなんと二千字を越えそうな勢いである（ほとんど七倍ということは、はじめが、今日市販の原稿用紙の升目一つに一文字の大きさとすれば、最後には、同じ升に文字を七つ書くことに相当するから、蠅や蟻の頭という表現は必ずしも大げさではない）。草稿といっても、その文章は、教室でそのまま読み上げてもよいような書きぶりであり、おそらくは学生を前にしても読めるように、はじめは少し大きめの字で書いたのであろう。しかし、だんだんと文字は小さくなっていってしまったのであった。

「漱石の他のノート」とは、主にロンドン留学中に書き取られたもので、『文学論』の「序」において、「余は余の有する限りの精力を挙げて、購へる書を片端より読み、読みたる箇所に傍註を施こし、必要に逢ふ毎にノートを取れり」と述べ、さらに続けて、「留学中に余が蒐めたるノートは蠅頭《ようとう》の細字にて五六寸の高さに達したり。余は此のノートを唯一の財産として帰朝したり」と記されているものである。このノートは、現在も東北大学図書館の特別資料室「漱石文庫」に収められており、インターネット上にも公開されている。その用紙はさまざまであるが、上に紹介したのは、そのもっとも標準的なものである。

しかしこのノートの内容は、一部が「断片」として全集に収録されただけで、長いこと一般には知られてこなかった。一九七六年に至って、当時東北大学の教授であった村岡勇の編集による『漱石資料——文学論ノート』が岩波書店から刊行され、広く知られるようになった。その後一九九三年に新しい『漱石全集』が刊行されるときに、「ノート」と題した一巻が当てられ、村岡の編集とは異なった整理に基づくテキストが提供されることになった。全集では、先行の編著よりも収録する資料を増やしたけれども、「五六寸の高さ」全部ではなく、漱石が読んだ著書の要約と思われるものや、断片的に過ぎて主旨が十分に伝わらないものなどは、省略せざるを得なかった（くわしくは同全集の第二十一巻「後記」を参照されたい）。

健三のノートに話を戻すと、健三はそのノートを取るのが、「何よりの愉快であつた。そして苦痛であつた。又義務であつた」という。『道草』執筆の翌年、大正五年（一九一六）には、漱石は絶筆となる『明暗』を新聞に連載した。その執筆中の心境を、避暑に出ている若い門下生の久米正雄と芥川龍之介に宛てた書簡で、「心持は苦痛、快楽、器械的、此三つをかねてゐます」(八月二十一日付け)と述べている。『明暗』は、すでにみたように、毎日連載一回分を欠かさず執筆していたから、「器械的」の言葉があるのであろう。しかしノートも創作も共に、愉快であったり快楽を感じつつも、苦痛が伴っている。先ほど見た『坊っちゃん』における、悲劇性と名作の関係ではないけれども、快楽のない苦痛はあっても、およそ苦痛のない快楽は存在しないのであろう。問題は「義務」である。

『明暗』を書くことだって、新聞社の社員としての義務である。実際、漱石は明治四十年(一九〇七)に朝日新聞社に入社したとき、紙上に発表した『入社の辞』では、「人生意気に感ずとか何とか云ふ。変り物の余を変り物に適する様な境遇に置いてくれた朝日新聞の為めに、変り物として出来得る限りを尽すは余の嬉しき義務である」と結んでいる(この文章に、漱石自身は表題をつけなかったのではないかと思う。東京ではその文章に「入社の辞」と見出しをつけたのだが、大阪でつけた見出しは「嬉しき義務」であった)。久米・芥川宛の書簡に「義務」の文字がないのは、語呂のためばかりでなく、義務は「心持」以前の問題であったからだろう。それに従えば、健三の「義務」も、大学での講義を意識してのそれではなくて、自らが何事をか「仕終《しおお》せなければならない」という、内発の声に対する義務であったにちがいない。

その内発の声に応える営為を、苦痛を伴いつつも愉快と感じている健三は、それにもかかわらずなぜ日々を、満足をもって過ごすことができないのだろう。日常のごたごたした、過去から追われ、金にまとわりつかれる生活の故だろうか。しかし、生活に伴う塵労《じんろう》は、ひとたび書斎に籠もれば忘れ去ることができたのではないのか。そのような避難の領域を、研究と書斎というかたちで、精神的にも空間的にも持ちうることは、現代ではむしろ幸いの部類に属するのではないか。研究に打ち込む健三の姿を、さらに追ってみよう。

・彼はまた平生の我に帰つた。活力の大部分を挙げて自分の職業に使ふ事が出来た。彼の時間は静かに流れた。然し其静かなうちには始終いら〳〵するものがあつて、絶えず彼を苦しめた。（「九」）

・彼は途々《みち〳〵》自分の仕事に就いて考へた。其仕事は決して自分の思ひ通りに進行してゐなかつた。一歩目的へ近付くと、目的は又一歩彼から遠ざかつて行つた。（「二十四」）

・「此分では迚《とて》もその頃の悠長な心持で、自分の研究と直接関係のない本などを読んでゐる暇は、薬にしたくつても出て来《こ》まい」

健三は心のうちで斯《か》う考へた。たゞ焦燥《あせり》に焦燥《あせ》つてばかりゐる今の自分が、恨めしくもあり又気の毒でもあつた。（「二十五」）

・彼〔島田〕は三日程して又健三の玄関を開けた。其時健三は書斎に灯火《あかり》を点《つ》けて机の前に坐つてゐた。丁度彼の頭に思想上のある問題が一筋の端緒《いとくち》を見せかけた所であつた。彼は一図にそれを手近迄手繰《たぐ》り寄せやうとして骨を折つた。彼の思索は突然截《た》ち切られた。彼は苦《にが》い顔をして室の入口に手を突いた下女の方を顧みた。（「四十七」）

•彼の眼が冴えてゐる割に彼の頭は澄み渡らなかつた。彼は思索の綱を中断された人のやうに、考察の進路を遮ぎる霧の中で苦しんだ。

彼は明日の朝多くの人より一段高い所に立たなければならない憐れな自分の姿を想ひ見た。其憐れな自分の顔を熱心に見詰めたり、または不得意な自分の云ふ事を真面目に筆記したりする青年に対して済まない気がした。自分の虚栄心や自尊心を傷けるのも、それらを超越する事の出来ない彼には大きな苦痛であつた。

「明日の講義もまた纏《まと》まらないのかしら」

斯《か》う思ふと彼は自分の努力が急に厭になつた。愉快に考への筋道が運んだ時、折々何者にか煽動されて起る、「己《おれ》の頭は悪くない」といふ自信も己惚《〔うぬぼれ〕》も忽《〔たちま〕》ち消えてしまつた。同時に此頭の働らきを攪《か》き乱す自分の周囲に就いての不平も常時《ふだん》よりは高まつて来た。（「五十一」）

•彼はよく昼寐《ひるね》をした。机に倚《よ》つて書物を眼の前に開けてゐる時ですら、睡魔に襲はれる事が屡《しば》〳〵あつた。愕然として仮寐《うたゝね》の夢から覚めた時、失はれた時間を取り返さなければならないといふ感じが一層強く彼を刺撃した。彼は遂に机の前を離れる事が出来なくなつた。括《くゝ》り付けられた人のやうに書斎に凝《ぢつ》としてゐた。（「六十七」）

「愉快」が全くないようではなさそうだけれども、苦痛ばかりが書き連ねられて、読んでいて苦しくなりそうである。このような営みの中では、ノートの文字がどんどん小さくなるのも、やむを得ないように思われてくる。その苦しさが、生活とのかかわりにあることは事実としても、研究の遂行自体にも、困難が胚胎していたことを窺うこともできるように思う。『心』の「先生」の専門と同じことで、その研究の中味が語られることがないので、苦しむ実態はあるけれども、苦しさの中味は読者にはわからない。健三は青年を相手に講義をしているわけだが、その青年が、二度健三の前に現われる。健三はその青年に「学問」について語り、「過去」というものについて語る。

青年と一緒に散歩をしながら、ふとしたことから、健三は、ある芸者が、まだ若いときに人殺しの罪を犯し、二十年あまり収監された後で、娑婆に戻ったという話を思い出す。健三は、容色を生命とする女の身になれば、その華であるべき二十年の歳月がどんなに淋しいものであったか、と思わずにはいられない。失われた歳月への郷愁、とでも言ったらよいのだろうか。しかし、まだ若い青年には、その情緒がピンと来ない。健三は、自分もある意味において、この芸者と同じことだと考える。自分もまったく、学校とか図書館という牢獄で、青春時代を過ごしてしまったというのである。しかしそのおかげで現在があり、それを延長したところに未来を築いている。その方針には変わりないようなものの、その方針は「徒《いたづ》らに老ゆる」という結果しかもたらさないように感じられてしまう。

「学問ばかりして死んでしまつても人間は詰らないね」（「二十九」）

というけれども、「そんな事はありません」と応える青年には、ついに通じないのであった。

別の場面では、健三は青年と対座している。卒業したら何になろうとか、何をしたいとか、前ばかり見つめて歩いているらしい青年を、健三は「君等は幸福だ」と批評する。青年は、それほどのんきに未来像を描いているわけではないといい、健三は、君たちは自分のようには過去に煩わされないから、幸福なんだと説明する。青年は、健三自身だって、まだまだこれからだと思っているように見える、とやわらかい反論を返す。健三は、「人が溺れかゝつたり、又は絶壁から落ちようとする間際に、よく自分の過去全体を一瞬間の記憶として、其頭に描き出す事があるといふ事実」に対する、「仏蘭西のある学者」（先学の教えによればベルクソン）の説を話して聞かせる。

「人間は平生彼等の未来ばかり望んで生きてゐるのに、其未来が咄嗟に起つたある危険のために突然塞がれて、もう己《おれ》は駄目だと事が極ると、急に眼を転じて過去を振り向くから、そこで凡《すべ》ての過去の経験が一度に意識に上《のぼ》るのだといふんだね。その説によると」（「四十五」）

自分自身がいま、そのような危機的な状況にあると考えるほど、健三は馬鹿ではなかった、と書き手はいうのだが、それではどんな脈絡から、健三はこんな話を持ち出したのだろう。青年ほどには未来が開けていないから、過去に祟られる、というのではないだろう。むしろ逆に、過去に追いかけられるがゆえに、未来が開けないといいたいのではないか。

　このようにして、健三の学問的営為も、健三の精神そのものを満足させることはできなかった。そこには言葉にならない、障害となるべき何かがあったにちがいない。健三の苦悩なり、その障害なりは、おそらく漱石その人のものであったにちがいないと思われるが、それが作品の中で明かされることはなかった。

　ただ、前にも見たように、書き手である漱石は、書かれている時期の健三を次のように評していた。

> 彼の頭と活字との交渉が複雑になればなる程、人としての彼は孤独に陥らなければならなかつた。彼は朧気《おぼろげ》にその淋しさを感ずる場合さへあつた。けれども一方ではまた心の底に異様の熱《ねつ》塊《くわい》があるといふ自信を持つてゐた。だから索寞たる曠野《あらの》の方角へ向けて生活の路を歩いて行きながら、それが却つて本来だとばかり心得てゐた。温かい人間の血を枯らしに行くのだとは決して思はなかつた。（「三」）

「温かい人間の血を枯らしに行くのだ」、ということがわかっていた人からみれば、健三はまちがった道を歩んでいたことにならざるを得まい。そんな人生を選択することは、おそらく誰も望まないだろう。健三だって、本来だとばかり思っていたから、突き進んでいるのである。その生活ぶりが、作品のなかでどのように描かれているのかを、これまでに見てきた。そうして今、この作品がなぜ「道草」と題されたのかを、おぼろげに感じ取ることができるように思う。

健三は、年末に交わした、島田に百円の援助をするという約束のために、正月休みを使って何かを書いて、金に換えたのであった。それは猛烈な仕事で、「彼は血に餓えた。しかも他《ひと》を屠《ほふ》る事が出来ないので已を得ず自分の血を啜《すゝ》って満足した」（「百一」）のだと書かれている。諸家が説くように、漱石が創作に手を染めたことを言っていることは確かであろう。健三も漱石と同じように、これから研究稼業を捨て、創作家の道を歩むのか、それはわからない。しかし人間の血を枯らさないですむ道を歩むようになることは確かであろう。またぜひそうであってほしいと、私も思う。その意味で、この苦しい時代の生活を「道草」であって本道ではないと、宣言しておく必要が、漱石自身にあったのにちがいない。

31　心内の声

はじめに『心』について考えたときに、「先生」が自殺へと追い込まれてゆく心の変化をたどったことがあった。「先生」の結論の一つは、「死んだ積《つもり》で生きて行かう」という決心であった。それでも先生の心が、外界からの刺激に反応してその対象と切り結ぼうとすると、「恐ろしい力」がどこからか出てきて、「先生」の心を握り締めて動けないようにするのだ、というくだりも〈6〉でみた。そこでは、その不可思議な力が何であるかは、明らかにされず、「先生」が、その力に向かって「何で他《ひと》の邪魔をするのか」と怒鳴りつけると、「自分で能《よ》く知つてゐる癖に」と答えるということであった。

「先生」の場合は、その力はたとえば、「良心」というように言い換えてもよさそうに思う。しかしこの場合も、そのような手軽な言葉に直しては、おそらく嘘になってしまうのだろう。それは倫理的な徳目ではなくて、むしろ黒雲のような暗くてむくむくとした、足の浮き立つような、不安な「情緒」であるのかもしれないなどと、私は思う。しかし無理に言い換えるのはやめて、漱石が「不可思議な力」というのだから、その通りに受け取っておいたほうが、まちがいは少ないにちがいない。

一昔前の漫画では、登場人物には良い心と悪い心があり、それが白い天使と黒い悪魔の形をして、その人物をそそのかしたり思いとどまらせたりする場面が、よく描かれていたように記憶する。「先生」のいう「力」は、あたかも外力のように表現されているけれども、実際は「先生」の心の中の出来事であるのだから、「何で邪魔をするのか」という心と、「自分で能く知つてゐる癖に」という心との、葛藤ということになるのだろう。「先生」の場合は、世の中に打って出ようとする気持ちと、そうさせまいとする心では、どちらが白でどちらが黒なのだろう。

この「自分で能く知つてゐる癖に」というのは、外力で抑えつけるのではなく、自己規制を求める声である。外に出て力を揮ってみたいという心と、そんな資格はないと抑える心は、本来は一つなのだから、ばらばらで居つづけることはできない。世の中といわず、人間の心もあらゆる矛盾に満ちている。しかしその矛盾は、存在することによっていちおうは解消されてしまう。考えてみると存在するということは残酷なものだ。存在は矛盾を許容しないから。もちろん矛盾が解消されるのは存在という現象においてだけであって、矛盾そのものは決して解消されないのだけれども。だからこの場合も、「先生」は結局のところ、世の中には出ないという形で存在することになり、矛盾を現象的に解消してしまうのであった。

この自らの心の自問自答は、同じようにして『道草』にも出てくる。年の暮れに、健三は学生の提出したレポートないしは答案の採点をしている。それに疲れて、歳末の街に飛び出す。そうして自分のことばかり考えていた。すると「頭の何処かで」、「御前は必竟何をしに世の中に生れて来たのだ」という質問を、健三に掛けてくるものがあったという。健三はそれに答えたくなくて、返事を避けようとする。しかし相手は、執拗に同じ問いを繰り返すのであった。健三はとうとう「分らない」と叫んでしまう。そのときのもう一つの心の返答は、次のようなものであった。

「分らないのぢやあるまい。分つてゐても、其所《そこ》へ行けないのだらう。途中で引懸つてゐるのだらう」（「九十七」）

ここでも先に見た、本道に対する道草という関係が、顔を出している。しかしあまりに唐突過ぎて、その意味する内容がよくわからない。

しかもこれに応える健三の言葉は、「己《おれ》の所為《せゐ》ぢやない。己の所為ぢやない」というのである。これは、仮に「本領」があるとして、そこに行けないのは、自分が行こうとしていないからではなくて、行こうとしているのに行かせてくれない何かがある、という訴えとして読める。

これとよく似た言い方は、健三が子供の大切にしていた植木鉢を、自分の癇癪にまかせて縁側から蹴とばしてしまい、それを自省するところに出ていたことを、〈21〉で引用しておいた。そこには、「己《おれ》の責任ぢやない。必竟こんな気違じみた真似を己にさせるものは誰だ。其奴《そいつ》が悪いんだ」（「五十七」）という弁解があった。

『心』において、また『道草』において明かされる、心内の声というのは一体なんであろうか。健三の癇癪は、また保険の勧誘員にも向けられる。取り次いだだけの下女を、激しく怒鳴りつけるのである。その声は勧誘員にも届いたはずで、そのことに気づいて自ら恥じるのだけれども、「己《おれ》が悪いのぢやない。己の悪くない事は、仮令《たとひ》あの男に解つてゐなくつても、己には能く解つてゐる」という言い訳が後からついてくる。健三は「己には能く解つてゐる」とはいうけれど、「神には能く解つてゐる」とは言うことができなかった、と書き手は論評し、さらに続けて、

もし左右《さう》いひ得たならばどんなに仕合せだらうといふ気さへ起らなかつた。彼の道徳は何時《いつ》で

も自己に始まつた。さうして自己に終るぎりであつた。(同)

という。「自由と独立と己に充ちた現代」にあっては、「己」はややもすると、「神」になりたがる。このときの健三は、いや健三という人は、まさに現代人であったのだろう。実際、健三は「神といふ言葉が嫌であつた」(「四十八」)。

初期の短篇集『漾虚集』などの影響で、漱石のロマン主義的な側面や超常現象への関心が、過大に評価されることがしばしばある。ラファエル前派や十九世紀末の美術などへの嗜好も、同様である。たしかにそれらに傾倒した時期があり、浅からぬ関心を持ち続けたであろうが、漱石は何より停滞を嫌う。『三四郎』の広田先生の夢に、二十年前に逢ったという十二、三の女が、昔と同じ姿で出てきて、先生がその変わらない理由を尋ねると、少女は広田に逢ったときの自分の顔や服装や髪が一番好きだから、変わらなさに驚いて理由を尋ねると、少女は広田に逢ったときの自分の顔や服装や髪が一番好きだから、変わらずにいるのだと答える。広田が、それではなぜ、自分はこんなに年を取ってしまったのだろうと不思議に思っていると、「あなたは、其時よりも、もつと美しい方へ方へと御移りなさりたがるからだ」(「十一の七」)と言われてしまう。漱石はまさに、「御移りなさりたがる」男である。

『吾輩は猫である』の初回と同じ月に発表された『倫敦塔』は、塔をめぐっての想像力が自在に活動して、歴史上の場面がめまぐるしく交錯するが、最後にはロンドンの下宿の主人によって、空想がみごとに砕かれてしまう。鍵はこの落差にあるのであって、空想そのものにあるのではない。もちろん落語の「下げ」と同じことで、話の本体が魅力をたたえないかぎり、落差も下げも、それだけでは興趣を生み出すことはできない。しかし、漱石その人を考えるときには、落差を提示せざるを得ない資質というものに、眼を向けるべきだろうと思う。落差というのは、とりもなおさず現実主義である。現在を生きたがる精神である。その精神ゆえに、漱石は百年後の今もなお、まるで現代作家のように読まれるのではないのか。

『漾虚集』のなかの、『幻影の盾』だとか『薤露行』など、西洋中世の騎士道物語をむやみにありがたがる人々もいたけれども、漱石にもそういうロマン派的要素があったというだけで、たしかに一斑にはちがいないだろうが、それをもって全豹をはかることはできにくいように思う。評論『創作家の態度』には、十九世紀イギリスの作家スコットを例にとって、ロマン主義と写実主義の分け方について考えるところがある。スコットはロマン主義の人である、というレッテルを一度貼ってしまうと、スコットの中に事実としてある写実的な要素が捨象されてしまう。そうではなくて、スコットのどこからどこまでがロマン主義的で、どこそこは写実的である、というように、主義を立てた場合は、その主義に合った部分だけを個別に当てはめるべきだ、というのである。なにしろ、「実際は大概まざりもの」なのだから。

超常現象への関心は、『琴のそら音』によく現われている。法学士である語り手の余（靖雄）が、学生時代の友人で文学士の津田を、久しぶりに訪ねる。津田は、幽霊の本を盛んに研究しているのだという。靖雄は、下宿の迷信家の下女の話をする。この婆さんは、占いをよく立ててもらうのだが、靖雄が近々結婚のために一家を構える引越しの方角がよくないとか、いろいろ不吉なことを言う。

　結婚の相手は露子といって、今はあいにくインフルエンザに罹っている。すると津田が気をつけたほうがいいと注意する。知り合いの軍人の若い妻が、インフルエンザから肺炎を患って、二十二、三の若さで死んでしまったからだといって、ついでにその死にまつわる不思議な話を紹介する。それによると、夫である軍人は日露戦争に出征中で、その出征のときに妻は夫に、自分にもしものことがあれば、魂魄《こんぱく》だけでもきっとお側に参ります、と誓った。ある朝、軍人が妻から渡されて常に携行していた小鏡をみると、彼女の病気にやつれた姿がそこに現われた。不思議がっていると、三週間くらい経ってから死亡の通知が届いて、日を数えてみると、鏡に現われたのは、死んだのと同時同刻であったというのである。

　靖雄は半信半疑だが、津田は外国にも同じような例があって、理論上はありうることだという。帰り道に、時を告げる寺の鐘を陰気に聴いたり、蜜柑箱くらいの棺桶に入れられた幼い子供の葬列と行き違ったりしているうちに、だんだん心細くなって、死を思ったりするようになる。いつかしら雨も降りだしてくる。真暗い道で赤い火が見えたと思うと、それがふっと消える、その瞬間に、今度は露子のインフルエンザが気にかかってくる。こうしてやっと家にたどりつくと、今度は婆さんが、野良犬の遠吠えがこの間からしきりであり、悪いことの前兆だといって脅かす。翌朝、取るものも取りあえずといった按配で、露子の家に赴くのだが、雨上がりの気持ちのよい朝で、露子のインフルエンザもすっかり治って、昨夜は音楽会に行っていたと聞かされて、拍子抜けするのである。

これだけでも落ちがついたようなものだけれど、漱石はなお駄目を押したがる。靖雄が露子の勧めで床屋に行くと、「源さん」と「由公」が将棋を指しながらおしゃべりをしている。この、電気灯のつく時代に、幽霊だとか亡者だとか、そんなべらぼうな話はありっこない。あれはみんな神経のなせるわざだ。自分の心に怖いという気持ちがあるから、幽霊だって現われたくなるのだ、というのである。こうしてはっきりと読者を現実に引き戻すのが、引き戻さずにはいられないのが、漱石であるように私は思う。（余談であるけれども、円朝の長篇の講談『真景累ケ淵』を読みだしたら、冒頭にいきなり「今日より怪談のお話を申上げまするが、怪談ばなしと申すは近来大きに廃《すた》りまして、余り寄席《せき》で致す者もございません。と申すものは、幽霊と云ふものは無い、全く神経病だと云ふことになりましたから、怪談は開化先生方はお嫌ひなさる事でございます」とあって、床屋の談義と同じ議論が展開されていたので驚いた。「真景」も「神経」のもじりにちがいないと直感した。さらに余談だけれども、読み進むと、旗本だか御家人だかの貧乏屋敷の描写に、「畳などは縁《へり》がズタ〳〵になつて居り、畳はたゞみばかりでたたは無いやうな訳でございます」とあるのにも驚いた。『吾輩は猫である』の苦沙弥愛用の白毛布、つまり「ケツト」は、たしか「毛の字は省いて単にツトとでも申すのが適当である」（「四」）と猫に評されていたから。）

ちょっと話の調子を整えるために、節を改める。ただその前に、最前、保険の勧誘の話が出たので、道草を食うことを許されたい。漱石は保険に冷淡であった。『吾輩は猫である』「十」で、苦沙弥と保険の勧誘員とのやりとりが、影で聞いていた細君が姪に告げるという形で紹介される。勧誘員は、保険の利益を一時間ばかり説くのだけれど、苦沙弥は入ろうとしない。その理由は、たしかに保険の必要は認めるが、死なない以上は入る必要がない、というのだ。勧誘員は当然、人間の命は丈夫のようだけれども脆《もろ》いものだ、などと説得を諦めない。するとと苦沙弥は、自分は死なないと決心している、保険の掛け金を払うくらいなら貯金のほうがましだ、といって譲らないのである。この連載の「十」は、明治三十九年（一九〇六）四月一日発行の『ホトトギス』に発表されたものである。

詩集『孔雀船』で知られる伊良子《いらこ》清白《せいはく》という詩人がいる。この人は医師で、ある時期、生命保険の診査医をしていた。その日記が、二〇〇三年に岩波書店から刊行された。その明治三十九年三月一日の条に、「早朝和田英作氏を訪問し不在　転じて南町三丁目岡野栄氏を訪ひ保険申込書を受く（後氏は家族の同意を得ずとて取消を申込まれたり）　次で伊上凡骨氏を訪ひ席上にありし岩田氏をも保険に入らしむ　岩田氏は一色氏の友人なりとぞ　十二時出勤　午後麹町及四ツ谷に往診し転じて千駄木林町に長原止水氏を千駄木町に夏目漱石氏を（我輩は猫である）西片町に上田敏氏を歴訪し保険を依頼せしも皆不成功　長原氏は沈痛夏目氏は洒落上田氏は快活〔以下略〕」とある。時期といい「洒落」の評といい、苦沙弥の議論は、漱石自身が清白を相手にぶったものであるにちがいないように思われる。

32 ハンナとグレイス

「神」という言葉が出てきたので、漱石と神という問題について考える前に、漱石の神秘主義的傾向をみようと思って『漾虚集』をひっぱり出したら、それが長くなってしまったのであった。

漱石が「神」というときは、Godつまりキリスト教の神を指していると考えて、大きなまちがいはないように思う。ただし、天地創造や全知全能といった面では、漱石はキリスト教のおかげをこうむる必要を認めなかった。それらの人智を超えて宇宙を統《す》べる権能は、キリスト教の神によらずとも、「天」とか「自然」という言葉で充分であったのだ。天も自然も、どちらかといえば人間の外部的な存在で、自然的法則や道徳的善悪など、さまざまな秩序を人間に保証する役目を担っている。それらの部分が捨象されてもなお残る、人間内部の精神的な活動に、ある種絶対的な価値観にもとづいてさまざまな働きかけをなすものを、「神」として捉えていたのではないかと思う。これはむろん厳密な話ではなくて、漱石を読んで感じた漠然とした印象にすぎないけれども。

漱石は神をそう感じていたから、彼には神は不要だったのであった。もともと自分の心の中にいるものに、自分以上の権威を与えることが理不尽に思えたにちがいない。神は人間が造ったもの、という考えから脱け出すことはなかった。

漱石が、いわば物理的に、キリスト教ないしは神の問題に悩まされたのは、ロンドンへと向かうプロイセン号においてであった。ロンドンの生活の中でも、時に煩わされたけれども、船の上は、なんといっても逃げ場が極端に少ないのであった。

明治期におけるハンセン病に対する、いわゆる救癩《きゅうらい》運動の先駆者に、ハンナ・リデルがいる。岩波書店の『西洋人名辞典』の同女の記載をみてみよう。一八五五年の生まれで、一九三二年に亡くなっている（辞典では、数字は算用数字だけれど、句読点と共に縦書き用に改める）。「イギリスの伝道会社の婦人宣教師。来日し（一八九〇。明治二三）、熊本に赴き（九一）、本妙寺で癩患者に接して以来救癩に努力し、牧崎村に臨時救護所を設け、のち熊本市外の竜田山麓に回春病院を創立（九五）。宣教師を辞し、病院の経営と日本の救癩のために専心し、同地に歿。藍綬褒章（一九〇六）、勲六等瑞宝章（二五）を受く」。

本妙寺というのは、熊本城を築いた加藤清正の威徳を称えるべく建立された日蓮宗の寺で、清正がハンセン病を患っていたという俗信から、治癒を求めて患者が境内に集まるようになっていた。漱石は留学中の、「文芸のPsychology」と題した「ノート」のなかで、ほとんど唐突に「〇熊本本妙寺ニ行キテ返ル者ハ皆醜々ト云フ。嘗テ可哀相ナリト云ヒシヲ聞カズ彼等ハ皆道徳問題トナサズシテ美醜問題トナスナリ」と書きつけている。（この、本来は「道徳問題」で「可哀相」という同情が起るべきときに、「美醜問題」にすりかわってしまうという事態は、『それから』の代助の感想として表現を与えられている。代助が、平岡夫妻の窮状を支援するために、嫂の梅子から送られた二百円の小切手をもって夫妻の住居を訪れるところである。

坂を上《のぼ》つて伝通院の横へ出ると、細く高い烟突が、寺と寺の間から、汚ない烟《けむ》を、雲の多い空に吐《は》いてゐた。代助はそれを見て、貧弱な工業が、生存の為に無理に吐《つ》く呼吸《いき》を見苦しいものと思つた。さうして其近くに住む平岡と、此烟突とを暗々の裏《うち》に連想せずにはゐられなかつた。斯《か》う云ふ場合には、同情の念より美醜の念が先に立つのが、代助の常であつた。代助は此瞬間に、三千代の事を殆んど忘れて仕舞つた位、空に散る憐れな石炭の烟《けむり》に刺激された。（「八の三」）

物語の進行の上では、かつての友人に、もはや同情が起らないようになってしまったことを、強調する描写として位置づけられる――つまり三千代を必ずしも媒介せずに平岡との距離ができたという意味において――のだろうけれど、ここは、漱石自身の感性の傾向を素直に表白したものでもあるにちがいない。）

明治二十三年（一八九〇）に、ハンナと一緒にイギリスから日本に到着した女性宣教師は五人で、そのうちハンナとグレイス・ノットの二人が、熊本に配属された。漱石が熊本の五高に着任したのは、明治二十九年のことだから、彼女たちが熊本に着いてから六年が経っていたことになる。漱石がこの二人と直接交渉を持ったことはなかったらしい。一方、五高には、漱石と在任期間の重なる外国人英語教師が二人いた。一人は、漱石着任以前の明治二十七年から在籍した、ヘンリー・ファーデルというドイツ系スイス人で、英語とフランス語を教えていた。もう一人は、漱石より二年ほど遅れて着任したジョン・ブランドラムというイギリス人である（五高には、このほかにドイツ語とラテン語を担当するドイツ人教師がいた）。漱石より九歳ほど年長のブランドラムは、ケンブリッジの出身で、キリスト教伝道のために明治十七年（一八八四）に来日、二十年からは熊本に住んで、在住の司祭となっていた。ハンナたちを迎えたのは、新婚一年目の三十二歳のブランドラムであった。

ハンナとグレイスは、伝道のきっかけを得る便宜もあって、熊本で英語を教え始める。伝道の対象は、気性の激しいハンナが男性で、おとなしく控えめなグレイスは女性であった。男のほうは五高の生徒など、英語に関心のある人が集まったが、女性では英語学習の希望者は少なかったらしい。ハンナはやがて、救癩活動に熱を入れ始め、伝道活動におけるその比重をめぐって、ブランドラムとの対立を深めていった。グレイスはハンナのよき理解者で、協力者であったという。

明治三十年（一八九七）には、二人とも休暇でいったん本国に帰る予定であった。ハンナは何か理由をつけて救癩活動のために日本に留まるが、グレイスは帰国する。グレイスが再来日を果すのは、二年後の三十二年の三月で、入れ違いに今度はハンナが、本国からの召還に従って日本を離れた。一八六三年生れのグレイスはこのとき三十六、七歳で、未婚ながら漱石よりは年長である。グレイスの母は未亡人となっていて、この六十代半ばを迎えていた母のことが、グレイスには気がかりであったらしく、本当の理由はわからないが、その年の年末頃には、宣教師を派遣している母体である「イギリスの伝道会社」（CMS＝英国宣教師協会）を、辞める意向をもらし始めたという。

漱石はおそらく教会をのぞいたこともなかったであろうし、たとえ同僚ではあっても、熊本におけるキリスト教伝道の責任者でもあったブランドラムに、胸襟を開くということもなかったであろう。その漱石に留学の辞令が下ったのは、明治三十三年（一九〇〇）六月のことである。文献の上では、イギリスについてよく知っていたであろうが、具体的かつ実用的な情報は、著しく乏しかったのではないだろうか。同僚の外国人教師にあれこれを尋ねたことは、十分に想像できる。

イギリス留学に向かうためにプロイセン号の船客となった漱石が、そのことをうかがわせるような英文の文章（断片四B）を手帳に書きとめている。


「兎《と》に角《かく》、行って彼女に会うがよい」と我が古き同僚のF君がいった。「彼女こそ申し分のない真の女性だ」と。こうして余は彼女に会ったのだが、なる程F君の言に偽りはなかった。数日後、彼女が滞在していた自分の娘の家がある熊本を、余は後にした。（岡三郎訳）

F君が、ヘンリー・ファーデルであろうことは明らかだろう。そのファーデルが紹介したのは、ノット夫人であった。彼女にとっての「自分の娘」が、グレイス・ノットその人である。漱石が、ロンドンへの出発準備のために熊本を離れたのは、七月中旬のことであったから、ノット夫人に会ったのも、その頃のことであろう。宣教師の仕事を、少なくとも日本で行なうことは辞めようと決心したグレイスが、自分が日本を離れる前に母を呼んだのでもあろうか。漱石はプロイセン号において、偶然その母と再会することになるのである。

ロンドンに到着して四カ月あまり経った、明治三十四年三月十一日の漱石の日記に、五高の校長を務めていた桜井房記から手紙が届いたことを記したあとで、「桜井氏ノ書面ニ Brandram 氏発狂ノ事アリ香港ニ送ル途中ニテ死亡ストアリタリ気ノ毒ナルコトナリ」とある。ブランドラムが、熊本における伝道活動をめぐって、ハンナとの間に確執があったことは先にも触れたけれども、だんだんそれが昂じて、追い詰められたブランドラムは精神が不安定になり、明治三十三年の十二月には、不眠、錯乱、狂暴という事態に至り、香港で治療を受けさせることになったのであった。保護者つきという条件でようやく十二月二十九日に長崎から日本丸に乗船させるが、翌日には昏睡状態から、衰弱と心臓発作のために亡くなってしまうのであった。遺体は上海に埋葬されたという。

ブランドラム夫人は長崎まで付き添ったまま、そこに留まり、遺児となった四人の息子はグレイスが熊本で面倒を見ていた。辞めることを決めていたグレイスは、ハンナの再来日まで出立を延ばしていたらしいが、この事態で急遽、ブランドラムの残された一家に付き添って帰国することになった。彼女たちが実際に日本を離れたのは、三十四年一月のことであったという。ハンナが再来日を果したときは、グレイスはすでに船上の人となっていた。

33 船上にて

グレイスが日本を離れ、ハンナが再来日を果した、その四カ月ほど前の明治三十三年（一九〇〇）九月八日、漱石は、横浜を出航し、ロンドンに向かった。ドイツ船籍のプロイセン号は、翌九日に神戸、十日長崎に停泊、十一日に長崎を発って、いよいよ日本の地を離れた。おそらくその十一日に、ノット夫人は長崎から同じ船に乗り込んだものと思われる。しかし漱石がそのことに気づくのは、三週間もたったインド洋上でのことであった。

漱石は、当時の文部省が初めて西洋に派遣する第一回の国費留学生で、表向きは英語研究のためにイギリスに向かっていたのだが、同じ資格で乗船していたものが、ほかに三人いた。すなわち、国文学の芳賀矢一、ドイツ文学の藤代禎輔、農学の稲垣乙丙である。なお日本人の同行者としてはほかに、軍から派遣された軍隊医学専門の戸塚機智がいた。

漱石はメモふうの短い航海日記を残しているが、芳賀の「留学日誌」と題された記録は、はるかに詳細でかつ具体的である。上海では、嵐のために出航が遅れ、九月十五日の深夜に至って、ようやく航行が可能になった。その翌日の芳賀の日記に、「船客に英独宣教師の一隊十数名あり今日日曜日なれども祈禱せず」とある。これは十四日に上海から乗り込んできた一団だと思うが、当日の日記には「新旅客本船に入るもの頗多く談話室食堂大に賑ふ」とあるだけだから、そのときは、その人々が宣教師たちであることに気づかなかったのだろう。休暇のためばかりでなく、清朝をゆるがす義和団事件がおこって、世情が不穏になったことも、彼らが布教の地を去る理由であったらしい。漱石の日記には、それらのことに何の言及もない。芳賀は十七日の日記にも、「宣教師の一行拝神の儀をつとめ讃美歌をうたふ」と記している。漱石は次の日曜日の二十三日の日記に、「今日日曜ニテ二等室ノ宣教師ハ例ノ如ク歌ヲ唱ヒ説教ス上等ノ甲板ニモ独乙人ガ喧嘩ヲスル様ナ説教ヲシテ居ル」と、はじめて宣教師のことを記している。ちなみに漱石たち一行は、二等室の客であった。

次の日曜日、九月三十日の芳賀の日記には、「日曜日なるを以て宣教師等の礼拝あり」とあるが、この日の漱石の日記は、「無事」の一言ですまされている。宣教師たちは勝手に、説教をしたり讃美歌を歌ったりしているが、日本人はそれを遠くに眺めていたようすがうかがえる。

そうして十月四日の漱石の日記。

午前甲板ノ椅子ニ踞シテ読書ス突然女ノ声ニテ夏目サント呼ブ者アリ驚テ見レバ Mrs. Nott ナリ此方ヨリ上等室ニ訪問セザル故向ヨリ来リタリト云明日午後茶ニ来レトテ分レタリ

こうして二人は驚きの再会を果したのである。

しかしよく読むと、「此方ヨリ上等室ニ訪問セザル故」というところがしっくりしない。二等の客なので、上等には行ったことがなかったので、というより、いらっしゃいと誘われていたのに、さぼっていたら向こうから声をかけられた、というように読める。「驚テ」も熊本以来の再会を驚いたのではなく、向こうが二等に来ることが予想外であるという、驚きのようにも読めないだろうか。かといって、漱石の航海日記は簡単なものではあるが、乗船以来一日も欠けていないから、この日の前に出会ったとするなら、記載のないことがいぶかしい。

また、先にも紹介した、船上で記された漱石の英文の文章（断片四B）には、「再び余は彼女が目の前に現われる好機に恵まれた。しかし二週間も過ぎるまで、遂に双方、互いに気付かなかったのは誠に不可思議と言うべきだろう」（岡三郎訳）とある。日記の十月四日では、三週間でなくてはならないのだ。しかし、疑問は疑問のまま残すしかないのだろう。（ノット夫人は、娘のグレイスと違って宣教師ではなかったから、考えにくいけれども、夫人が長崎からでなく上海から乗船したとすれば、日数は少しだけ短縮されることにはなる。いずれにしても、私の想像にすぎないけれども、再会した日は、四日をあまり遡ることはないのではないだろうか。）

翌五日に、漱石は上等船室にノット夫人を訪ね、談話をなす、というか一方的に話を聞かされる。漱石としては、イギリス着後に頼るべき人の紹介状を頼むのが、精一杯であったようである。今日では考えられないが、漱石は誰一人頼る人をもたずに、ロンドンに渡ろうとしていたらしい。航海の日記をつけていた手帳には、外国人を含めていろいろな人々の名前や連絡先が記されているが、ほとんどが日本を立ってからの関係者のようにみえる。そんな漱石にとって、ノット夫人との出会いは、いくぶんか頼もしいものに映ったのではないだろうか。もう、航海も旅程の半分を超えていたのだから。これ以降も夫人とは交渉を持ったはずで、英語のレッスンさえ受けた模様なのだが、船上の日記には、もうその名前は出てこない。（船上の日記には名前は出てこないけれども、ロンドンに着いて半年あまりの間には、ノット夫人や娘のグレイス、さらには夫人の息子パーシー・ノットの一家などとわずかながら交渉を持ったことが日記からうかがえる。このノット家の人々はみな、敬虔なクリスチャンであったから、漱石にその教えを伝道するというのが目的であったらしく、漱石にとっては気持ちの安らぐ交際ではなかったことが想像できる。実際、やがて行き来はまったく途絶えてしまったのである。）

七日の日曜日の芳賀の日記には、「藤代、戸塚二氏と試に耶蘇教の独語説教を聞く」とある。これは宗教上の関心からでなく、おそらく留学先のドイツの言葉に慣れようとしたものだろう。船が紅海に入った十日には、漱石はノット夫人から、この日の日付つきの献辞のある『ザ・ホーリー・バイブル』を贈られる。そのときまで漱石が英訳聖書を持っていなかったというのも考えにくいし、ロンドンに携行しようとしなかったというのも、なんとなく迂闊に過ぎるような気がする。しかし漱石はむしろ、漢詩制作のための韻書である『詩韻含英』や、ホトトギス発行所から出ていた高井几董や黒柳召波などの句集を、鞄に忍ばせていたのであった。東北大学の漱石文庫には、チャールズ・ジョン・エリコットによる新旧約聖書の浩瀚な注釈書（一八九七年版）、聖書のコンコーダンス、サー・ウイリアム・スミス編の『聖書辞典』（一八六三年版）などとならんで、'Natsume San /

With Mrs. Nott's most / Kind regards— / S. S. Preussen / 10th October 1900' と五行に認《したた》められた献辞のある聖書、すなわち『ザ・ホーリー・バイブル』(オクスフォード大学出版、改訂一八九八年版)が収蔵されている。

十一日は木曜日であるが、芳賀の日記には、「朝夏目君と英語説教を聞く」とある。これが、漱石が洋上で聞いたはじめての説教なのであろう。翌十二日の同じく芳賀の日記に、「夏目氏耶蘇宣教師と語り大に其鼻を挫く　愉快なり」とみえるが、恐らくその具体的な議論の中味であろうと思われるものが、手帳のもうひとかたまりの英文(断片四A)に記されている。その論点を、岡氏の訳を頼りに、摘記してみよう。(手帳に書きつけられた状況から考えると、この英文はおそらく、宣教師をやりこめる以前に書かれたものにちがいない。宣教師たちが船内で盛んに活動するのを横に見ながら、自分の考えを整理したものであるように思う。逆にそのような準備があったからこそ、実際の議論が起きたときに、充分に反駁することができたのであろう。)

・宣教師たちは、われわれを偶像崇拝者と決めつけて、あらゆる機会を捉えて改宗させようとしている。
・自分の使命に没頭しすぎているのであり、とりあわないのが一番である。
・彼らは、自分たちこそ偶像破壊者であると主張する一方で、キリストは神の顕現であるという。
・絶対性をもつ神そのもの、という観念だけでは足りずに、彼らの感性的知性は、人間の形をした神というものを必要としている。

・それこそ偶像崇拝そのものではないのか。

・また彼らは、唯一の最高神を持っているという理由で、キリスト教だけが、この世における真の宗教であるという。しかし事実として、宗教はそれぞれの宗派ごとに最高神をもっているのであって、キリスト教もその一つである、ということにすぎないのではないのか。それだけの理由で、他の宗教を排斥するのはまちがってはいないか。

・私個人は、キリスト教にいたずらに怨念を抱くものではない。むしろ立派な宗教であると考えている。信ずれば必ずや救済を見出すであろう。

・しかし他の宗教を信ずる人々も、同様に救済を見出しているにちがいない。宗教はしょせん信仰の問題で、議論や理屈の問題ではない。

・信仰さえあれば、幸福と安息と救済があるのであって、その限りでは、キリスト教も物神崇拝も変わりはないはずだ。逆に信仰がなければ、どんな立派な教義でも、賢者の単なる発明品にすぎないだろう。

・人は己の知性の発達段階に応じて、それぞれに自分の眼でみて、善であり真であると映ったものを信ずればよい。そうすれば、そこに満足と幸福を見出すであろう。

・私はといえば、その信ずる宗教には超越的偉大さが備わっていて、他の宗教の一切が包摂されている。私の信ずる神は、真に何者かである、すなわち、あの無というものである。それは絶対であるが、その絶対とは、相対の対応としてのそれでなく、真の絶対、すなわちキリストでも精霊でもその他の如何なるものでもなく、かつキリストであり精霊であって、かつ一切であるようなものである。

この『老子』を思わせる結論に至る議論が、宣教師に通じたのかどうかはわからないけれど、宣教の相手が理屈っぽいことには、手を焼いたにちがいない。おそらくこのような考え方は、漱石が終生持ち続けたし、感じ続けたものであるように私は思う。

この十二日に、漱石が宣教師の鼻をくじいたことは、漱石の日記には記載がなく、この日にも説教があったから議論が起こったのか、偶然始まったのか、そのへんのところはわからない。ただこの後も、漱石は聖書の話を聞こうとしていたようである。船が地中海に入ったその翌日の、十五日の漱石の日記に、「Bible ノ exposition ヲ聞ク　夜 Doctor Wilson ト談話ス」とみえる。このexposition は、今で言えば公開講義のようなものだろうから、漱石や芳賀の日記に「説教」とあるのとおそらく同じものだろう。一日おいてナポリに到着した十七日にも、「Exposition ヲ聞ク」とみえる。しかしそれもこれが最後となって、船は十九日にジェノヴァに着き、漱石たち一行は陸路パリを目指すのであった。(十五日の日記に出てくる「Doctor Wilson」という人は、漱石の伝記上、未知の人である。前述した英文の「断片四B」に、ノット夫人が大きな聖書を小脇に抱えて、漱石に会いに来るところを描写した部分がある。そのときの漱石は、喫煙室でアメリカ人の医師と談話中であった、とある。私はこのアメリカ人の医師が、Doctor Wilson その人なのではないかと想像する。漱石の出発を横浜港に見送りに行った寺田寅彦は、「船の出るとき同行の芳賀さんと藤代さんは帽子を振つて見送りの人々に景色の好い挨拶を送つて居るのに、先生だけは一人少しはなれた舷側にもたれて身動きもしないで、ぢつと波止場を見下して居た」と、そのときの様子を回想している。漱石の船上の日記には、芳賀のそれと対照的に、同行日本人の消息についての記載がほとんどない。孤独な航海に、談話の相手として、アメリカ人医師が存在したというのは、想像を超えた、私の願望かもしれない。)

34　余の意志以上の意志

漱石のキリスト教への違和感は、先の英文からの要約のような、教義そのものへの異議のほかに、その信者への不信感も多分に作用していた。漱石のもとにも出入りしていたらしい本間久という、よくわからない人物がいて、この人が明治四十三年（一九一〇）十一月に『枯木』という書物を刊行する。その序文に、著者と漱石との架空の対話を掲載した（談話『対話』）。漱石の発言は「猫」の言葉として語られるのだが、そこに次のような一節がある。

私は何が嫌ひだつて耶蘇坊主が偽善の面を被るのほど嫌ひなものは無い。クリストの教はハンブルで有らねばならぬと説きながら、其自分がハンブルどころか、まるで反対なんだから驚ろく。唾棄するに値ひするね！

この『枯木』が出たとき、漱石は修善寺の大患のあとで、胃腸病院にまだ入院していた。この序文を見て漱石は、自分が書いたものと誤解されては迷惑であると、苦情を申し込んでいる。本間は、同書の三刷のときに、序文つまり架空の対話の後に、漱石のその苦情を印刷して、弁解の言葉を記している。

そのような経過のある発言だけれども、本間が勝手にでっち上げたものだとは、私には思えない。これに類した発言を、本間は実際に耳にしたにちがいない。漱石の苦情は、活字にならないはずの、つまり表現において不用意な発言が活字になったことにあるのであって、内容そのものにあったのではあるまい。謙遜であれとか、恭謙であれというのに、humbleという英語が飛び出しているのも、そのことを裏書きしているように思う。

話はさかのぼるが、健三は、このような背景の下で、「神には能く解つてゐる」と言うことができなかったのだろう。それではじめの疑問にもどって、「先生」に「自分で能く知つてゐる癖に」と言い、健三に「御前は必竟何をしに世の中に生れて来たのだ」と問いかけるものは、一体なんであるのか。

〈2〉や、留学中の「ノート」のところで引用したことのある『文学論』の「序」に、こんなところがある。

謹んで紳士の模範を以て目せらるゝ英国人に告ぐ。余は物数奇《ものずき》なる酔興にて倫敦《ロンドン》迄踏み出したるにあらず。個人の意志よりもより大なる意志に支配せられて、気の毒ながら此歳月を君等の麵麭《パン》の恩沢に浴して累々と送りたるのみ。

ずいぶん力んではいるけれども、私が注目したいのは、「個人の意志よりもより大なる意志」というところである。ところがこの後すぐに、「官命なるが故に行きたる者は」というように受けられているので、これは国家の意志のことを言っているのだとわかってしまう。好きでロンドンまで行ったのじゃない、国が行けといったから行ったんで、文句があるならそっちに言ってくれ、というような、なんだか落語に出てくる江戸っ子の啖呵のように読める。要するに、ロンドンで暮らした二年間は、もっとも不愉快な二年であった、しかし官命であったから、期限が来れば日本に帰ることができた、というのである。

次に段落が変わって、日本に帰って来てもやっぱり不愉快であったけれど、自分は日本の臣民だから、日本を去る理由が見つからない、という。それどころか、日本臣民としての栄光と権利をしっかり保持したい。しかし、もしその栄光と権利が、人口五千万分の一以下に切り下げられるようなことになったとしても、自分の存在を否定したり国を出たりすることはできないのだから、五千万分の一に回復すべく努めなければならない、といって、以下のように文章が続いている。

是れ余が微少なる意志にあらず。余が意志以上の意志なり。余が意志以上の意志は、余の意志を以て如何ともする能はざるなり。余の意志以上の意志は余に命じて、日本臣民たるの光栄と権利を支持する為めに、如何なる不愉快をも避くるなかれと云ふ。

この「余の意志以上の意志」は、どうだろうか。今度は国家のそれではあるまい。それにしても、漱石にも似ず、ずいぶんわかりにくい言い回しだと思う。なぜすんなり、自分の意志で回復するのだ、といえないのだろう。たんなる修辞なのだろうか。

『文学論』が単行本として刊行されるのは、明治四十年（一九〇七）五月のことであるが、「序」の末尾には「明治三十九年十一月」とある。これは、出版社が東大での講義を出版したいと申し込んできたときに、講義録の整理を頼んだ中川芳太郎がきわめて優秀であったため、漱石はすっかり安心して、すぐにでも本になると思って序文を認《したた》めたのであったが、いざできあがってきた原稿をみると、驚くべく意に満たないものだったので、大変な労力を注入して、半分以上書き直さなければならず、ために刊行が半年遅れてしまったからである。序文を書き上げた頃、ちょうど読売新聞から寄稿の要請があったので、その原稿を差し出しもしている。すなわち、十一月四日の『読売新聞』「日曜付録」の全一頁に一挙に掲載された、「文学論序」がそれである（翌四十年の春に、漱石が朝日新聞社に入社したことは先にも触れたが、この時点では読売新聞が、その招聘に熱心であったのである）。

この序文執筆の直前の十月二十三日に、漱石は同じ人に、続けざまに二通の長い書簡を出している。明治三十九年のこの時期は、漱石の精神が昂揚していたらしく、二十一日には森田草平宛に、また二十六日には鈴木三重吉宛に、同じように二通ずつの、けっして短いとはいえない書簡を投じている。本書〈5〉において、三重吉宛の方は短いながら引用したけれども、このような行為は、当然手紙の内容にも反映するわけで、『文学論』の序文もそのような昂ぶった気分の下で執筆されたことを、記憶しておく必要があるだろう。

二十三日に手紙を書いた相手は、二、三歳年長の友人、狩野亨吉であった。狩野は当時、設立間もない京都帝国大学文科大学の学長をしていた。漱石は、狩野の人物について、「あれは学長なれども学長や教授や博士抔《など》よりも種類の違ふたエライ人に候」（明治四十年三月二十三日付け野上豊一郎宛書簡）と評している。狩野は、若くして金沢の四高の校長事務取扱に任ぜられたときに、同校の英語教師として、漱石を招こうとしたことがあった。また、漱石は五高の教授をしていたときに、狩野を五高教頭として招くのに奔走した。狩野は一年も経たないうちに、一高校長に任命され東京にもどった。

漱石がロンドンから帰って、東京に落ち着くために大学とならんで一高の講師となったときにも、狩野の働きかけがあった。一高では名校長として多くの俊秀に慕われ、その歴史に一時期を画するが、新しく京都に文科大学ができると、その学長に任ぜられ、その後長く続くことになる伝統の、基盤をつくることに成功した。狩野は同大学の英文学の主任教授に漱石を呼びたかったのだが、この二十三日の書簡で、漱石は京都に行く意志のないことを伝えている。

そうして、京都に行かない、行くべきでない理由を二通目の書簡の中で、次のように説明している。漱石はまず、自分が若いときに都落ちをして、松山さらに熊本へと出たことを反省する。

> 僕が世間の一人として世間に立つ点から見て〔田舎行は〕大失敗である。といふものは当時僕をして東京を去らしめたる理由のうちに下の事がある。――世の中は下等である。人を馬鹿にしてゐる。汚ない奴が他と云ふ事を顧慮せずして衆を恃み勢に乗じて失礼千万な事をしてゐる。こんな所には居りたくない。だから田舎へ行つてもつと美しく生活しやう――是が大なる目的であつた。然るに田舎へ行つて見れば東京同様の不愉快な事を同程度に於て受ける。其時僕はシミ〴〵感じた。僕は何が故に東京へ踏み留まらなかつたか。彼等がかく迄に残酷なものであると知つたら、こちらも命がけで死ぬ迄勝負をすればよかつた。

東京において、漱石を圧迫した「汚ない奴」の具体的な姿は、わからない。ただ怒りの矛先が、「他と云ふ事を顧慮せず」というところに向けられているのが、『私の個人主義』における漱石の立場を思い出させてくれる。田舎において同様な所業に及んだものについても、同じように姿が見えない。被害を受けたという感情があるだけで、被害を加えた当の敵の姿は隠されている。あるのは自分が不愉快な思いをした、という事実である。

そして今もその不愉快はあるといい、自分と同じ境遇の者は同じように不愉快になるはずであるのだから、自分がその不愉快の元凶となるものと戦うのは、自分のためであるばかりでなく、同じ境遇のもののためでもある。今の自分は田舎に逃げた自分ではない、ロンドンからの帰りの船で、もうけっして逃げないと誓ったのだから、今の不愉快のために全力を挙げて戦う、現に戦っている、というのである。「余は此不愉快を以て余の過誤若《も》しくは罪悪より生じたるものとは決して思はざるが故に此不愉快及び此不幸を生ずるエヂエントを以て社会の罪悪者と認めて此等を打ち斃《たお》さんと力《つと》めつゝある」。いま京都に行くのは、逃げることになるから、行くことはできないという理屈である。

時期が近いということが根拠になるか否かは別として、この手紙の論理と、『文学論』「序」で、五千万分の一以下に栄光と権利が切り下げられたならば、という議論は、大変似ているように思う。漱石の「栄光と権利」を切り下げようとしているものは、現に「此不愉快及び此不幸」をもたらしている「エヂエント」そのもの、ということになるのであろう。「エヂエント (agent)」とは、実態はしかと見極められないけれどもたしかにある事象を媒介して結果を現前せしめる「何か」、のことであるにちがいない。その「何か」は、漱石もはっきりと見きわめることができない。健三の「弁解」にでてくる「其奴《そいつ》が悪いんだ」の「其奴」も、そのような「何か」であるのではないか。健三のそうだとすれば、不安・不愉快の元凶として矛先が向けられている対象が、この時期の漱石の場合は外向きであり、健三の場合は内向きであるという差異を含みつつ、相似た精神の傾きであるといえるだろう。

漱石は、「余の意志以上の意志」にうながされて「エヂエント」に打ち勝たれまいとする。健三も神という言葉に逃げることを嫌い、自分の力で「其奴」と抗うしかないことを、覚悟している。こうして漱石が、神の言葉ではなく、自身のほとんど無意識の領域から立ち上ってくる心内の言葉によって、衝き動かされていたことだけは、確かであるにちがいない。

35「変わる」前後

物語の終わりに近く、年末の街に飛び出した健三に、「御前は必竟何をしに世の中に生れて来たのだ」と語りかけるものは誰であるのか、ということをみてきたわけだけれども、それではこの問いそのものは、何を言おうとしているのだろう。それが、道草を食っていることへの警鐘であるらしいこともみた。それは、ある意味において、健三が生まれ変わることを要請する言葉でもありそうである。おそらく、生まれ変わるためには、健三がそれまでに経過してきた過去というものを、どうしても総括する必要があったからこそ、『道草』において執拗に過去が語られているのにちがいない。そこで語られる過去の諸相と、そこから導かれた健三の思想が、すなわち漱石自身の「私は斯《こ》んな風に生きてきたのです」の内実にほかならず、その漱石自らの思想を、まるで血潮を浴びせかけるようにして、読者に投げかけているのではないか、という仮定のもとに話を進めてきたのであった。

　健三は、生まれてきた以上は、長い修業をして、何者かになる、なりたい、ならねばならない、という「自然の力」にうながされて、教育を受け、学問を身につけ、彼をとり囲む非教養的な世界から脱出することに成功した。しかし、学問的野心のために守銭奴のように時間を惜しみ、情愛・人情・義理といった世のしがらみを、修業によって身につけた論理でなぎ倒す人生に、真に疲れ、疑問を抱き始め、「御前は必竟何をしに世の中に生れて来たのだ」という、自らが自らにかける問いを耳にすることになったのであった。

　一方、そのような健三を描出する書き手は、健三が自身は「本来だとばかり心得てた」その生活が、「温かい人間の血を枯らしに行くのだ」ということを知っていた。つまり物語は、健三が書き手に近づいてゆく過程、ないしは経過を描いているというようにも読める。そしてその過程が、正しい答えというものの存在しない、海図のない航海さながらの、人が生きるという事実そのものであるがゆえに、ああでもありこうでもあるという、どっちつかずのことばかりが顔を出す結果となり、それをもって、本当のことを書くということの困難のあらわれであろう、とみなしてきたのであった。

『門』の主人公野中宗助は、『それから』の代助の後裔《こうえい》とみなされている。「後裔」の意味は、ひとつには、代助はまだ妻帯に至っていないのに対して、宗助はすでに妻帯しているからである。宗助はもとより代助とは別の人格である。しかし二人には、法律上はともかく、事実として他の男と暮らしていた女性を、結果として奪う、あるいは奪おうとしている男、という共通点がある。奪おうとしているのが代助であり、奪ってしまったのが宗助である。『それから』における代助は、ある意味で、変わろうとしているところが描かれている。平岡に三千代を譲ってしまった自らを、悔いる過程が描かれている。一方の宗助は、変わってからの生活が描かれている。「別の人格」と断定はしたものの、その「別」は、同じ人間の時間の経過に伴う変化、すなわち経験がもたらしたものにすぎないのかもしれない。

代助が自らを悔いる過程とは、未練とか嫉妬ではない。漱石はそのような意味合いにならないように、慎重に筆を進めている。学生時代に抱いていた三千代への好意は、自然の感情である。平岡に三千代への恋を打ち明けられて、自らを曲げるのは、自己犠牲が与えてくれる何よりの自己満足であった。この自己満足を否定して、「自然の昔に帰る」(「十四の七」)ことが、物語の成立要件として、代助に要請されている。言葉のうえでは「帰る」だけれども、その内実は「変わる」であらねばならない。変わらなければ帰れない、といっても同じことだ。無意識の過程での自然に、意識して帰るのである。

人は誰でも、おそらく自らを肯定することなしには、生きてゆくことはできない。しかし、いま問題にしている「変わる」は、自分を否定して他のものになることをいっている。そうして人は、変わった自分を肯定して生きてゆくのだろう。われわれはおそらく、知らないうちに、自分を肯定し続けているうちに、実はどんどん変わっているのだ。「君子豹変」というのは、このあたりの事情をいっているにちがいない。つまり君子は、「変わる」こと自体が、あざやかな豹の紋様のように、誰にでもはっきりと映る、ということだ。みずから意識的に変わるのであって、知らないうちに変わっていて、自分でも気づかないのは、君子ではない。

『心』の「先生」は、Kとの関係を経て、それを叔父の裏切りと重ね合わせることによって、深刻な打撃を受け、変わっていった。奥さんの静は「私」に、「若い時はあんな人ぢやなかつたんですよ。若い時は丸で違つてゐました。それが全く変つて仕舞つたんです」(「十一」)といい、「あなたの希望なさるやうな、又私の希望するやうな頼もしい人だつたんです」(「十八」)という。

『門』の宗助は、東京のそれなりの家庭に育ち、大学は京都に進む。そこにおいて友人の妻と関係が生じ、学生生活も中途で放擲《ほうてき》せざるを得なくなって、妻となった御米《およね》と、広島・福岡などの地方回りの役人としてひっそりと暮らしている。父が死んだときは上京するが、遺産の管理・処分を叔父に任せることにして、自身は地方での生活を続けている。何年かたって、友人の引きでようやく東京に転勤になり、御米とともに上京してくる。それを新橋に迎えた叔母は、宗助に率直な印象を述べる。「おや宗さん、少時《しばらく》御目に掛ゝらないうちに、大変御老《おふ》けなすつた事」(「四の六」)。そうして叔父と叔母は、二人だけになったときに、次のような会話を交わすのであった。

「宗さんは何《ど》うも悉皆《すつかり》変つちまいましたね」と叔母が叔父に話す事があつた。すると叔父は、「左《さ》うよなあ。矢っ張り、あゝ云ふ事があると、永く迄後へ響くものだからな」と答へて、因

果は恐ろしいと云ふ風をする。叔母は重ねて、

「本当に、怖いもんですね。元はあんな寐入《ねい》つた子ぢやなかつたが、――どうも燥急《はしや》ぎ過ぎる位活潑でしたからね。それが二三年見ないうちに、丸で別の人見た様に老《ふ》けちまつて。今ぢや貴方より御爺さん〳〵してゐますよ」と云ふ。

「真逆《まさか》」と叔父が又答へる。

「いえ、頭や顔は別として、様子がさ」と叔母が又弁解する。（「四の七」）


宗助の変わった原因は、友からその妻を奪ったことにあるのかどうか、その変わりようとの関連で、格別に因果が語られることはない。宗助夫婦は、切り詰められた生活を余儀なくされるような圧迫を、世間から受けている。しかし、その圧迫の実態は描かれてはいない。ただ、思うような仕事が得られなかったり、叔父たちに父の財産をなし崩しに取り潰《つぶ》されたり、子供に恵まれなかったりするばかりである。御米が、慰めるように、「其内《そのうち》には又屹度《きつと》好《い》い事があつてよ。さう〳〵悪い事ばかり続くものぢやないから」といっても、宗助は「我々は、そんな好《い》い事を予期する権利のない人間ぢやないか」と投げ出してしまうのであった（「四の五」）。

それはちょうど『心』の「先生」が、「私」に、なぜ世に打って出ないのか、と問われたときに、「私のやうなものが世の中へ出て、口を利いては済まない」、「何《ど》うしても私は世間に向つて働らき掛ける資格のない男だから仕方がありません」（「十一」）と答えるのと、よく対応している。

おそらく私の話の順序が逆なのであって、『門』の時点では、漱石は『心』においてのようには、宗助の心理に立ち入る用意がなかったのであろう。何かの出来事に遭遇して、ある種の経験をなめて、人は変わるのであろうが、その変わるところを描くことが、まだできなかったのであるにちがいない。しかし『それから』とはちがって、『門』においては、少なくとも人間の変わったことを前面に押し出すことができた。『それから』は、変わろうとして変わらずにいるところで、物語は終わってしまったのであった。

思えば、漱石の作品で、『三四郎』までの主人公ないし登場人物は、変わらない人々である。変わるということの中味を考えずに、変わる変わらないを論ずるのは、あまり意味がないようであるが、たとえば『吾輩は猫である』の苦沙弥にしても、「九」においては、自らの精神に狂いが起こっているのか、世の中のほうが狂っているのか、「何が何だか分らなくなつた」という、深刻な自己懐疑に陥る場面は用意されているけれども、それが自己変革にはつながらないようである。「坊っちやん」は、自己を内省して変貌を遂げるということが、作者からも読者からも、あまり期待されていない。『草枕』の画工は、深刻な葛藤とは無縁の非人情を標榜しているのだから、自らを棚上げにした文明批評の地平で、立ち止まらざるを得ないだろう。『野分』の文学者白井道也は、外に向かって働きかける警醒家としての奮闘で、手一杯であるように見える。一方の書生の高柳は、中学時代には新潟だかの地方で道也の排斥運動に加担していたのが、逆に道也に心酔するように変わってはいるけれども、これはいわば子供が大人になったのであって、いま考えようとしている

「変わる」とは、次元が違うだろう。

　大学を辞めて、新聞社の一員となっての初めての小説『虞美人草』では、たしかに小野さんは、最後に至って変わらざるを得なくはなる。ヒロイン藤尾の死という悲劇によって、道義が回復されるというような「哲学」が、甲野のノートに書きつけられて一篇は閉じられるのだが、甲野自体は、揺らぐことがない。甲野に苦悩がないわけではないようだけれども、それはおそらく、自分の外部の状況に対するいらだちのようなもので、結局のところは、自らは安全なところにいて、人の悲劇を論評できる幸せな人である。甲野さんは偉い哲学者かもしれないけれど、その哲学は他人を動かすためのもので、自らが変わるためのそれではないようだ。

『坑夫』の主人公は、坑夫になるという大変な経験を味わうが、作品はその経験を忠実にたどるだけで、それによって、「自分」が深刻な変わり方をするわけではない。『三四郎』は、環境の変化に伴う青年の成長を、他者との交流という側面からみごとに描ききっている。広田先生は、先にも見たように、「御移りなさりたがる」男ではあるが、その移る実態は明らかにされていない。三四郎もやがては変わらざるを得ないのだろうが、それはまだまだ先のことであるようにみえる。こうして『それから』にいたって、変わることを余儀なくされる主人公が、初めて登場するのである。『門』と『心』については、主人公が変わるということが、一つの鍵をなしているらしいことはすでに述べた。その二作品に挟まれた、『彼岸過迄』と『行人』の主人公である須永市蔵と長野一郎は、登場の初めから、心に深い懐疑を抱いている。いうなればすでに変わってしまっているのである。そうであるからこそ、変わる前の姿として、田川敬太郎と長野二郎という二人の狂言回しを、それぞれに配する必要があったのだろう。これは、二人の狂言回しが、主人公のように変わる暗示であるのかもしれないが、そこまで想像をたくましくする必要はおそらくないのであって、『門』や『心』では、同じ人物が時間的経過の中で陽から陰へと変わるところが描出されているのに対して、異なる人間が空間的に陰と陽とに配されていると見れば、足りるのではないだろうか。

こうしてみると、ある見方に立てば、『それから』という作品によって、漱石の作品が、前半と後半に分けられるように思う。本書の〈11〉において、胃潰瘍の発作と作品の発表との関係をたどったけれども、そこでも『それから』脱稿直後に、最初の発作があり、以来ほとんど毎作ごとに発作に襲われることを見た。これはたんなる肉体の周期ではなくて、書かれることとの内実のなせるわざでもあるような気がしてならない。そしておそらく、司馬遼太郎、丸谷才一、半藤一利の諸氏が、ひとしく漱石は『三四郎』までで、それから先は御免こうむりたい、という感想を漏らしているのも、このことと関係しているにちがいない。いまは三氏に共通する傾向について云々する準備がないけれども、たんなる偶然でないことはたしかだろう。

36　存在の違和

この場合の、変わるということを、別の言葉で表現すると、一昔前なら、さしずめ人間存在の深淵を覗いてしまった、とでも表現したところのものだろう。平板に引き直せば、心の中に、自分に抗う何かを感じるようになる、といえるだろうか。あるいは、心に、絶対に癒されることのない深い悲しみ、あるいは寂しさが、宿るようになる、といってもいいのかもしれない。変わる前の心が、真っ白いシーツのようなものであるとすれば、そこに消すことのできない染みが付着してしまった状態に至ること、でもいい。シーツは汚れるだろうけれど、洗うことも可能である。そのシーツに、洗っても落ちない染みができてしまった状態である。そうなると、もう真っ白な状態には絶対に戻ることができない。

もちろん人間は誰でもが、そのように変わるとはかぎらない。一生を面白おかしく、愉快に朗かに過ごすことのできる人もいるだろう。気のもちようで何とでもなると、悲しみや苦しみを明るく乗り越えられる人も、けっして少なくない。しかし、変わらざるを得ない人がいることもまた、確かである。漱石はそういう人々を描こうとした。そしてまた、その変わるところを描こうとした。

『心』の「先生」の家での食事に「私」が招かれると、「西洋料理店に見るやうな白いリンネルの上に、箸や茶碗が置かれ」、それは必ず「洗濯したての真白なものに限られてゐた」という。そのことについて「先生」は、「カラやカフスと同じ事さ。汚れたのを用ひる位なら、一層《いっそ》始から色の着いたものを使ふが好《い》い。白ければ純白でなくつちや」(「三十二」)という。前段のシーツの喩が正鵠を得ているなら、この「先生」の発言は、いっそう切実なものに聞えてくるだろう。

野上弥生子は、百歳近い自らの寿命一杯に、現役の作家であることを貫いた強靭な女性である。

その若き日の文壇への登場には、漱石の推挽があずかって力があった。いまは岩波文庫にも収められている、ギリシア・ローマ神話を物語として語ったブルフィンチの『伝説の時代』を、野上が翻訳して出版したときに、漱石は長い序文を寄せている。そのお礼に、漱石の希望もあって、謡本《うたいぼん》を入れる桐の本箱を、指物師《さしものし》に作らせて贈ることにした。できあがって届ける日は、大変暑い日だったという。大切に膝に抱えて、人力車で漱石宅に着き、車から玄関までを、箱は車夫が抱えていった。箱に包みからはみ出すところがあって、ちょうどそこに車夫の汗がたれてしまった。

> それを「お約束の謡の本箱ができました」と言って先生に持っていったら、有り難うともなんともおっしゃらない先に、「ああ蓋にしみができたね、こりゃあまずかったね」と言って、しきりに蓋のしみを気にして。もちろんあとで有り難うはおっしゃったんですけれど。（談話『夏目漱石』、一九七七年一月『海』、随筆集『花』所収）

漱石は、心にできる染みにも敏感であったにちがいない。

変わるということ、あるいは比喩的に染みができるということは、もう少し実態的にはどういうことだろうか。これも言い換えにすぎないかもしれないけれども、理性と感情の間に隙間《すきま》があって、その隙間を埋められなくなる、あるいは埋められないような隙間ができてしまうこと、とでもいったら説明になるだろうか。そのような違和に目覚めてしまった人の苦悩は、『行人』においてさまざまに描写され表現されるけれども、それを一言でまとめることはできない。

しかし、『心』の「先生」に即していえば、心の染みはできたものではなくて、初めからあったものに気づかされた、ということだろう。人間には、実は誰にでも染みはあるのだ。心は真白なシーツではない。ただ、そのことに気づかない場合もあるし、気づいても、染みはないかのように暮らすこともできる。気づかないほうがしあわせかもしれないし、気づかないのは、人生の半分しか生きていないのに等しいのかもしれない。いずれにしても人は、自らの生を生きるしかないのだから。

さて、『門』における宗助は、ふとしたきっかけから、大きな不安に襲われるようになる。家主の坂井との親しみがだんだんに増して、ある日の会話に、坂井の弟の話が出て、その友人が、御米《およね》の元の夫の安井であることがわかるのである。その安井が弟とともに坂井の家に来るので、いっしょに会わないかと誘われるのだ。宗助は、不安、心配、恐怖に襲われるが、その実態は描写されない。安井と顔を合わせることは、想像するだけでも堪えられない、ということなのだろうけれど、何がどのようなわけで心配なのかを、理性的に腑分けすることはない。そのことを宗助は、御米にもらすこともできず、ひとり鎌倉の禅寺に逃れるのである。そこで一週間あまり、公案を与えられて座禅を組むという生活を送るのだけれども、大きな安心を得ることなく山門を下るのであった。

宗助が禅寺ではじめて老師に対面したときのようすは、つぎのように描かれている。

「まあ何から入つても同じであるが」と老師は宗助に向つて云つた。「父母未生《ふぼみせう》以前本来の面目は何だか、それを一つ考へて見たら善からう」

宗助には父母未生以前といふ意味がよく分らなかつたが、何しろ自分と云ふものは必竟何物だか、其本体を捕《つら》まへて見ろと云ふ意味だらうと判断した。（「十八の四」）

宗助はいろいろに考えるけれども、手がかりさえ得られずに、翌日の暮れ方ふたたび老師の前に出る。あらかじめ解答だけは用意しておいたので、それを口にする。

此面前に気力なく坐つた宗助の、口にした言葉はたゞ一句で尽きた。

「もつと、ぎろりとした所を持つて来なければ駄目だ」と忽ち云はれた。「其位な事は少し学問をしたものなら誰でも云へる」

宗助は喪家の犬の如く室中を退いた。後に鈴《れい》を振る音が烈しく響いた。（「十九の二」）

作品では、宗助の「一句で尽きた」という解答は、具体的に明かされていないけれども、これは漱石が明治二十七年（一八九四）の暮れから翌正月にかけて、鎌倉の円覚寺に二週間ばかり籠もったことが下敷きになっており、公案もそのときのものを使っている。ロンドン滞在中の漱石は、「超脱生死」と題した「ノート」に、このときのことを回顧し、自らが老師釈宗演《しやくそうえん》に答えた解答を記している。その部分をみてみよう（句読点は補い、誤記は〔 〕で正す）。

十年前円覚ニ上リ、宗演禅師ニ謁ス。禅師、余ヲシテ父母未省〔生〕以前ヲ見セシム。次日入室見解ヲ呈シテ曰ク、物ヲ離レテ心ナク心ヲ離レテ物ナシ他ニ云フベキコトアルヲ見ズト。禅師冷然トシテ曰ク、ソハ理ノ上ニ於テ云フコトナリ。理ヲ以テ推ス天下ノ学者、皆カク云ヒ得ン。更ニ茲《こ》ノ電光底ノ物ヲ拈出シ来レト。

私は不用意に「ロンドン滞在中」と書いたけれども、「十年前」とある以上、日本に帰り着いてからの、明治三十七年（一九〇四）頃のノートであると見るべきであろう。この「物ヲ離レテ心ナク心ヲ離レテ物ナシ」とは、何を言おうとしているのだろう。

ただその前に、『門』の宗助が、「父母未生以前本来の面目とは何か」と老師に問われて、その問われた意味はよくわからないけれども、「自分と云ふものは必竟何物だか、其本体を捕まへて見ろ」という意味だと判断した、というところに注意したい。これはとりもなおさず、健三が年末の街中で聞いた、「御前は必竟何をしに世の中に生れて来たのだ」とおなじことではないか。この宗助の「判断」は、おそらく二十七歳の漱石自身が鎌倉で下した判断にちがいない。禅師の問いをこのように受け取るところまでは、問題はないだろう。そのうえで、「物ヲ離レテ心ナク心ヲ離レテ物ナシ」という解答について、考えなければならない。

明治三十九年と推定される「断片三六」に、次のようなくだりがある。

主客論。　主客は一なり。但便宜の為めに之を分つ。物に於テ色ト形ヲ分ツガ如ク。文ニ於テ想ト形トヲ分ツガ如ク。物ト心ヲ分ツガ如シ。
物ト心トハ本来分ツベキ物ニアラズ。何人モ之ヲ分チ得ルナシ。天地山川日月星辰悉ク是自己なり。但コノ自己ノ存在ヲ明瞭ナラシムル為メ、又自己ノ存在ヲ容易ナラシメン為メニ之ヲ主客ノ二ニ分ツニ過ギズ。分カチタル後ハ自己ヲ離レテ万物存在スルニ至ル。

これをみると、物というのは認識される対象であって、心というのは認識する主体を意味しているらしいことがわかってくる。心が認識するがゆえに物は存在するのだし、存在しない物は認識し得ない、認識だけあるいは物だけというのはあり得ない、くらいの意味に取っておいてよさそうに思う。「天地山川日月星辰悉ク是自己なり」というのも、認識する主体である自己があって初めて、そのような外界・自然というものが問題になりうる、ということであろう。
しかしおそらく話には続きがあるのであって、「物」は自らの肉体にも適用され、この「物と心」は、「肉体と精神」でもあるにちがいない。であるとすれば、二十七歳の漱石の解答は、人間は霊と肉の統一された姿として存在している、ということを含意しているように思われる。つまり、現実的な生活、日々の暮らし、悩み、喜び、そういうものを全部洗い流して、父母の生まれる前からある人間本来の姿は、精神と肉体が引き裂かれることなく統一的に存在するものだ、ということを言いたかったのではないだろうか。

『行人』の一郎の精神状態が、急迫の度を増してゆくのを、なんとか少しでも寛《くつろ》がせるために、友人のHさんが長い旅行に連れ出すことになる。旅行中の一郎の様子が、Hさんからの長い手紙で二郎に報知されたところで、物語は終わる。その報告の中に、次のようなくだりがある。

　兄さんは時々立ち留まつて茂みの中に咲いてゐる百合を眺めました。一度などは白い花片《はなびら》をとくに指さして、「あれは僕の所有だ」と断りました。私にはそれが何の意味だか解りませんでしたが、別に聞き返す気も起らずに、とう〳〵天辺迄上りました。二人で其処にある茶屋に休んだ時、兄さんは又足の下に見える森だの谷だのを指して、「あれ等も悉《こと〴〵》く僕の所有だ」と云ひました。二度迄繰り返された此言葉で、私は始めて不審を起しました。然し其不審は其場ですぐ晴らす訳に行きませんでした。私の質問に対する兄さんの答は、たゞ淋しい笑に過ぎなかつたのです。（「塵労　三十六」）

この「あれは僕の所有だ」や「あれ等も悉く僕の所有だ」は、「天地山川日月星辰悉ク是自己なり」と、同じことを言っているにちがいない。百合も森も谷も、僕がいなければ、僕が認識しなければ存在しないのだ、ということだ。

なぜこんなことを言うのかといえば、所有していないものがあるからだろう。茶屋でこのあと「死んだやうに寐て」いた兄さんが、目を覚ましたので、Hさんが先になって山を下りるのだが、後ろから一郎が急に声をかける。「君の心と僕の心とは一体何処迄通じてゐて、何処から離れてゐるのだらう」。一郎は、Hさんの心を所有していないのだ。Hさんの心というのは、つまり一郎自身の心である。外界は認識することによって自己の所有とすることができるけれども、肝心の自分の心がつかめないのである。

一郎の現象的な悩みは、妻である直《なお》という夫人にある。一郎は、夫人を充分に了解し、信頼することができない。本当に自分を大切に思ってくれているのかを、実感できない。勘ぐって言えば、自分よりも弟の二郎のほうに、よけいに親しみを感じているのではないか、という疑念もある。夫人を極限の状態――たとえば精神異常のような――に陥らせて、そこで本心を探りたい、という想念にも責められている。ある事情のなりゆきで、一郎夫婦と母に二郎という組み合わせで、和歌山まででかけた時の話である。その和歌山で、一郎は二郎に直の節操を試してもらいたいという、とんでもない頼みごとをする。それは一篇の、いわばクライマックスを形成する有名なところであるが、その前段において、一郎が二郎に、十九世紀イギリスの作家で漱石がもっとも熱心に読んだ一人であるメレディスの書簡を引用して、話しかけるところがある。

「其人の書翰の一つのうちに彼は斯《こ》んな事を云つてゐる。――自分は女の容貌に満足する人を見ると羨ましい。女の肉に満足する人を見ても羨ましい。自分は何《ど》うあつても女の霊といふか魂といふか、所謂《いはゆる》スピリットを攫《つか》まなければ満足が出来ない。それだから何うしても自分には恋愛事件が起らない」

「メレヂスつて男は生涯独身で暮したんですかね」

「そんな事は知らない。又そんな事は何うでも構はないぢやないか。然し二郎、おれが霊も魂も所謂スピリットも攫まない女と結婚してゐる事丈《だけ》は慥《たし》かだ」（「兄 二十」）

一郎は、対象をもっぱら夫人にだけ向けているようであるけれども、相手の心をつかめないという不安ないし苛立ちは、夫人以外の人間一般に、ひいては本人にも、向かないではすまされない性質のものである。それは先の、山を下りながらHさんに問いかけた言葉から見ても、明らかであろう。

世の中には、対象のない不安や怒りというものが存在する。やっかいなことに、その不安や怒りは、日々の生活の中において、必ずそれらを向けるべき具体的な対象を求める。ここにおいて、原因と結果が入れ替わって、不安が作り出した対象であるにもかかわらず、対象があるがために生じた不安であると、解釈されるに至る。不安や怒りを訴えられた善意の隣人は、その対象の除去に努め、不安や怒りを取り除こうとする。しかしその対象が除去されると、当事者はまた新たな、別の対象をもとめて、同じ苦しみを訴えることになる。一郎の、夫人ないし女性というものへの不信も、それと同様のものであると考えるべきだと思う。人間一般への違和が、もっとも身近な夫人に向けられているのであって、少なくとも、夫人が何かを改めれば、事態が好転するという性質のものではないはずだ。——明治三十九年十月頃の漱石の精神が昂ぶりを見せていたことを、先に見たが、その頃に書かれた狩野亨吉宛の書簡や『文学論』「序」に、怒りは表明されているものの、その対象については「エヂエント」というばかりで、はっきりとした像を結んでいなかった。その怒りも、恐らく対象のない怒りであったのであろう。

そう理解したうえで、メレディスの当該箇所を読み直すと、書簡におけるメレディスの本来の主張は別にして、つまり「女の」をはずして、「容貌・肉の満足」と「霊の満足」が対照をなすことになる。そうして、一郎においては、その二つの満足が一致しないのである。大正五年（一九一六）八月、日課として『明暗』を書き続ける漱石は、和辻哲郎に宛てて次のように書いている（八月五日付け）。

拝復此夏は大変凌ぎいゝやうで毎日小説を書くのも苦痛がない位です僕は庭の芭蕉の傍に畳み椅子を置いて其上に寐てゐます好い心持です身体の具合か小説を書くのも骨が折れません却つて愉快を感ずる事がありますす長い夏の日を芸術的な労力で暮らすのはそれ自身に於て甚だ好い心持なのです其精神は身体の快楽に変化します僕の考では凡ての快楽は最後に生理的なものにリヂユースされるのです。賛成出来ませぬか。

精神的な快楽と、肉体的な快楽の調和。人生には、このような至福といいうる状態が、ひっそりと用意されてもいるのだろう。しかしながら、一郎にはそのような安らぎと慰めは与えられていない。

37　すべてを行李の底に

宗助の解答が老師に一蹴されたのは、漱石の解答が宗演に斥けられたのと同じである。宗助の解答が明かされていないので、宗助の老師に対する弁明も明らかにされない。しかし、ノートにおける漱石は、宗演が斥けた理由について反駁をこころみている。老師は、「もつと、ぎろりとした所を持つて来なければ駄目だ」、「其位な事は少し学問をしたものなら誰でも云へる」といい、宗演は、「理ヲ以テ推ス天下ノ学者、皆カク云ヒ得ン」、「更ニ玆ノ電光底ノ物ヲ拈出シ来レ」といった。（宗演の言葉をこのように作品の中で粉飾したり、言い直したりするときに感じるであろう喜びは、和辻宛の書簡に見える「芸術的な労力」からくる「愉快」に通じるものであるにちがいない。）漱石は以下のように考える。

宗演に斥けられて以来、衣食のために西に東にと流転して何年かを過ごしてきたけれども、宗演のいうところの「電光底ノ物」にお目にかかったことがない。もしそれが、頭で「理解」できたり、心で感じ取る「情解」が可能であったりするものでないのならば、「有」でもなく「無」でもないというのであれば、それは現象（漱石は「幻象」と書いている）以外ということになる。もし現象以外のものなら、それを学問的な「智」で捉えたといっても、それは不当な想像であり、もし「情」をもって推しはかったとしても、それは幻想にすぎない。宗教家も詩人も、みんな幻想に依拠しようとしている。「我ハ斯ノ如キ狂人トナルヲ好マズ」。理でも情でもはかりがたいものならば、禅というものは、遂に自分とは無縁のものと断ぜざるをえない。

私は、このノートを明治三十七年(一九〇四)頃のものとした。『道草』に書かれていた時代である。健三は、いや漱石は、学問的野心に捉えられ、それを本来だと思って突き進んでいた。その呼吸が伝わってくるような、ノートである。『文学論』や『文学評論』において、漱石は文学と科学を混同しないように、その差異を説くのに相当の頁を割いたうえで、ただし文学研究においては科学的方法が有効であると、その必要性を強調している。宗教家とならんで、詩人をも「狂人」に分類せざるを得ない研究者の理性が、このノートには顔を出しているのにちがいない。

この禅の公案が、健三が年末の街中で聞いた心内の声と同じ内容であることは、すでにみた。健三の解答は、作品には示されないままだが、作者はどう考えていたのだろうか。「心を離れて物はなく、物を離れて心はない」というような答えでは、おそらくあるまい。この明治二十七年の漱石の解答には、漱石という人があらわれていない。人間誰にでも通じる、真理(「らしいもの」と補うべきか)についての言及である。〈10〉に即して言えば、「ゼネラル」ではあっても「スペシアル」ではない、ということだ。

作者の解答は、やはり『道草』全体であるといわざるを得ないのではないだろうか。つまり生きている実際の個人そのもの、ああでもありこうでもあって、妻との、いや他者との折りあいがどうにもつかず、子供の植木鉢を蹴落とさざるを得ない姿こそが、父母未生以前の本来の面目なのだ。『道草』に書かれている時期の漱石は、研究者の理性に殉じようとしていたが、その作品を作りつつあった漱石は、すでに人間誰にでも通じる、普遍的な何かを追おうとはしていなかった。個別具体的な、人間の生そのものの中に、表現すべき何かがあることを、実践によって示そうとしていた。

漱石の作品の登場人物たちが、ストレートに文明批評のようなことを口にすることは、『それから』を最後に、突然のようになくなってしまう。もちろん『彼岸過迄』の松本や、『明暗』の藤井などは、口のあたりに、警句を吐きたくてうずうずしているらしい様子がうかがえるけれど、ストレートな言葉として、その批評を読者が聞くことはない。正直に言って、以前の私には、それが少しもの足りないように思われたものである。もちろん講演や評論では、大正五年（一九一六）正月の『点頭録』にいたるまで、批判精神の衰えることはないのではあるけれども。

このことも、つまり文明批評が作品から姿を消してゆくのも、ひとつには人間とか社会とかに対する、何か原理的で普遍的なものを、直接に作品の中で表現する姿勢からの後退であったのだと、今は思う。前段において、登場人物たちが、「変わる」ということをみたけれども、漱石自身もこのようにして、変わっていったのであった。

もちろん漱石が、個々の人間の特殊な経験に焦点を当てて、その描出に比重を移していった、ということを、私は言っているのではない。その目的は、あくまでもそれを通して何らかの真実を描く、本当のことを描く、ということであったにちがいない。そうしてその本当のことは、必ずしも万人に共通である必要はない。ただ、本当であることだけが、必要であったのだろう。

漱石も変わっていった、と書いたけれども、そのことは登場人物が変わるということと、どんな関係にあるのだろうか。漱石がロンドン留学時代に、化学を研究するためにドイツに留学していた池田菊苗《きくなえ》と遭遇したことが、その文学研究のうえで大きな暗示を与えたことは、よく知られている。明治三十四年（一九〇一）五月、池田は日本への帰国の途次ロンドンに立ち寄り、漱石と同じ下宿に五十日ばかり逗留した。その間、何度か大いに話しこむことがあった。漱石の日記にも、断片的ながらその話の内容が記されている。「夜池田氏ト英文学ノ話ヲナス同氏ハ頗《すこぶ》ル多読ノ人ナリ」（五月九日）、「池田氏と世界観ノ話、禅学ノ話抔《など》ス氏ヨリ哲学上ノ話ヲ聞ク」（十五日）、「夜池田氏ト教育上ノ談話ヲナス　又支那文学ニ就テ話ス」（十六日）、「夜池田ト話ス理想美人ノ description アリ両人共頗ル精シキ説明ヲナシテ両人現在ノ妻ト此理想美人ヲ比較スルニ殆ンド比較スベカラザル程遠カレリ大笑ナリ」（二十日）、といった具合である。池田は漱石より三つほど年長の、三十七歳であった。

これらの日記の少し後、六月十九日には、同じ文部省の国費留学生としてドイツに渡った藤代禎輔宛に、「目下は池田菊苗氏と同宿だ同氏は頗る博学な色々の事に興味を有して居る人だ且つ頗る見識のある立派な品性を有して居る人物だ然し始終話し許《ばか》りして勉強をしないからいけない近い内に同氏は宿を替る僕も替る」と認《したた》めている。また、この三カ月ほど後、九月十二日付けの寺田寅彦宛書簡には、「つい此間池田菊苗氏（化学者）が帰国した同氏とは暫く倫孰〔敦〕で同居して居つた色々話をしたが頗る立派な学者だ化学者として同氏の造詣は僕には分らないが大なる頭の学者であるといふ事は慥〔たし〕かである同氏は僕の友人の中で尊敬すべき人の一人と思ふ君の事をよく話して置たから暇があつたら是非訪問して話しをし給へ君の専門上其他に大に利益がある事と信ずる」とある。

　これは、漱石とロンドンで出会ってから六年ほど後の話であるけれども、池田は、うま味という感覚的な実体を、物質という、いわば物によって根拠づけようとしていた。つまり、うま味物質を見つけようとしていた。うま味を含む材料として昆布を選び、それを煮詰めてその物質を抽出しようとした。その結果得られたのが、グルタミン酸であり、それをナトリウム塩の形で商品化したものが味の素であることは、よく知られている。具体的なうま味という対象を得たのは、六年後かもしれないけれども、感覚的なものを、物質によって捉え返すという方法なり考え方は、おそらくこの当時から、池田の身についていたのだと思う。

　その考え方に、漱石は目を開かせられたのではないだろうか。文学によって得られる感興は、ちょうどうま味を談ずるように、感覚的な言い換えに終始しがちである。ある人がうまいといい、別の人がそれほどでもないといったときに、双方がただ言っているだけ、言いっぱなしでは、学問になりえない。物質的なものに置き換えることが可能になれば、その性質なり分量なりによって、互いの相違を跡づけたり論じ分けたりすることができるようになる。

　もちろん文学のもたらす感覚的な情調（の変化）を、物質的に根拠づけることはできないだろう。

しかし文学においても、根拠づけてくれる何かがあるはずではないか。それを抽出して、それをもって文学を談ずることができれば、感想の言い合いから一歩踏み出すことが可能になる。池田が味の素の製品化に成功した、ちょうどその頃の漱石の談話に、池田の名前が出てくる。

然し留学中に段々文学がいやになつた。西洋の詩などのあるものをよむと全く感じない。それを無理に嬉しがるのは何だかありもしない翅《はね》を生やして飛んでる人のやうな、金がないのにあるやうな顔して歩いて居る人のやうな気がしてならなかつた。所へ池田菊苗君が独乙《どいつ》から来て、自分の下宿へ留つた。池田君は理学者だけれども話して見ると偉い哲学者であつたには驚ろいた。大分議論をやつて大分やられた事を今に記憶してゐる。倫敦《ろんどん》で池田君に逢つたのは自分には大変な利益であつた。御蔭で幽霊の様な文学をやめて、もつと組織だつたどつしりした研究をやらうと思ひ始めた。(『時機が来てゐたんだ——処女作追懐談』明治四十一年九月)

もともと理系的に物事を分析することが好きであり、秀《ひい》でていたことは、学生時代の教育学の論文として書かれた『中学改良策』や、キリスト教への英文の反駁などからも首肯できるだろう。漱石は、専攻を決めるときに、最初は実用と美術をかねた分野としての建築を考えていたのだが、建築よりもまだ「文学の方が生命がある」といった友人、米山保三郎の勧めで、志望を変更したのであった(同上の談話)。

建築はともかく、文学では、理詰めの分析や論理的に対象を追いつめることが、不可能とは言わないまでも、そのような得意の能力を発揮する場面が、限られてしまっていたことは否めないだろう。漱石が、「文学がいやになつた」という背景には、たんなる英文学への違和だけでなく、文学研究そのものへの無力感もあったように思う。実際、先の寺田寅彦宛の書簡には、池田に言い及ぶ前に、「学問をやるならコスモポリタンのものに限り候英文学なんかは椽の下の力持日本へ帰つても英吉利に居つてもあたまの上がる瀬は無之候《これなくそろ》小生の様な一寸生意気になりたがるものゝ見せしめにはよき修業に候君なんかは大に専問〔門〕の物理学でしつかりやり給へ」と書いている。

しかし、物事の帰結は、いつも出発点である。漱石は、新しい気持ちと構想を持って、文学研究に立ち向かうことになる。よく引用される『文学論』「序」には、次のように記されている。

余はこゝに於て根本的に文学とは如何なるものぞと云へる問題を解釈せんと決心したり。同時に余る一年を挙て此問題の研究の第一期に利用せんとの念を生じたり。

余は下宿に立て籠りたり。一切の文学書を行李の底に収めたり。文学書を読んで文学の如何なるものなるかを知らんとするは血を以て血を洗ふが如き手段たるを信じたればなり。余は心理的に文学は如何なる必要あつて、此世に生れ、発達し、頽廃するかを極めんと誓へり。余は社会的に文学は如何なる必要あつて、存在し、隆興し、衰滅するかを究めんと誓へり。

きわめて高らかに、自らの方針確定の決意が語られている。

しかしこの昂揚は、〈34〉でみた執筆時の昂揚であって、ロンドンにおいては、これほどの高まりではなかったであろうことは、寺田宛書簡がよく示している。そうしてむしろ、この序文執筆時には、研究から創作へと、自らの立脚地を移そうとさえしていたのである。研究から離れて、創作主体の生き方へと向かう意欲の高まりが、かつての研究における野心の表明に、影を落としているとみるべきなのだろう。

この序文で誓ったことの実践が、例の蝿の頭ほどの大きさの文字で綴られた、留学時代の「ノート」にほかならない。そのノートには、日付のたぐいはほとんど筆記されていないのだが、新しい全集に収められるときに、編集部によって「Taste ト Works of Art」と題されることになったノートの冒頭には、「Note Aug. 1901」という日付が見える。これは、内容・体裁からみて、ごく初期のものと思われるノートであるが、その日付が一九〇一年、すなわち明治三十四年の、八月なのである。そして八月三十日の日記には、漱石が、五高からのイギリス人英語教師推薦の依頼に応えるために、ロンドン大学のヘイルズ教授から紹介され自ら選任を決めたW・E・L・スウィートと、精神医学の呉秀三とともに、池田を、ロンドン郊外テムズ河畔のアルバート・ドックから見送ったことが記されている。寺田に手紙を認《したた》めたころには、もう文学書は行李の底に沈められていたのである。

このようにして、漱石はそれまでと違った方法意識を持って、文学そのものの研究へと船出するのである。漱石においては文学そのものは、人類の普遍的な精神活動の表現であるという考え方を基礎として、英文学を通して、日本文学にも、漢詩などの中国文学にも共通する「何か」を探る、という意図であったであろうことは、先の序文から明らかだろう。漱石のこのような対象に対する位置取りは、必ずしも漱石に固有なものではない。

日本民俗学の創始者である柳田國男の『青年と学問』（岩波文庫）をみると、柳田の意識は、漱石とよい対照をなしているように思われる。この本は、昭和三年（一九二八）に刊行された講演集で、『郷土研究十講』とも称されるのだという。昭和三年といえば、ロンドン時代の漱石よりも三十年近く後ということになるが、問題意識そのものは、それよりもずっと以前から抱かれていたのではないだろうか。ちなみに柳田は、漱石より八歳年少であり、民俗学の最初の成果とされる『幽冥談』は、明治三十八年（一九〇五）に刊行されている。『青年と学問』に収められたいくつかの講演で、柳田が言っているのは、次のようなことであるように読める。

・西洋で発祥したフォークロアなりエスノロジーなどの学問は、はじめは西欧諸国にとっての異郷つまり植民地への関心、ないしはその地の人々を知る必要から起こったものが、自らを知るための学問へと進化していったものである。
・それが学問として成り立つのは、「文化相の進みにもかかならず法則がある。法則があるならばいつかは発見せられずには済まぬ」からである。
・一方、後進の日本としては、西欧の成果の後追いをするしかないかのようであるが、実際は日本の特殊の事情、すなわち文化の発達段階が西欧と未開の地の中間にあること、当時にあって昔の文物・習俗がよく保存され豊富であることにより、日本そのものの研究が充分に西欧の研究に伍しうるのである。

・日本のことを日本人が調査・研究するのは、極めて有利な条件である。いま安閑としていては西洋の学者が、必ず触手を伸ばしてくる。それでもかまわないようなものの、日本のことはやはり日本人が研究するのが一番である。

無論この不充分な要約は、講演集全体のそれではない。いくつかの講演からのつごうのよい抜粋である。それにしても、漱石に比べれば、柳田はなんとしっかりとした足場を、日本そのものに置くことができたことだろう。漱石には、イギリスの文学を対象とすることからくる利点は何もなかった。漱石はむしろ、英文学に接して感じた違和を、いわゆる自己本位によって理論化せざるをえなかったのである。

38　獣の声

こうして、漱石は、ある意味において科学者の眼をもった文学研究者として立つことになったのであり、さらにそこにゆきづまりを感ずるようになった姿が、『道草』における健三として描かれたのであった。健三の研究内容が明かされることがないので、ゆきづまりや苦悩の実体を、読者は充分に窺うことができない。またそこで描かれていることのモチーフを、研究における自己疎外からの自己の回復、というような文言に置き換えても、ほとんどありがたみを感じることはできないだろう。小説という豊かな世界を、手垢にまみれた一言に約《つづ》めるのは、かしこい作業ではない。

にもかかわらず、健三がどのようにして道草から本道へ戻るのかを考えることには、意味があるように思われる。そこを考えるヒントとして、書かれる健三と書いている作者の落差ということに、何度か注意してきた。しかもその落差は、固定的なものではなく、作者は不断に健三に移行してもいるにちがいない。つまり書かれている健三には、書いている作者現在の、時間を越えた思想が流入しているのである。二人が交感しているといってもいい。これまで、そのいきさつを、いくつかの問題点を立ててみてきたのであった。

たとえば、健三が変わる、つまり本道に戻るきっかけとなるかもしれない自己認識は、次のように現われている。健三の腹違いの姉が、喘息の発作で苦しんでいる現場に、健三や兄が居合わせて、比田の酷薄ぶりがあらわになる場面を、〈21〉でみた。その後しばらくして、健三が再び姉を訪ねると、姉はもう回復期に向かっていて、健三は狐につままれたような気分になる。健三はあらためて姉について考える。前に見たように、姉は手習いも裁縫も遊芸も身につかなかったのだけれども、負けん気だけは人一倍強い性質であった。

　さう思ふと自分とは大変懸け隔つたやうでゐて、其実《そのじつ》何処か似通つた所のある此腹違の姉の前に、彼は反省を強ひられた。
「姉はたゞ露骨な丈なんだ。教育の皮を剝《む》けば己《おれ》だつて大した変りはないんだ」
平生の彼は教育の力を信じ過ぎてゐた。今の彼は其教育の力で何《ど》うする事も出来ない野生的な自分の存在を明らかに認めた。斯く事実の上に於て突然人間を平等に視た彼は、不断から軽蔑してゐた姉に対して多少極《きま》りの悪い思をしなければならなかつた。（「六十七」）

新しい『漱石全集』では、「総索引」に大きな力を割いた。人名・地名・作品名などの固有名詞だけでなく、漱石のよく使いたがる言葉や特徴的な表現、物の見方を示す短い標語・警句などまで視野に入れて、索引の項目を選定した。その結果八万行に及ぶ大きな、「漱石用語集」とすることができた。その索引でみると、全集全体で「野生的／野性的」という言葉は、上掲以外では、次の御住《おすみ》を評するくだりだけに使われている。

彼女は宅《うち》にゐて比較的自由な空気を呼吸した。さうして学校は小学校を卒業した丈《〔だけ〕》であつた。彼女は考へなかつた。けれども考へた結果を野性的に能く感じてゐた。（「七十一」）

野生的も野性的も、この場合差異はほとんどないと見てよいだろう。いずれにしても教育とか考えるとかの、理性的な精神活動の対極を表現するために使われている。西と東を向いていたはずの健三と御住が、実は同じ円環を回りあっているという構造は、すでに何度かみたので、ここでは繰り返さない。ここでは健三が自らの野生に気づかせられる、ということに注意したい。

そうしてまた、健三が物語の終わり近く、島田への最後の援助となるであろう百円のために、正月休みを使って、「不図何か書いて見やうといふ気を起した」(「百一」)ことも、〈30〉の末尾でみた。それを書き終わったときのようすは、つぎのように描写されている。

予定の枚数を書き了へた時、彼は筆を投げて畳の上に倒れた。

「あゝ、あゝ」

彼は獣《けだもの》と同じやうな声を揚げた。(同)

「獣と同じやうな声」とはどのような声であろうか。たしかにそれは苦役《くえき》からの解放を告げる、生理的な呻《うめ》きに近いものであったのだろう。実際それは、「自分で自分の身体《からだ》に反抗でもするやうに」、「わが衛生を虐待するやうに」、「己れの病気に敵討でもしたいやうに」して成ったものであった。

しかし、この理性を媒介としない、野性的な声は、それ以上の何かを暗示してはいないだろうか。このときに成った書きものには、漱石が創作に手を染めたことが反映していると諸家が説いていることも、先に注意しておいた。作品では何も触れられていないのだから、それ以上の想像をたくましくすることは控えたいけれども、できたものが、理性的な精神活動がもたらす研究上の著作とは別物であることを、「獣」の一字に含意させた、ということはできるだろう。

もっとも、健三がそのような著述に手を染めたのは、これが初めてではない。〈21〉で不人情について考えたときに、予期しなかった原稿料の使い道を問題にしたことがあったが、その原稿料を生み出した文章は、「ノート」とは「違つた方面に働いた彼の頭脳の最初の試み」であり、「たゞ筆の先に滴《したゝ》る面白い気分に駆られ」て作られたのであった（「八十六」）。だから、二度目の試みとなった文章も同じ傾向であろうことは、読者にも想像できることなのである。最初の試みは、原稿料を予期していなかったのに対して、今回は原稿料を目的としての執筆ではあったけれども。

いずれにしても、このようにして健三が、自らの必ずしも芳《かんば》しくない生育環境から脱出して、何者かになるための原動力としての「自然の力」とは、別の意味における「自然」によって、理性から野性へと回帰して行く未来は、ほのかに見え隠れしているといえるだろう。漱石自身に即して言えば、研究者から創作家への転身は、つまりは原稿料を予期しない著述から原稿料を目的とする著作への移行は、このようにして、理性的なあるいは原理的な思考から、野生的なあるいは個別具体的な経験というものへの依拠へと、移っていったことにほかならない。言葉を変えて言えば、『それから』における代助の、「今日始めて自然の昔に帰るんだ」（「十四の七」）につながるような、「変わる」であろう。

ここにおいて、原稿料を予期しない著述が、「たゞ筆の先に滴る面白い気分に駆られ」ているうちにできたのと、それを目的とする著作が、「自分で自分の身体に反抗でもするやうに」、「わが衛生を虐待するやうに」、「己れの病気に敵討でもしたいやうに」して、はじめて完成したということとの差異が、宗助や「先生」における「変わる」ということの内実と、重ね合わさって見えてくるように思われる。その結果として、『それから』以降における、執筆と胃潰瘍との関連が生じているのではないだろうか。

漱石の作品の主人公たちが「変わる」ということ、それはおそらく漱石自身が変わることと無関係ではない。漱石が変わったということについては、伝記的には、修善寺の大患がその契機であったとされる。小宮豊隆が言い出したその通説は、おそらく的を射たものだろう。本書の〈26〉で、修善寺の大患を挟む二年余りの不在の後に再会した漱石の印象を、寺田寅彦が、「帰朝して後に久々で逢つた先生は何だか昔しの先生とは少しちがつた先生のやうに自分には思はれた。つまり何となしに年を取られたと云ふのでもあらう。蛙の声の真似をするやうな先生はもう居なかつた」と回想していることをみたが、この「蛙の声の真似をするやうな」は、叔母が昔の宗助を「どうも燥急《はしや》ぎ過ぎる位活潑」であったと評するのと、同じ傾向の指摘であるように思われる。

ただ、もし明治四十三年（一九一〇）の夏に苦しめられた修善寺の大患が本当の契機であるなら、どうしてそれに先立つ作品、つまり『それから』や『門』において、すでにして変わらざるを得ないという設定を、成立させることができたのだろう。もちろん、修善寺以前の漱石が、蛙の鳴き声の真似ばかりしていたわけではないだろう。ただそのような傾向を多分に身に帯び、かつは表現の中にも滲《にじ》み出させていたことは、〈26〉において、『倫敦消息』の初めの形と書き直しとを並べたときに見たとおりである。

漱石がロンドン留学中に、英文学研究の拠りどころとして「自己本位」という立場を獲得し、それが以降の自分の生き方の大きな支えとなったことを、『私の個人主義』のなかで述べていることは、〈13〉において見た。漱石はその講演で、ロンドンで初めてその立場をつかんだように言っているが、当然のことながら、それまでの漱石も、一貫して自己本位の生活を送っていたにちがいないのである。平たく言えばわがままであり、御住の評する「手前味噌」でもある。ただ、本人が意識しなかった生得《しょうとく》の特質を、自覚的に刻下の問題に適応したのが、ロンドンにおいてであった、ということはいえるのだろう。豹変ではないが、これも変わることの一つの形である。したがって、修善寺の大患を待たずとも、「変わる」主人公を作品の中心に据える下地は、充分にあったのだと考えたい。

しかしその「下地」は、学生時代からの厭世主義とは、おそらく別ものだろう。明治二十四年(一八九一)十一月十日付けの正岡子規宛書簡には、厭世主義について次のように語っている(句読点を補う)。


僕前年も厭世主義、今年もまだ厭世主義なり。嘗て思ふ様、世に立つには世を容るゝの量あるか、世に容れらるゝの才なかるべからず。御存《ごぞんじ》の如く、僕は世を容るゝの量なく、世に容れらるゝの才にも乏しけれど、どうかこうか食ふ位の才はあるなり。どうかこうか食ふの才を頼んで此浮世にあるは、説明すべからざる一道の愛気隠々として、或人と我とを結び付るが為なり。此或人の数に定限なく、又此愛気に定限なく、双方共に増加するの見込あり。此増加につれて漸々慈憐主義に傾かんとす。然し大体より差引勘定を立つれば矢張り厭世主義なり。唯極端ならざるのみ。之を撞着と評されては仕方なく候

ここに表白されているのは、自分自身の存在にまつわる懐疑や省察ではなくて、世の中との関係性をいまだ確立できずにいる、青年期モラトリアムの心情であるのだろう。自分を肯定的に捉え、その自らを棚上げにしている状態である。

私は、漱石はロンドンに渡る前から、充分に自己本位であったにちがいないと書いた。であるならなぜ、ことさらにロンドンで自己本位を獲得したと言いつのる必要があるのか。それはロンドンにおいて、自己本位が脅かされたからでもあるだろう。英文学と切り結ぶために、自分の立脚地として「自己本位」が必要であったことは、『私の個人主義』で語られていた。しかし脅かされたのは、英文学に対する姿勢だけではなく、ロンドンにおける生活そのものが、日本人エリートとしての漱石の足元を揺さぶったのではないか。ロンドン着後間もない時期の日記と断片には、次のような感想を見ることができる。

・往来ニテ向フカラ脊ノ低キ妙ナキタナキ奴ガ来タト思ヘバ我姿ノ鏡ニウツリシナリ、我々ノ黄

ナルハ当地に来テ始メテ成程ト合点スルナリ（明治三十四年一月五日の日記）

・往来ノモノイヅレモ外出行ノ着物ヲ着テ得々タリ吾輩ノセビロハ少々色ガ変ツテ居ル外套ハ今時ノ仕立デナイ顔ハ黄色イ脊ハ低ヒ数へ来ルト余リ得意ニナレナイ（同四月五日、「聖金曜日」の日記）

・我々はポツトデの田舎者のアンポンタンの山家猿のチンチクリンの土気色の不可思議ナ人間デアルカラ西洋人から馬鹿にされるは尤《もつとも》だ（明治三十四年「断片八」）

また、『道草』においても、健三のロンドン体験は次のように紹介されている。

其健三には昼食《ちうじき》を節約した憐れな経験さへあつた。ある時の彼は表へ出た帰掛《かへりがけ》に途中で買つたサンドヰツチを食ひながら、広い公園の中を目的《めあて》もなく歩いた。斜めに吹きかける雨を片々《かたく》の手に持つた傘で防《よ》けつゝ、片々の手で薄く切つた肉と麵麭《パン》を何度にも頬張るのが非常に苦しかつた。彼は幾たびか其所《そこ》にあるベンチへ腰を卸さうとしては躊躇した。ベンチは雨のために悉く濡れてゐたのである。

ある時の彼は町で買つて来たビスケツトの缶を午になると開いた。さうして湯も水も呑まずに、硬くて脆いものをぼり〳〵嚙み摧《くだ》いては、生唾《なまつばき》の力で無理に嚥《の》み下した。

ある時の彼はまた馭者や労働者と一所に、如何《いかが》はしい一膳飯屋で形《かた》ばかりの食事を済ました。

其所の腰掛の後部《うしろ》は高い屏風のやうに切立《きつた》つてゐるので、普通の食堂の如く、広い室を一目に見渡す事は出来なかつたが、自分と一列に並んでゐるものゝ顔丈《〔だけ〕》は自由に眺められた。それは皆《みん》な何時《いつ》湯に入《はい》つたか分らない顔であつた。（「五十九」）

このような困難から自己を建て直すうえで、自己本位がどうしても必要とされたのではないだろうか。そもそも、『それから』の代助や『門』の宗助が、変わらざるを得なくなったり、実際に変わってしまったりしたのは、自己本位に目覚め、それを貫いた結果ではなかったか。自己本位に目覚め、そのまま一直線に人生を送ることのできるものも、確かにいるのだろう。しかし、その自己を否定して変わらざるを得ない事態に逢着するという人生も、きっとあるにちがいない。

39　片付かないということ

「変わる」ということの反対は何であろうか。それは、ある状態の「継続」であるといって、まちがいにはならないだろう。『硝子戸の中』には、〈11〉でみた『心』完結後の胃潰瘍の発作が、ようやく収まりかけたころのことが、しばしば題材にとられている。その「三十」では、いろいろな来客が、漱石の病気を気遣って「もう御病気はすつかり御癒《なほ》りですか」と聞かれ、返答に窮するということが書かれている。自分でも治ったかどうかがわからないので、何と答えたらいいのかわからない、といったら、ある人から「そりや癒つたとは云はれませんね。さう時々再発する様ぢや。まあ故《もと》の病気の継続なんでせう」といわれてしまう。漱石はこの「継続」という言葉が気に入って、それからは「病気はまだ継続中です」と答えることにしたという。

前にも見たように、『硝子戸の中』は、大正四年(一九一五)の正月から新聞連載が始まったので、ヨーロッパは、まさに第一次世界大戦の真っただなかにあった。漱石は、次のように続けている。

「私は丁度独乙が聯合軍と戦争をしてゐるやうに、病気と戦争をしてゐるのです。今斯《か》うやつて貴方と対坐して居られるのは、天下が太平になつたからではないので、塹壕の中《うち》に這入《はい》つて、病気と睨《にら》めつくらをしてゐるからです。私の身体《からだ》は乱世です。何時どんな変が起らないとも限りません」

或人は私の説明を聞いて、面白さうにはゝと笑つた。或人は黙つてゐた。また或人は気の毒らしい顔をした。

客の帰つたあとで私はまた考へた。——継続中のものは恐らく私の病気ばかりではないだらう。私の説明を聞いて、笑談だと思つて笑ふ人、解らないで黙つてゐる人、同情の念に駆られて気の毒らしい顔をする人、——凡て是等の人の心の奥には、私の知らない、又自分達さへ気の付かない、継続中のものがいくらでも潜んでゐるのではなからうか。

そうして、もしその継続中のものが破裂したら、前後の因果関係を把握できずに自分を失ってしまうにちがいない。人間はだれでも、そういう爆裂弾を抱えて、そうとは知らずに、死への路を談笑しながら歩いて行くのだろう、というのである。人の生が終わるのは、継続中のものが破裂した結果とはかぎらないだろう。それにもかかわらず、漱石がこんなことを言っているのをみると、その胃潰瘍の「爆裂弾」が、約二年の後に本当に「破裂」してしまうのであるから、どこかしら予言めいたことばのように聞こえてくる。

破裂はともかく、「継続」のことばは、『道草』においては、腹違いの姉が、赤ん坊のときに死なせた自分の子供の位牌に目をやって、「姉さんも斯んなぢや何時あゝなるか分らないよ、健ちゃん」と話しかけたときの健三の感想として、次のように使われている。

心細い事を口にしながら腹の中では決して死ぬと思つてゐない彼女の云ひ草には、世間並の年寄と少し趣を異にしてゐる所があつた。慢性の病気が何時迄も継続するやうに、慢性の寿命が又何時迄も継続するだらうと彼女には見えたのである。（「六十八」）

『道草』「八十二」で、健三は御住《おすみ》にむかって急に、「人間の運命は中々片付かないもんだな」という。御住には何のことだかさっぱりわからない。実は、お産で死ぬといっていた御住と、案に相違して安産のうちに生まれた赤ん坊が、並んで寝ているのを見ての感想であったのだ。「詰《つま》らないわ。他《ひと》に解らない事さへ云ひや、好《い》いかと思つて」といって赤ん坊を引き寄せる御住をそのままに、書斎に戻る健三の心中は、次のようであったのだという。

彼の心のうちには死なない細君と、丈夫な赤ん坊の外に、免職にならうとしてならずにゐる兄の事があつた。喘息で斃れやうとして未《ま》だ斃れずにゐる姉の事があつた。新らしい位地が手に入るやうでまだ手に入らない細君の父の事があつた。其他島田の事も御常の事もあつた。さうして自分と是等の人々との関係が皆《みん》なまだ片付かずにゐるといふ事もあつた。

このようにして、「継続」という言葉は、「片付かない」という言葉に引き取られていった。「片付く」とは、何事によらず整理がついてきちんとするという意味であって、また、事件や嫁入り問題などが解決した場合などに使われるが、「片付かない」は、どちらか一方に偏らないということでもある。『坑夫』では、主人公はポン引きによって鉱山まで連れてこられるのだが、いざ飯《はん》場《ば》に来てみると、追い返されそうになる。藁《わら》にもすがる心情からすれば、連れてきてくれたポン引きが味方で、受け入れようとしない飯場頭《はんばがしら》は敵かもしれないのだが、主人公のためを思って追い返そうとする頭《かしら》のほうが、本来は味方であるにちがいないのである。

そこで「自分」は次のように考える。

こんな事はよくあるもんだから、いざと云ふ場合に、敵は敵、味方は味方と板行《はんかう》で押した様に考へないで、敵のうちで味方を探したり、味方のうちで敵を見露《みあら》はしたり、片方《かたつぽ》づかない様に心を自由に活動させなくつてはいけない。（「四十三」）

この、漱石が「かたつぽ」とルビを振った「片方づかない様に」は、敵は敵、味方は味方というように決めつけるな、といっているのだろう。敵は敵、味方は味方であってくれれば、よく片付いているのだが、敵の中に味方がいたりその逆であったりしては、とても片付いていると言うことはできない。漱石が『創作家の態度』において、スコットを例に、ロマン主義か写実主義かを決めつけることのあやうさを論じていることを〈31〉で紹介したが、そこでの「実際は大概まざりもの」も、同じことであるにちがいない。

一方、「片付かない」を人間（の性質）に当てはめると、割り切れないとか、やっかいといった評語が相当するだろう。『吾輩は猫である』の猫が、正月に食べ残しの餅にかぶりつくところがある。食い切ろうとしても、歯を抜こうとしてもどうにもならず、動きがとれなくなる。「餅は魔物だなと疳づいた時は既に遅」く、「歯答へはあるが、歯答へがある丈でどうしても始末をつける事が出来ない」。ここで猫は急にあることを思い出す。

> 美学者迷亭先生が嘗て我輩の主人を評して君は割り切れない男だといつた事があるが成程うまい事をいつたものだ。此餅も主人と同じ様にどうしても割り切れない。噛んでも噛んでも、三で十を割る如く尽未来際方のつく期はあるまいと思はれた。（「二」）

「方のつく」は、本来「法を付ける」で、対策を講ずる、の意味である（前田勇『江戸語の辞典』）。漱石も、「さう困つた日にや方《ほう》が付かない。御手本が無くなる訳だ」（『虞美人草』「五」）、「そりや仕方がないさ。あの場合あゝでも為《し》なければ方《ほう》が付かないんだもの」（『門』「四の五」）などと使っている。しかしこの場合は、「方」を「かた」と読んで、「片のつく期はあるまい」と取るほうが、通りやすいような気がしないでもない（『それから』「十二の七」には「其方《そのほう》はすぐ方付《かたづ》いて仕舞つた」という用例がある）。

実際、漱石その人も、割り切れずやっかいな部分を抱えていた。最近はあまり見かけないようだが、文芸雑誌などで昔はよく作家のアンケートを掲載した。漱石の時代にはそれがもっとも盛んであったようで、漱石もよく答えている。以前の全集では、はがきで答えたというので書簡集の中にまぎれこんでいたのだが、新しい全集では「応問」としてまとめ、つまり書簡集から分離して、談話などと一緒に掲載することにした。今数えると、増補の一つを合わせて、それが十六ある。その問いは、単純というか無邪気というか、かわいらしいものが多い。たとえば「趣味と好尚」と題して、「好きな色は？」「好きな女の顔と性格は？」「世界中で住みたいと思ふ所は？」といった調子で、十六カ条にわたって質問を浴びせているのがある（『趣味と好尚』大正三年八月）。これに対する漱石の回答は、次のようなものである。

折角《せっかく》の御尋《おたずね》ですから御答をしたいと思ひますが、どうも何処で区切をつけて好いか分らない質問ばかりなので困ります。さうした意味で困るのも、必竟は私の頭の中でスーパラチーブをつけて考へてゐるものが少ないせゐだと御承知を願ひます。

一番いいとか最高であるとかいうことを、考える習慣がないから、と逃げている。
また、「応問」でなく「談話」の一部であるが、愛読書を尋ねられたときは、次のように答えている。

予は愛読書の問題に到著した、是れなどは質問の内最も困るものゝ一種である。予は愛読書と云つて特に無いのだが、無いと云つて断るのも変である、さりとて之を挙るは弊害がある、若干の書を限つて之を提出すれば、予はそれのみを愛読して居るかと思はれると困るのである。書斎に積まれたる全部の英書を以て愛読書としたらその方が公平かもしれぬ。英書許りでなく、希臘《ギリシア》語の書も拉典《ラテン》語の書も、仏独の書からも、その好きなのを選つたら大変なものになる。と同時に、予は貴下は誰の影響を受けたかと問はれても困る。鹿児島の人が西郷南洲翁の影響を受けたと云ふ事を声明するのは甚だ容易の業であらうが、予は誰からとも明言し得ぬ、予の知識を育てたのは、予の周囲に積まれた書からであるから、さう自白する事が最も適当であると思ふ。（談話『文体の一長一短』大正五年九月）

漱石がギリシア語やラテン語の本にどれほど親しんだのか、私にはわからないし、漱石が本当に「談話」の中でこういったのかも確証はない。

それはそうとして、このようにして、漱石は、あっさりと素直にはなかなか答えようとしない。ほかの談話や応問をみても、この傾向は変わらない。そうしてこの精神の傾きが、『硝子戸の中』は「うち」か「なか」か、『心』か『こゝろ』かといった問題を、自ずから引き寄せているのだろうと思う。

また、明治四十四年（一九一一）五月二十一日の日記には、こんなことを書き付けている。

神田の白牡丹の主人とかが梅毒で病院に這入つたものが余の猫を読むのに書物の小口《こぐち》が切つてないのを看護刀〔婦〕に小刀をよく研いで切らせる所が、小刀が切れゝば切れる程切り損ふと、主人がなる程漱石といふ男は人に手数をかけるべく出来上つた男だ。博士問題を辞して文部省に手数を掛けると同様の遣り口だ。と憤慨してゐたさうである。

漱石の、してやったりというか、わが意を得たりというか、得意の表情が眼に浮かんではこないだろうか。「技巧」について考えたときに、他人の思惑に乗せられたり、人から釣られたりすることに、漱石が敏感であることをみたが、その背後には、割り切れずにやっかいな自分というものへの意識が、大きく作用していたのだと思う。

かくして割り切れない漱石は、世の中を片付かないものと提示して、『道草』を閉じることになる。健三は、比田を通じて島田に百円を渡し、反古《ほご》同然の昔の書付と、島田からの絶縁することを認《したた》めた百円の受領書とを手に入れる。その書付二枚を持ってきた比田は、「まあ是で漸く片が付きました」と報告する。比田が帰った後での御住と健三のやり取りを描いて、物語は終わるのだが、その有名な最後の段落を、ここにはやはり引用しておきたい。


「まあ好かつた。あの人だけは是で片が付いて」

細君は安心したと云はぬばかりの表情を見せた。

「何が片付いたつて」

「でも、あゝして証文を取つて置けば、それで大丈夫でせう。もう来る事も出来ないし、来たつて構ひ付けなければ夫迄《〔それ〕まで》ぢやありませんか」

「そりや今迄だつて同じ事だよ。左右《さう》しやうと思へば何時でも出来たんだから」

「だけど、あゝして書いたものを此方《こつち》の手に入れて置くと大変違ひますわ」

「安心するかね」

「えゝ安心よ。すつかり片付いちやつたんですもの」

「まだ中々片付きやしないよ」

「何《ど》うして」

「片付いたのは上部丈《うはべ》《[だけ]》ぢやないか。だから御前は形式張つた女だといふんだ」

細君の顔には不審と反抗の色が見えた。

「ぢや何うすれば本当に片付くんです」

「世の中に片付くなんてものは殆んどありやしない。一遍起つた事は何時迄も続くのさ。たゞ色々な形に変るから他《ひと》にも自分にも解らなくなる丈の事さ」

健三の口調は吐き出す様に苦々しかつた。細君は黙つて赤ん坊を抱き上げた。

「おゝ好い子だ〳〵。御父さまの仰《おつし》やる事は何だかちつとも分りやしないわね」

細君は斯《か》う云ひ云ひ、幾度《たび》か赤い頬に接吻した。


「一遍起つた事」とは、生まれてしまって人生が始まったら、ということであるにちがいない。片付いてしまっては、終わりなのである。生きていることは、片付かない「継続」であって、「片付く」は、破裂して死んでしまうことである。

40　生きる

それでは生きるとはどういうことなのだろうか。新聞連載の第一回で「生きたがる男」と規定される、『それから』の代助は、肉体的な健康に恵まれ、頭も確かであるのだけれども、始終論理に苦しめられていた。「それから時々、頭の中心が、大弓《だいきう》の的の様に、二重もしくは三重にかさなる様に感ずる事があつた」（「十一の一」）という。代助が、「自己は何の為に此世の中に生れて来たかを考へる」のは、こんなときである。代助は、次のように考える。

人間はある目的を以て、生れたものではなかつた。之と反対に、生れた人間に、始めてある目的が出来て来るのであつた。最初から客観的にある目的を拵らえて、それを人間に附着するのは、其人間の自由な活動を、既に生れる時に奪つたと同じ事になる。だから人間の目的は、生れた本人が、本人自身に作つたものでなければならない。けれども、如何《いか》な本人でも、之を随意に作る事は出来ない。自己存在の目的は、自己存在の経過が、既にこれを天下に向つて発表したと同様だからである。（「十一の二」）

この前半のところは、〈29〉でみた教育学の論文『中学改良策』において、「教育は只教育を受くる当人の為めにするのみにて、其固有の才力を啓発し、其天賦の徳性を涵養するに過ぎず」と断じ、もし、国家のためとか、金のため、名誉のためなど、それ以外の目的があるとするなら、その目的が消滅すると同時に教育そのものも断滅するであろう、といった議論によく似ている。――『それから』では、代助が平岡と「働く」という問題について議論する場面がある（「六の八」）。代助は、自分が働かないことを平岡に弁護するために、「働らくなら、生活以上の働でなくつちや名誉にならない」といって、生活のために働くという平岡と対立する。代助の主意は、生活のための労力では仕事は誠実にできにくい、「あらゆる神聖な労力は、みんな麵麭《パン》を離れてゐる」と、「労力の為めの労力」を主張する。議論そのものは、だったらなおのこと、「衣食に不自由のない」代助こそ働くべきだというところに落着し、代助は「頭を掻」かざるをえなくなる。しかし議論としての、「労力の為めの労力」という考え方は、教育や人生の目的は外部に存在するのではなくて、教育そのものや人生そのものに内在するというのと、同じことであるように読める。健三の学究生活の困難をみたように、実際の生活においてそれが貫徹されることは望みがたいのだろうけれど、漱石の考え方の道筋のひとつとして書きとめておきたい。

漱石のロンドン留学時代の「ノート」をみると、人生の目的（object）に関して同じような文言が、いろいろな局面でしばしば顔を覗かせている（出現の箇所は、「ノート」を収める全集第二十一巻の頁数で示す）。

・life ノ object ハ life itself（二一九頁）
・吾等ハ生キンガ為ニ生キツ、アリ（二一九頁）
・人間ノ object ハ life ニアリ（一七六頁）
・人間ノ目的ハ美術ヲステ道徳ヲステ、モ生キンコトヲ欲スレバナリ（一七七頁）
・生活ノ目的ノ生ニアルコトハ前ニ述ベタルガ如シ（二〇九頁）
・生ハ目的ナリ（二〇九頁）
・人生ノ第一義ナル生命（二〇九頁）
・life ノ object ガ life 其物ニアルナラバ吾人ノヤル凡テノ挙動ハ life ノ為ナリ（五二五頁）
・人ハ自己ノ為ニ生存ス。生存ハ人生ノ第一義ナリ。（五二九頁）
・生存ハ人生ノ第一義ナリ生存セザル可《〔べか〕》ラズトノ理ハ毛頭ナシ（六九八頁）
・人生ノ目的ハ life ナリ、happiness ナリト云フ。吾ガ大法ト違反スルガ如シ（五七六頁）

この最後のは、「幸福」というようなものを「目的」に掲げるのは、漱石の「大法」に悖《もと》るということで、つまりは漱石にとっての一大法則は、「人生の目的は人生そのもの」である、ということになる。

「ノート」において、このように何度も同じことを確認しようとするのは、先に『文学論』の「序」でみた、心理的または社会的に「如何なる必要あつて」文学は生まれ、存在するのかを考える基点を、どこにおくかに関係している。漱石は「人間が生きる」というところから、文学の起源を説き起こそうとした。そうして新しい問題を考えるたびに、この同義反復的な文言に戻って、議論を立て直したのである。漱石は、その先をごくごく大雑把に言えば、人はとにかく生きる、その次に如何に生きるかが問題になり、その方向の一つとして精神活動の満足が求められるようになる、というように進めるのであるが、残念ながら『文学論』でもほかの著述でも、その流れを、文章の形で明らかに示すということはなかった。

この漱石の一大原則は、もちろん、文学の起こりを考える便宜から無理に生み出されたものではないだろう。「ノート」以外にも、次のように書きとめられている。

・「生存は人生の目的」(『野分』「九」)
・「人間ハ生キタイ為ニ生キテ居ツテソーシテ生キタイ為メニ苦労スル」(明治三十六年七月二日付け菅虎雄宛書簡)
・「life ハ唯一ノ目的デアル」(明治四十、四十一年頃の「断片四七A」)

そして何より、はじめの代助の考察である。代助が、人生の目的は生きて初めて生ずるというのは、それがあらかじめ自分の外部に用意されてはいない、ということだろう。自分が生きて初めて目的が生ずるのだ。だからその目的は、自分の中からしか出てくることができない。自分の中から、といえばなんでも自由にこしらえることができるようだけれども、自分が生きているという事実からすれば、当然その制約を受けることになる。自分の生きているという現実の延長にしか、目的は生まれようがない。

代助の考察は次のように続く。

此根本義から出立した代助は、自己本来の活動を、自己本来の目的としてゐた。歩きたいから歩く。すると歩くのが目的になる。考へたいから考へる。すると考へるのが目的になる。それ以外の目的を以て、歩いたり、考へたりするのは、歩行と思考の堕落になる如く、自己の活動以外に一種の目的を立てゝ、活動するのは活動の堕落になる。従つて自己全体の活動を挙げて、これを方便の具に使用するものは、自ら自己存在の目的を破壊したも同然である。（「十一の二」）

これが「人生の目的は人生そのもの」の具体的な中味である。すなわち、方便と目的の一致である。

これを別の言葉でいえば、目的をこしらえる精神と、それを実現する方便としての肉体の調和ということになるだろう。卑近な例を挙げれば、たとえばピアノを上手に弾きたいという願望・目的が自ずから生じたときに、指の動きがそれを実現してくれる状態である。鉄棒で宙返りをしたい、誰よりも早く走りたい、外国の言語を自在に操りたい、個別には何でも同じことだけれども、その実現は一般には「自由」と呼ばれる状態である。自由はいつも、精神の活動にたいして、肉体がその実現をかなえるところに生ずるものなのだから。この意味において、二十七歳の漱石が、宗演禅師に「物ヲ離レテ心ナク心ヲ離レテ物ナシ」と答えたのも、ここに通じていることは、贅言《ぜいげん》を要しないだろう。

本書の〈3〉でみた『行人』の一郎は、「自分のしてゐる事が、自分の目的《エンド》になつてゐない程苦しい事はない」という悩みをHさんにもらし、Hさんはまた、「兄さんの苦しむのは、兄さんが何《ど》を何うしても、それが目的《エンド》にならない許りでなく、方便《ミインズ》にもならないと思ふからです」と補足している。一郎においては、すでに代助のように生きることができないし、ひるがえって代助も、何度も言うようにいずれは変わって、精神と肉体の乖離《かいり》を生きなければならなくなるのだろう。（これまで、代助は変わろうとしてまだ変わらずにいる状態である、ということを何度か指摘してきた。それがどのような状態であるのかを、ちょっと見ておこう。「十一の九」において代助は、あらゆる美——肉体でも精神でも——に接触する機会を得ることが都会人士の権能であると考える。だから男女間にあっても、お互いにいつでも自由に引かれ合うのが当然であるとし、既婚者はその自由度が失われるため、心を移すたびに不義の念に脅かされることになる。その結果「代助は渝《かは》らざる愛を、今の世に口にするものを偽善家の第一位に置いた」という。このように理詰めに考えてきたときに、急に三千代のことに思いが至ってしまう。この論理によれば、三千代への愛も「現在的」なものにすぎないことにならざるを得ない。「彼の頭は正にこれを承認した。然し彼の心《ハート》は、慥《たし》かに左様《さう》だと感ずる勇気がなかつた」。代助の「頭」と「心」はたしかに、別個の反応を示している。しかし深刻な葛藤には至っていない。また、物語のいよいよ大詰め、三千代に愛の告白をして、その決心をもとに、父に正式に結婚話を断るところである。その結果、経済的な援助が途絶することを覚悟して、父に相対しようとする。「十五の五」において、その心境は次のように描写される。「彼は三千代に対する自己の責任を夫程《それほど》深く重いものと信じてゐた。彼の信念は半《なか》ば頭の判断から来た。半ば心《こゝろ》の憧憬から来た。二つのものが大きな濤《なみ》の如くに彼を支配した。彼は平生の自分から生れ変つた様に父の前に立つた」。ここにおいてはむしろ、頭と心は葛藤ではなく、協働的に代助を支えているといえるだろう。）

　代助の考察は、「自己は何の為に此世の中に生れて来たかを考へる」ことに端を発していた。これは年末の街中で健三が聞いた、「御前は必竟何をしに世の中に生れて来たのだ」という心内の問いと、同じである。そうして『道草』を書いている漱石は、代助のようには考えず、作品全体でそれに答えようとしているのだということは、すでにみたとおりである。それでは、「生きる」ということについて、「ノート」であれだけ繰り返し確認した漱石の死生観は、どのような変化をとげていたのだろうか。

　本書の〈4〉で、「私が生より死を択ぶといふのを二度もつゞけて聞かせる積《つもり》ではなかつたけれども」と書き起こされた、大正三年（一九一四）十一月十三日付けの岡田耕三宛書簡を引用したが、そこで「中略」とした部分には、「私は意識が生のすべてであると考へるが同じ意識が私の全部とは思はない死んでも自分〔は〕ある、しかも本来の自分には死んで始めて還れるのだと考へてゐる」とある。宗演禅師に解答を退けられ、それへの反論として「不当な想像」や「幻想」との決別を書きつけた漱石、また「生きんがために生きる」と繰り返した漱石とは、別の人の言葉であるような気がする。

また、この書簡の書かれた翌年の一月から始まった『硝子戸の中』の「八」では、

「死は生よりも尊《たつ》とい」

斯《か》ういふ言葉が近頃では絶えず私の胸を往来するやうになつた。

とも書いている。この連載の第八回は、六、七回と続いてきた話を受けての感懐を述べた回であるので、書かれた意味を考えるには、その前を振り返る必要がある。

話は少し横道にそれるが、〈15〉の冒頭で、『硝子戸の中』には続きものが幾篇かあって、連載の回数は三十九回だがテーマは二十九に分けられると書いたけれども、その続きものの場合は、漱石は原稿の末尾に「(つゞく)」と断っている。このことは新聞でも単行本でも踏襲されるのだが、従来の全集では「(つゞく)」は省略されてしまった。したがって文学全集や文庫でも省略される傾向にある。新しい全集では省略することはしなかった。この「八」の場合など、読者は「七」の続きであると読むことができるけれども、漱石は「七」の末尾に「(つゞく)」と書いていないから、少

なくとも「七」を書き上げた段階で、この話は終わったと考えていたのだろう。

ついでながら、漱石は連載完結の最後には、たとえば「（それから終り）」のように記す。おおむね、新聞では「終り」だけになり、単行本も「それから終」などとなる。新しい全集では、従来の習慣に従って「終り」を省略したけれども、「後記」に、原稿ではどう結ばれているかを紹介した。それに対してある読者から、原稿にあるならそれも本文に印字すべきではないか、との異論が出された。『明暗』において、漱石が「終り」と書くことのできなかった無念が浮かび上がっただろうに、といわれた。すべての原稿が今日残っているわけではないので、全集としての体裁をそろえるという観点が優先しての判断であったのだが、それはともかく、この「終り」が重要な意味を持つこともある。しかし、あまり横道が長くなるといけないので、そのことは本節末に「付記」として書き加えることにしよう。

話を戻せば、事の起こりは、ある女性の漱石宅への訪問であった。その女性が誰であり、その訪問の内容がどういうものであったのかも研究され、周知のこととなっているが、ここではそのことを紹介しようとは思わない。女には自分の身の上を聞いてもらいたい希望があって、何度目かの最後となる訪問の晩になって、一人で話し始める。はじめは漱石に自分の事を書いてもらいたいという希望であったのが、いざ話すときになると、書かないでほしいということなので、漱石も具体的に、その話の内容を書き記すことができない。したがって、「女の告白は聴いてゐる私を息苦しくした位に悲痛を極めたものであつた」（「七」）というようにしか、紹介することができない。

「八」ではもう少し具体的に、

其人はとても回復の見込みのつかない程深く自分の胸を傷けられてゐた。同時に其傷が普通の人の経験にないやうな美くしい思ひ出の種となつて其人の面《おもて》を輝やかしてゐた。

と紹介し、その「傷口」も「熱烈な記憶」も、ともに「深い恋愛に根ざし」ていて、「紙の裏表の如く到底引き離せない」ものであることを明かしている。

女は、もしこの話を小説にするとしたなら、主人公の女を死なせるかどうかを、漱石に尋ねる。漱石は次のように答える。

「生きるといふ事を人間の中心点として考へれば、其儘《そのまま》にして居て差支ないでせう。然し美くしいものや気高いものを一義に置いて人間を評価すれば、問題が違つて来るかも知れません」（「七」）

これは人生相談ではなく、小説の主題の話と理解すべきところだろう。美とか崇高といったものを充分に表現しようとすれば、場合によっては主人公に死んでもらわねばならない、という意味であるにちがいない。しかし女が求めていたのは、自分の身の実地の振り方であったのだと思う。

「七」では、対座しているときには答えることができず、夜遅くなったので漱石が送ってゆこうというと、女は「勿体《もったい》なう御座います」というが、漱石は同じ人間ではないかととりあわずに、一緒に家を出る。曲がり角まで来ると、今度は送ってもらうのは、「光栄で御座います」という。漱石は、「本当に光栄と思ひますか」と念を押したうえで、相手が同意すると、「そんなら死なずに生きて居らつしやい」と答えるのである。

「勿体ない」も「光栄」も、人が生きていてはじめて意味をもつ言葉であるのだから、生きるか死ぬかという問題にかかわることはできない。そのような言葉がまだ発せられる（余裕がある）のであるならば、生きていらっしゃい、と漱石は言いたいのであろう。

しかし「八」では、答えが少し異なっている。漱石は次のように答えたという。

> 私は彼女に向つて、凡てを癒す「時」の流れに従つて下《くだ》れと云つた。彼女は若《も》しさうしたら此大切な記憶が次第に剝《は》げて行くだらうと嘆いた。

「時」という要素が入るということは、とりもなおさず「生きていらっしゃい」ということである。時は、記憶の宝物を彼女から奪う代わりに、傷口を療治してもくれるだろうから、というのがその理由である。

そうして「八」は次のように閉じられている。

> 斯《〔か〕》くして常に生よりも死を尊《たつと》いと信じてゐる私の希望と助言《じよごん》は、遂に此不愉快に充ちた生といふものを超越する事が出来なかつた。しかも私にはそれが実行上に於る自分を、凡庸な自然主義者として証拠立てたやうに見えてならなかつた。私は今でも半信半疑の眼で凝《じつ》と自分を眺めてゐる。

信ずるのは頭で、頭すなわち精神は死を尊いとしながら、助言という実際の行動を行なう身体のほうは、生を乗り越えられなかった、というのである。

しかし私には、漱石がどうして生きることよりも死のほうが尊いと考えるようなったのかは、わからない。片付かない生を生きるよりも、片付いた死のほうが、落ち着いて静かで安楽であるのかもしれないが、漱石はやはり生きたがる男であったのではないのか。

この『硝子戸の中』から五カ月後に書き始められた『道草』は、片付かない継続の話であって、死の影が射していないことを、改めて確認しておきたい。すなわち、いったんは「もう参上《あが》りませんから」（「九十」）といって、健三のもとから去った島田が、最後となることを覚悟で、健三の幼いときを知っている男を健三のもとに送ってくる。その男と健三とのやり取りは、以下のようであった。

「で、何《ど》うでせう、此所《こゝ》いらで綺麗に片を付ける事にしたら。それでないと何時迄《いつまで》経つても貴方が迷惑するぎりですよ」

健三は迷惑を省いてやるから金を出せと云つた風な相手の口気《こうき》を快よく思はなかつた。

「いくら引っ懸つてゐたつて、迷惑ぢやありません。何《ど》うせ世の中の事は引つ懸りだらけなんですから。よし迷惑だとしても、出すまじき金を出す位なら、出さないで迷惑を我慢してゐた方が、私には余ッ程心持が好いんです」（「九十五」）

ここには片付かない人生を引き受けてみせる、という生に向かう強い意志が感じられないだろうか。ここで、あらためて『心』に思いを馳せれば、「先生」は死を択んだのであった。ここまで、『道草』は、「先生」の「記憶してください。私は斯んな風にして生きて来たのです」という言葉を漱石自身に置き換えて、自らの活きた「思想」を読者に伝えるべく綴られた物語であるとして考えを進めてきた。その末段に示されたこの生を引き受ける強い意志こそ、『心』とは異なって、生きて行く漱石が読者に浴びせかけようとした「血潮」そのものであったのではないだろうか。

付記　修善寺での大喀血の後、明治四十三年（一九一〇）十月、漱石は担架に載せられたまま東京に帰るのだが、家に戻ることはできず、胃腸病院に直行・入院する。その十日後には、池辺三山の制止を振り切って、『思ひ出す事など』という大患の始末記のような「小品」を、断続的に執筆し始める。（この

「思ひ出す」というのが曲者《くせもの》で、できあがった連載を読むと、たしかに病中の思い出が中心なのだが、私は勝手に、『硝子戸の中』のような幼少の思い出の記も、盛り込むつもりであったのではないかと想像している。もしそうなら、『道草』へと進む道程は、このころから始まっていたのかもしれない。）

『思ひ出す事など』は、連載三十二回で終わり、その原稿の末尾には「(「思ひ出す事など」終り)」と記されている。その結末部は、いよいよ担架に乗せられ、雨の中、馬車で修善寺を去るところの描写があり、「更に進んでわが帰るべき所には、如何なる新らしい天地が、寐ぼけた古い記憶を蘇生せしむるために展開すべく待ち構へてゐるだらうかと想像して独り楽しんだ。同時に昨日迄徂徊した蓙蒲団も鶺鴒も秋草も鯉も小河も悉く消えて仕舞つた」として、「万事休せし時一息帰る」で始まり「恐らくは羈魂の旧苔を夢む有らん」で終わる、七言の律詩で結ばれている。内容も文章も、この小品の結末としてまことにふさわしいといえるだろう。

この最終回が『東京朝日新聞』に掲載されたのは、明治四十四年（一九一一）二月二十日である。同じ年の八月に、小品ばかりを集めた小さな単行本『切抜帖より』が刊行され、そこにこの『思ひ出す事など』も収められる。ところが、そこでは一回多い三十三章から成り立っているのである。三十二章の結末は前述のとおりであるが、付け加わった三十三章は、「正月を病院で為た経験は生涯にたつた一遍しかない」という、文章で始まっており、内容は付き添いの看護婦に「鼬《いたち》」というあだ名をつけたというような、罪の少ない、どちらかといえばのんきな文章である。三十二章までとは、明らかに調子が異なっている。第一、『思ひ出す事など』は、三十二回で終わったはずではなかったのか。

この三十三章は、『病院の春』と題されて、四月九日の『大阪朝日新聞』と十三日の『東京朝日新聞』にそれぞれ掲載された小品であったのである。漱石が指示したのか、出版社が勝手に繰り込んだのかは不明であるが、単行本にするときに最後にくっつけてしまったのである。今までの全集も、それをもとにした文庫などもすべて、『思ひ出す事など』は、三十三章からなっているが、新しい全集では、原稿に忠実と銘打っている以上、末尾の「(「思ひ出す事など」終り)」を尊重して、三十二章構成とし、『病院の春』は独立の小品として掲げることにした。

41 余滴

『心』の「先生」の専門は何か、というところから始まって、ここまで来た。私はもう筆をおいてもよいと思う。しかし文脈に収まらないからといって、書かずに来たいくつかがまだあるので、終わる前にそれらを浚《さら》って、本書を閉じることにしたい。

＊

『私の個人主義』の中で、漱石は学生時代の一つのエピソードを紹介している。それは、高等学校に通っている頃で、国家主義を標榜する会が発足したときのことである。校長も肩入れして、会員はメダルを胸につけるという、なかなかやかましいものであったという。漱石は、メダルは断ったけれども、会員にはされてしまった。しかし、発会式に至るまでの過程で、漱石はその会の主旨に同意しかねるところがあったので、議論で攻撃したことがあった。そしていざ発会式になって、ある学生が壇上に立って演説を始めた。するとその内容が、漱石の議論に対する反駁に終始したらしい。漱石は、自らの見解を開陳する必要に迫られ、やむを得ず壇上に立って以下のような話をしたのだという。

——国家は大切かも知れないが、さう朝から晩迄国家々々と云って恰〔あたか〕も国家に取り付かれたやうな真似は到底我々に出来る話でない。常住坐臥国家の事以外を考へてならないといふ人はあるかも知れないが、さう間断なく一つ事を考へてゐる人は事実あり得ない。豆腐屋が豆腐を売つてあるくのは、決して国家の為に売つて歩くのではない。根本的の主意は自分の衣食の料を得る為である。然し当人はどうあらうとも其結果は社会に必要なものを供するといふ点に於て、間接に国家の利益になつてゐるかも知れない。是と同じ事で、今日の午《ひる》に私は飯を三杯たべた、晩には夫《それ》を四杯に殖やしたといふのも必ずしも国家の為に増減したのではない。正直に云へば胃の具合で極めたのである。然し是等も間接の又間接に云へば天下に影響しないとは限らない、否観方によつては世界の大勢に幾分か関係してゐないとも限らない。然しながら肝心の当人はそんな事を考へて、国家の為に飯を食はせられたり、国家の為に顔を洗はせられたり、又国家の為に便所に行かせられたりしては大変である。国家主義を奨励するのはいくらしても差支ないが、事実出来ない事を恰も国家の為にする如くに装ふのは偽りである。——

話題が国家主義であるから、ここからいろいろな議論を考えたり、展開したりすることができるにちがいない。しかし今の私には、最後の「事実出来ない事を恰も国家の為にする如くに装ふのは偽りである」という一句があれば足りる。

これは先に見た談話において、英文学を充分に味わうことができないのに、わかったような顔をしているのは、羽がないのに飛んでいるようで、また金がないのにあるような顔をしているようで厭《いや》だ、といったことにつながっているだろう。英文学ばかりではない。ロンドンに渡った漱石は、下宿で聞かされるロンドン訛り、いわゆるコックニーに悩まされた。「日本に居る人は英語なら誰の使ふ英語でも大概似たもんだと思つて居るかも知れないが矢張日本と同じ事で国々の方言があり身分の高下があり抔《など》して夫《それ》は〳〵千違万別である。然し教育ある上等社会の言語は大抵通ずるから差支ないが此倫敦のコックネーと称する言語に至つては我輩には到底分らない」（『倫敦消息』「三」）と率直に告白している。ここには、誇張や韜晦《とうかい》があるから、そのつもりで読むべき文章ではあるのだけれども、読んだ人は昔も今も、漱石の英語は大したことがない、そもそも漱石は耳が悪かったにちがいない、などと決めつけてしまう。

子規ですら、『倫敦消息』のほかのところで、下宿の女主人に悩まされるくだりを読んで、連載中であった『墨汁一滴』に次のように書いている。

漱石が倫敦《ロンドン》の場末の下宿屋にくすぶつて居ると、下宿屋の髪さんが、お前トンネルといふ字を知つてるか、だの、ストロー（藁）といふ字の意味を知つてるか、などゝ問はれるのでさすがの文学士も返答に困るさうだ。此頃伯林《ベルリン》の灌仏会《かんぶつえ》に滔々として独逸語で演説した文学士なんかにくらべると倫敦の日本人は余ほど不景気と見える。（五月二十三日）

『吾輩は猫である』の中篇の「序」は、ほとんど子規の追悼文のような趣のある、洒脱の中にも哀切きわまりない文章であるけれども、そのなかにこの子規の文章に触れて、漱石は次のように認《したた》めている。

子規はにくい男である。嘗て墨汁一滴か何かの中に、独乙では姉崎や、藤代が独乙語で演説をして大喝采を博してゐるのに漱石は倫敦の片田舎の下宿に燻《くすぶ》つて、婆さんからいぢめられてゐると云ふ様な事をかいた。こんな事をかくときは、にくい男だが、書きたいことは多いが、苦しいから許してくれ玉へ抔《など》と云はれると気の毒で堪らない。

留学生の消息として、大喝采を浴びるという方面が伝わる人もいれば、下宿の婆さんからいじめられているという報知が届く人もいる。本書の〈9〉において、「坊っちやん」が、いたずらに関して、「仕たものは仕たので、仕ないものは仕ないに極つてる」といっているのをみたけれども、演説をしたものはしたのだし、いじめられた者はいじめられたのである。そのような地平で生きるのが、漱石の流儀であったのだろう。この流儀は、漱石にとって国家主義や英語・英文学よりも上位に位置する、大切な流儀であったにちがいない。

『満韓ところ〴〵』が、当時にして批判にさらされざるを得ない面をもつ文章であったことは、〈26〉でみた。今日はまた、中国人差別の、また植民地主義容認の文章として、しばしば批判にさらされる。中国人を支那人と呼ぶのは、明治の時代にあって差別の響きはなかったのであろうが、以下のような文章に出会うと、困惑を覚えるのも事実である。

・そこへ汚ない支那人が二三人、奇麗な鳥籠を提げて遣つて来た。(「九」)

・〔トロは〕軌道《レール》の上を転がす所を、余所《よそ》から見てゐると、甚だ滑らかで軽快に走るが、実地に乗れば、胃に響ける程揺れる。押すものは無論支那人である。勢ひよく二三十間突いて置いて、ひよいと腰を掛ける。汗臭い浅黄色の股引《もゝひき》が脊広の裾に触るので気味が悪い事がある。(「三十二」)

・人力《じんりき》は日本人の発明したものであるけれども、引子《ひきこ》が支那人もしくは朝鮮人である間は決して油断しては不可《いけ》ない。彼等はどうせ他《ひと》の拵へたものだといふ料簡で、毫《がう》も人力に対して尊敬を払はない引き方をする。(「四十六」)

・其上室の中が妙な臭を放つ。支那人が執拗《しふね》く置き去りにして行つた臭だから、いくら綺麗好きの日本人が掃除をしたつて、依然として臭い。(「四十七」)

また、在留の邦人のことばとしても、

・「支那人てえものは呑気なものでね、斯《か》うして倚《よ》つ掛つて談判をするんです」(「四十八」)
・「支那人は実に狡猾ですからね」(「五十」)

などと書き留めている。そうして批判者からもっとも弾劾されるのは、奉天で鉄道馬車に乗ったときのことを書き記した「四十五」である。

御者は勿論チヤンチヤンで、油に埃の食ひ込んだ辮髪《べんぱつ》を振り立てながら、時々満洲の声を出す。余は八の字を寄せて、馬の尻をすかしつゝ眺めた。

途中で馬車に引かれて、脛《すね》が大きくえぐられた老人を、皆が取り囲んでいる情景に出くわす。医者を呼んで早く手当てしたらよさそうなものだと思うが、まわりも老人も静かに見守るばかりで、事態は進展しそうにない。やり過ごして、宿に着いての感想——

帽も着物も黄色な粉《こ》を浴びて、宿の玄関へ下りた時は、漸く残酷な支那人と縁を切つた様な心持がして嬉しかつた。

私はこれらの文言を擁護したいとは思わない。綺麗好きが日本人で、支那人は臭い、といったり、人力車を作ったのは日本人で、支那人や朝鮮人はそれを引く、というところに出ている、日本人の優位を前提とした無神経さが心地よくない。ただ、鳥籠をもった中国人は実際汚なかったのであろうし、汗臭い股引が背広に触るのも気持ちよくなかっただろう、人力車の引き方は乱暴であったのだろうし、部屋は実際臭かったにちがいない。

その一方において、これもよく知られていることだけれども、ロンドン留学時代の日記に、「日本人ヲ観テ支那人ト云ハレルト厭《いや》ガルハ如何、支那人ハ日本人ヨリモ遥カニ名誉アル国民ナリ」（明治三十四年三月十五日）と書きつけた者は、まぎれもなく漱石その人である。少なくとも、はじめに支那人ありきで、支那人だから汚なかったり臭かったりしたのではないことだけはたしかだろう。人種差別をいくら超越しようとしても、臭いものは臭いにちがいない。そうしてまた、「臭いものは臭い」と言いうることは、〈21〉でみた『三四郎』における、乞食への「都会人種」の冷淡な対応と、「已れに誠」という近代の人間のあり方との関係にもつながっている問題であるにちがいない。またさらに言えば、〈32〉で補足的に触れておいた、同情の起こるべきところに「美醜問題」が登場してしまうという事態も、同じことの現われであるだろう。

いずれにしても、漱石の満洲旅行における言説を、中国人蔑視の証《あかし》として、または差別主義者のレッテルを貼るために用いようとするのは、一挙手一投足を国家の為とせずにおられない学生が、漱石に反駁を加えようとした心性に通じるのではないか、と私は思う。くどいようだけれども、漱石は国家主義者であると同じ程度において差別主義者であり、国家主義者でないと同じ程度において差別主義者ではない、大概はやはりまざりものなのである。

*

博士問題、すなわち明治四十四年（一九一一）二月に文部省が授与しようとした博士号を、漱石が拒んだ問題についても、考えてみたい。漱石が狩野亨吉に篤い信頼を寄せていたことは、〈34〉において紹介した。その狩野は、若いころは文章を作るということに関心があって、紀行文や日記などを、いろいろに推敲したり書き直したりしているが、実際にはまとまった著述を残すことはなかった。漱石のいわゆる門下生である安倍能成は、狩野の影響を強く受け、敬慕するところ極めて篤かった。その安倍が編んだ『狩野亨吉遺文集』には、わずかに八つの文章が収められているだけである。志筑忠雄、安藤昌益、関孝和などについての論文が並んだ最後に、「漱石と私」という、どこか場違いのような表題の文章が収録されている。これは狩野が実際に書いた文章ではなく、漱石の没後二十年を経た、昭和十年（一九三五）十二月の『東京朝日新聞』に掲載された「談話」である。そこに次のような一節がある。

例の有名な博士号辞退問題なども夏目君の一面を表してゐることで、その問題がやかましかつた時、友人の大塚保治君が自分のところへやつて来て、どうも困つた、何か名案はないかといふので、何も困ることはないではないかといつたら、自分よりも福原が困つてゐるのだといふ返事だつた。

福原氏はその頃文部省の当面のお役人である。そこで自分は又何も困ることはない。文部省の方は正当の手続をとつてやつたのだし、受ける方の夏目はいやだといふのだから、文部省の方はやつたつもりでゐるがいいし、夏目の方は貰はないつもりでゐるがいい。それより他仕方があるまい。夏目は強ひると気にしていけないから強ひてはいけぬ。といつたら大塚君は帰つて行つた。

この問題なども夏目君自身恐らく後になつて考へたら馬鹿げたことをしたと思ひはせぬかとも考へられるが、その場ではさうもゆかなかつたらう。

「夏目は強ひると気にしていけないから強ひてはいけぬ」というところなど、さすがに生身の漱石をよく知っている人の言だと思う。しかし漱石が後から考えて、「馬鹿げたことをした」とはけっして思わなかっただろう、と私は思う。

事の起こりは、先にも記したように明治四十四年二月の、まだ漱石が胃腸病院に入院していた二十日のことである。留守宅に、二十一日に文学博士の学位授与式があるので、出頭せよとの連絡が文部省からくる。入院中で出頭できない旨を電話連絡させる一方で、今日まで「たゞの夏目なにがし」として世を渡ってきたのであり、これからも「たゞの夏目なにがし」として暮らしたいから、学位は辞退したいとの書簡を、文部省に出す。この書簡は新聞にも掲載され、人々の耳目をそばだたせる事件となる。文部省は、出頭できないというので学位記を送ってくる。漱石はすぐに返送させた。その後一週間足らずで漱石は、病院を退院する。そうして、この間の事情を漱石は、新聞に談話として説明したり、自分の考えを述べたりする。

二カ月ほど経ったころ、文部省は辞退できる性質のものでないからといって、ふたたび学位記を送ってくる。漱石は再び返送する。この時の文部省の書簡と、それへの返事の二つの書簡を引用する形で、漱石は四月十五日の『東京朝日新聞』に、『博士問題の成行』を発表する。その最後のところで、漱石は、博士制度は、学問奨励のうえで文部省にとっては必要かもしれないが、博士になるために学問をするという風潮を作ったり、博士でなくては学者でないと世間が思うようになって、「厭ふべき弊害の続出せん事を余は切に憂ふるものである」といって、次のように結んでいる。

従つて余の博士を辞退したのは徹頭徹尾主義の問題である。此事件の成行を公けにすると共に、余は此一句丈《だけ》を最後に付け加へて置く。

ここに「主義の問題」というのは、博士あるいは博士制度に反対する理由づけのことを意味しているのだろう。

実際、この「事件」の起こる十年も前のロンドン滞在中に、博士についてこんなことを、鏡子夫人宛に書き送っている（文中「御梅さん」は鏡子夫人の妹である）。

先達《せんだつて》御梅さんの手紙には博士になつて早く御帰りなさいとあつた博士になるとはだれが申した博士なんかは馬鹿々々敷《ばかばかしい》博士なんかを難有《ありがた》〔が〕る様ではだめだ御前はおれの女房だから其位な見識は持つて居らなくてはいけないよ（明治三十四年九月二十二日付）

また、まだ大学で講義を担当していた、明治三十八年（一九〇五）十一月九日付けの鈴木三重吉宛書簡でも、「中川君抔《など》がきて先生は今に博士になるさうですなかと云はれるとうんざりたるいやな気持になります。先達て僕は博士にはならないと呉れもしな〔い〕うちから中川君に断つて置きました。さうぢやありませんか何も博士になる為に生れて来やしまいし」と明言している（「なか」は講釈師や落語家の口調で「なんか」のつまった形）。つまり一夜漬けの「主義」ではないのである。

事実関係は、狩野の言うように、文部省では授与したといい、漱石はもらっていないという、まことに片付きも割り切れもしないまま、大げさに言えば今日まで継続しているのである。決着がついていないから、事情を飲み込めない人は、それでも「夏目金之助」の頭に、「文学博士」を冠《かぶ》らせたほうが敬意を表したことになる、という善意から、ついそのような刷り物を用意してしまう。日本主義で知られる杉浦重剛は、第一高等学校の前身である大学予備門の長を務めたことがあり、その時代の漱石の恩師でもある。大正三年（一九一四）に杉浦の還暦祝賀会があり、漱石はその発起人となることを依頼される。漱石は引き受け、その祝賀会の案内状に名前が出るのだが、そこで「文学博士」と印刷されてしまう。漱石はさっそく取り消しを願い出る。「小生は先年博士を辞退致したるもの故かくては小生か別人なるか判断致しがたく候故右文学博士御削除の上改めて同様の刷物御送り被下度願上候《くだされたくねがいあげそろ》」（十一月十一日付け、同祝賀会事務所宛）というわけである。事務所は恐縮し、発送済みの二百名には取り消しのはがきを出し、未発送の一万枚は、「文学博士」を墨で塗りつぶしたという。漱石も恐縮して、寄付金の規定が一円のところを、取り消しの印刷代を含むとして五円さし出している。

このようにみてくると、「主義」なるものが、博士という存在なりその制度なりが学術振興の妨げになる、という主張でありつつも、もう少し別の「主義」を指して、「徹頭徹尾主義の問題」といっているように思われてくる。それは、押しつけられるものへの反発、というのとも異なるように思われる。あらかじめ文部省が漱石の内意を確認すれば素直に受けたかといえば、とてもそうは思えない。博士というものへの違和の貫徹が、そこにはあるのであって、おとなげないとか、こだわるのは意識している証拠であるとか、あとから馬鹿馬鹿しくなる、というような問題では一切ない、と私は思う。

英文学者であり、後年は能楽研究家としても知られる野上豊一郎が、まだ大学に籍を置きながら文筆に手を染め始めたころ、いろいろ書き散らしているうちに、あちこちからの批判・非難にさらされるようになった。そんな攻撃にあっている門下生を気遣ってはがきで問い合せ、同じ日に追いかけるように手紙を書いた。明治四十年（一九〇七）七月二十一日付けである。

拝啓人の攻撃を攻撃しかへすときは面白半分にからかふ時の事なり。ひまが惜しければやるべからず。堂々たる攻撃は堂々たる弁駁を要す。是は惜しい時間を割いてやる事なり。僕未だ新聞雑誌に出たものに対して弁解の労をとりし事なし。そんな事をするひまに次の作物か論文をかく方が遥かに有益也。

あんなものに真面目に相手になる位なら始からあゝ云ふ風な評論をかゝれぬがよろしからうと思ふ。

何かいふ事があらば駁論とせず。次の作物か論文のうちに充分君の主張を述べらるべし。夫《それ》が自分は自由の行動をとつてしかもくだらぬ世評に頓着して居らぬ事を事実に証明する所以《ゆえん》と思ふ。

君は文を好む文を好めば将来かゝる場合多かるべし。皆この例にならつて決せられん事を希望す。

尤《もっと》も暑中休暇故ひまがあるならいたづらにいくらでも喧嘩をなさるのも一興と思ふ。しかし喧嘩をし出すと、相手次第で暑中休暇後迄もやる積《つもり》でないと行けません。途中でやめちやいけない。まあ愚になるね。以上

博士問題は「攻撃」でも「喧嘩」でもないだろうが、堂々と対処する必要があり、途中でやめないことが肝心な問題であったにちがいない。だから「徹頭徹尾」というのは、初めから終わりまで、どこをとっても「主義」から派生した問題である、という意味であるとともに、何事もやるからには徹頭徹尾やり通す主義、という意味もこめられているのではないかと、私は思っている。徹頭徹尾やり通すと、物事は片付くかといえば、もちろんますます片付かないのであるにちがいない。

＊

私はここまで、『心』と『道草』をやや丁寧にたどり、その過程で漱石のほかの作品についても、適宜に触れてきた。格別な意図があったわけではないけれども、結果として絶筆である『明暗』については、ほとんど言及することができなかった。これから本格的に取り込むのは無理であるとしても、考えていることを少しだけ、ここに述べておきたい。

漱石の作品は、一作ごとに進化して、同じ主題を繰り返すということがない、とはよく言われる評語である。明るくおおらかであった『三四郎』の世界が、一見華やかで贅沢に見えながらだんだ

ん身動きがとれなくなってゆく『それから』を経て、光から遠い所でひっそりと灯をみつめあうような『門』の世界へと変化するように、あるいは本書でみた『心』から『道草』へのように、作品は大きな連鎖を形成しているように見える。それでは、『明暗』は『道草』から、どんなところを引き継いでいるのだろうか。

主人公の津田由雄は、何よりも自分が傷つくことを恐れる、贅沢好みではあるが個性のあまりはっきりしない、優柔不断でどこかずるそうなところのある、教育を受けたわりには魅力を感じさせない、自己意識が強いばかりで面白くなさそうな人物として登場する――そのような人物の巨細が描写されるとき、多くの読者は、自らを重ね合わせるきっかけを見出すにちがいない。

津田は新婚間もないが、今の妻と結婚する前には、ほかの女性と結婚寸前のところまで、事態が進んでいたらしい。しかし、その女性は突然別の男性と結婚してしまったのであった。その理由が、津田にはわかっていない。作品のなかで明かされる前に、作者が倒れてしまったので、読者にも不明なままである。未練というほどではなくとも、津田はそのことに、無意識のうちにこだわりをもっていて、新婚の妻とは、うわべだけを保つような、どこかよそよそしい関係になっている。妻の名は延子《のぶこ》といい、新婚の生活がどこかしっくりいっていないことを自覚するけれども、その原因がわからない。夫に結婚以前に親しい女がいたということも、はっきりとは認識できていない状態である。ただ何かしら、自分だけが知らされていない事情があることは感じている。津田の勤め先の上司の夫人である吉川夫人というのが、世話好きで、津田の以前の女性との関係を媒介していたらしい。その夫人にも、その女性がなぜ突然津田を振ったのかが、わかっていない。彼女自身にしてみれば、媒介が不調に終わった責任もあり、かねてその理由を知りたい欲望もあるので、津田が無意識のうちにこだわっているものを、逆に意識化させ、真相を明らかにしたいと思っている。また、そうしないかぎり、津田夫妻の今の新婚生活が実りあるものにはならないと、津田の尻をたたくのである。

このように、ごく大雑把にこの物語を要約しただけでも、主人公が途中で何かに引っかかってい る状態であることは、了解されるだろう。『道草』の健三は、年末の街中で、心内の声から「御前は必竟何をしに世の中に生れて来たのだ」という質問を投げかけられて、「分らない」と答えると、さらに追いかけるようにして、「分らないのぢやあるまい。分つてゐても、其所へ行けないのだらう。途中で引懸つてゐるのだらう」とささやかれなければならなかった(「九十七」)。そこに「道草」という題意が潜んでいることは、〈31〉で注意したとおりである。

もちろん引っかかっている中味は、健三と津田では大変に違うだろう。健三の引っかかりは、のっぴきならないものであったが、津田は引っかかりに対しても、傍観者的な態度を留保したままで、吉川夫人の策略にとりあえず乗ってみてから考える、というような段階にあって、まだ充分に煮つまらないうちに、物語そのものが中断してしまったのであった。

物語は、津田が痔疾の診察を受けているところから始まる。その帰りの電車の中で、痔疾の最初の発作に襲われたときの、突然の痛みを思い出す。それには何の前ぶれもなかったことを思うと、そのような突然の変化は肉体だけでなく、精神界でも起こることに思い至る。結婚前につきあっていた女性、清子の、突然の心変わりのことである。

「精神界も同じ事だ。精神界も全く同じ事だ。何時どう変るか分らない。さうして其変る所を己《おれ》は見たのだ」（「二」）

この清子の「変わる」は、宗助や「先生」の「変わる」とは、性質の異なるものでありそうである。津田が温泉宿まで清子を追いかけていって、いよいよその「変わる」の中味を聞き出すか、察するかしようとしたときに、物語は断絶してしまうので、本当のところはわからない。それはわからないけれども、「其変る所を己は見たのだ」という津田の心のうちの叫びは、意味が深い。

それは、津田が変わる、ということを暗示しているのではないかと、私は思う。終末近く、温泉宿に着いた津田は、清子に対する方針をまだ確定していなかった。その心のうちは、次のように明かされている。

「今のうちならまだ何《ど》うでも出来る。本当に療治の目的で来た客にならうと思へばなれる。なるうとなるまいと今のお前は自由だ。自由は何処《どこ》迄行つても幸福なものだ。其代り何処迄行つても片付かないものだ、だから物足りないものだ。それでお前は其自由を放り出さうとするのか。では自由を失つた暁《あかつき》に、お前は何物を確《しか》と手に入れる事が出来るのか。それをお前は知つてゐるのか。御前の未来はまだ現前しないのだよ。お前の過去にあつた一条《すじ》の不可思議より、まだ幾倍かの不可思議を有《も》つてゐるかも知れないのだよ。過去の不可思議を解くために、自分の思ひ通りのものを未来に要求して、今の自由を放り出さうとするお前は、馬鹿かな利巧かな」(「百七十二」)

温泉に来るまでの津田は、自由であったから、片付かずに物足りなかった。それを何とかしろと、痔疾の手術の予後を養うという名目で、吉川夫人に背中を押されるようにして、清子の逗留している温泉に来たのである。しかしいざ清子が滞在しているという宿に着いて、物足りなさを根本的に充足に変えようとすれば、自分の大切な体面が傷つけられたり感情が露わになったりすること、つまり馬鹿になることは避けられないだろう。だから、何とかそのような修羅場は避けて、しかも物足りなさからは解放されたい、と考えていたのだ。

虫のいい思いを抱いて津田は、いよいよ清子と対面することになる。宿の下女に案内されて、清子の部屋に入る。下女も交えた会話を、少し長いけれども引用しよう。

「相変らず貴女は何時《いつ》でも苦《く》がなささうで結構ですね」

「えゝ」

「些《ちつ》とももとと変りませんね」

「えゝ、だつて同《おん》なじ人間ですもの」

 此挨拶を聞くと共に、津田は急に何か皮肉を云ひたくなつた。其時皿の中へ問題の蜜柑を盛り分けてゐた下女が突然笑ひ出した。

「何を笑ふんだ」

「でも、奥さんの仰《おつ》しやる事が可笑《おかし》いんですもの」と弁解した彼女は、真面目な津田の様子を見て、後からそれを具体的に説明すべく余儀なくされた。

「成程《なるほど》、さうに違ひ御座いませんね。生きてるうちはどなたも同《おん》なじ人間で、生れ変りでもしなければ、誰だつて違つた人間になれつこないんだから」

「所が左右《さう》でないよ。生きてる癖に生れ変る人がいくらでもあるんだから」

「へえ左右ですかね、そんな人があつたら、ちつとお目に掛りたいもんだけれども」

「お望みなら逢はせて遣つても可《い》いがね」

「何《ど》うぞ」といつた下女は又げら〳〵笑ひ出した。「又是でせう」

 彼女は人指指を自分の鼻の先へ持つて行つた。

「旦那様の是にはとても敵《かな》ひません。奥さまのお部屋をちやんと臭で嗅ぎ分ける方なんですから」(「百八十四」)

この後では人が変わるという話に戻ることなく、下女はすぐに退出する。この場面で津田が下女に逢わせるといったのは、清子のことであろう。皮肉を言いたくなった津田の気持ちもよくわかる。だからそれが実行されれば、清子を指さすことになる。しかし部屋を嗅ぎつけたように、その人物が誰であるかを嗅ぎ出そうとして自分の鼻を指さしたとすれば、それはとりもなおさず、変わるのは津田自身だということになるだろう。下女は自らの鼻を指さしはしたけれども、下女の鼻にはその効力がない以上、指さされるのは津田の鼻でなければならない。とするならば、下女の所作は、津田が変わることの暗示であるにちがいない。

私は、〈36〉において、漱石は、変わる人、その変わるところを描こうとしたと書いたが、未完に終わった『明暗』にも、このようにして、変わるということが引き継がれてゆくのだと思う。主人公があることに引っかかっていて、そのために変わらざるを得なくなる、という構図が見えてこないだろうか。

しかし津田が変わるのは、必ずしも馬鹿になることではないかもしれない、津田を馬鹿にしきれるかどうか、それは本当にはわからない。ただ、馬鹿になってもならなくても、津田の問題が片付くことだけはないだろうと思う。そしてさらに、「明暗」という表題にも、明から暗に変わるということが暗示されているように、私には思われるのだが。

もう一つ、『明暗』が『道草』から引き継いでいるのは、書き手の位置という問題であろう。『道草』については、書かれている漱石と書いている漱石という問題を、しばしば考えた。また、健三を相対化する御住《おすみ》の視点というものが、よく張り巡らされていることも、〈22〉で辿ってみた。とくに同じような夫婦間の関係でありながら、『野分』においては、壁に写った細君の政とその影は、道也の眼には「同じ様に無意義に」しか映らなかったのとは対照的であることも、そこで確認した。『道草』では、作者は基本的に健三に着いていた。ただ、健三本人が気づいていないことを、指摘しうる立場を確保しようとしていた。御住については、かなりの心理的解剖を下してはいるが、それは目つきや言葉つきから、書かれている健三ばかりではなくて、書く漱石も判断を下しているのであって、作者が直接御住に乗り移ることはないように読める。『明暗』でも、はじめは『道草』と同じように、主人公である津田に着いているのだが、津田の入院先の病院から、お延が劇場に人力車で向かうあたりから、作者は津田を離れて、お延に着いてその行動を報告できるようになる。主人公に着いていた作者が、急に主人公の知らない場面を報告する場面が、『それから』や『道草』にあることを、〈17〉や〈18〉でみたけれども、『明暗』では、何の前ぶれもなく、作者は津田を離れて、お延の後を追うのである。

すでに見たように、漱石の作品では、作者が、ある登場人物（主人公とは限らない）の視点を通して語ることが多い。それでうまくゆかなくなると、『彼岸過迄』のように長い独白をさせたり手紙を使ったりして、それまでは外側から見られていた人物の心情を吐露させる。『行人』や『心』における、Hさんや「先生」の手紙も同じことである。作者が中立的な位置から、それでももちろん主人公には親身でありつつ語られるのは、『野分』や『虞美人草』である。『野分』では道也の演説が必要とされ、『虞美人草』では甲野の日記が必要とされた（この甲野の日記については、鈴木三重吉が不自然だと批判したらしい。それに対して漱石は、不自然ではないと答えて、メレディスのよく使う手を踏襲したのだと弁明している（明治四十年七月三十日付け書簡））。『明暗』の書き手の位置は、『野分』や『虞美人草』のそれと、明らかに異なっている。はじめはたしかに、『道草』におけるように、主人公（らしい）津田に限りなく近い位置に立っていたのである。それが急にお延に張りつき、彼女が劇場に着く連載四十七回になると、その心情までが開陳されるのである。このことにいち早く反応した読者がいた。ちょっと長いけれども、その言い分を聞いてみよう。

『明暗』は津田を主人公とする第三人称小説である。が、今日までに理解さるるところでは、作者は津田の心の中にだけは自由に立ち入り、津田が何を考へてゐるか、どういふ心持でゐるかを読者に報告出来るといふ建前を取つてゐる。津田以外の人物では彼と同様に重要な役割を勤めてゐる細君のお延に対してすら、この自由を保有して居らぬ。お延の考へなり、心持なりを明かにせんがためには女自身に語らせるか、でなければ、女の態度仕科《しぐさ》、表情等によつて間接に示すより外に方法はないことになつてゐる。結局、『明暗』は形式上では第三人称小説であるけれども、実質は津田を説話者とせる第一人称小説と異なるところがない。然るに、津田を病院に送つて置いて、お延が親戚の者と芝居見物に行く辺から、作者も津田を矢張り病院に置き去りにして、お延を追ひかけ、従来の津田付きの作者は忽ちお延付きの作者に早変りし、お延の心理を心のまゝに見透すことが出来るといふ能力乃至《ないし》権利を勝手に獲得した。これは常識上ヘンではないか。お延の心理を見透して必ずしも悪いとはいはぬが、では何故に以前に夫婦差向ひでゐるやうな場合に、津田だけでなく、細君の心にも触れることをせなんだか。（大石泰蔵「夏目漱石との論争」、『文芸懇話会』昭和十一年四月）

作者には迷惑な言いがかりかもしれないが、日々の連載を読む読者が感じる違和感としては、正当なものと思う。結局のところ『明暗』は、「津田を説話者とせる第一人称小説」ではなかったのである。漱石はこの読者に、「私はあれで少しも変でないと思つてゐる丈《だけ》です。但し主人公を取かへたのに就ては私に其必要があつたのです。それはもつと御読下されば解るだらうと思ひます」（大正五年七月十八日付け大石泰蔵宛書簡）と答えている。返事を受け取った読者は、質問ないしは抗議の意味が通じていないと思って、二通目を投函し、漱石もその読者に関心を示すけれども、どこか議論はすれ違い、二人のやりとりはそれ以上に発展することはなかった。（この大石泰蔵という読者は、明治二十一年兵庫県に生れ、札幌農学校に入学、有島武郎に親炙《しんしゃ》したり社会主義に関心を示したりした。東北帝大の農科大学（現在の北海道大学農学部）に改組になった同校を卒業後、農場経営をはじめるがうまくゆかず、東京に出てきたところで、『明暗』が眼に触れたということらしい。後に、大阪毎日新聞の記者などをつとめた。）

漱石は、「主人公を取かへたのに就ては私に其必要があつたのです」といっている。御住には、描いても描ききれないところがあった、ということだろう。お延に乗り移って、その心理を描ききる「必要」があったというのである。その必要とは、大石宛の二通目に記された、以下の事柄を指しているにちがいない。

あなたは此女（ことに彼女の技巧）を何《〔ど〕》う解釈なさいますか。天性か、修養か、又其目的は何処にあるか、人を殺すためか、人を活かすためか、或は技巧其物に興味を有《〔も〕》つてゐて、結果は眼中にないのか、凡てそれ等の問題を私は自分で読者に解せられるように段を逐ふて叙事的に説明して居る積《〔つもり〕》と己惚《〔うぬぼ〕》れてゐるのです。（七月十九日付け大石宛書簡）

すなわち「凡てそれ等の問題」を「叙事的に説明」する必要である。その必要の前には、演説も日記も独白も手紙も、整合的な作者の視点というものも、夾雑物でしかなかったのだろう。漱石は、自由に作中人物に乗り移ってみようとしたのではないか。

大正五年（一九一六）八月二十一日、漱石は千葉一宮に避暑に出かけている芥川龍之介と久米正雄に宛てて、手紙を書きそのなかに『明暗』執筆の心情に触れる漢詩を書き記した。

尋仙未向碧山行　　仙を尋ぬるも未《いま》だ碧山《へきざん》に向かって行かず

住在人間足道情
明暗双双三万字
撫摩石印自由成

住みて人間《じんかん》に在りて　道情《どうじょう》足る
明暗双双《そうそう》　三万字
石印を撫摩《ぶま》して　自由に成る

（訓読は一海知義氏による）。細かな意味はともかくとして、最後の「自由に成る」について漱石は、「結句に自由成とあるは少々手前味噌めきますが、是も自然の成行上已を得ないと思つて下さい」と書簡に書いている。大いなる自負といわなければならない。作品がひとりでにできあがっていくようであり、作品に対する自らの姿勢が融通無碍《ゆうずうむげ》であるというのであろう。大石宛の「己惚れてゐる」も同じことであるにちがいない。この二週間ほど前に、和辻哲郎宛に「小説を書くのも骨が折れません却つて愉快を感ずる事があります」と書いていることは〈36〉でみたが、これも同じことだろう。こうして「第二の自然」の創造者として、漱石は新しい一歩を踏み出したのであった。

＊

漱石は、「私の父も、兄も、一体に私の一家は漢文を愛した家で、従つて、その感化で私も漢文を読ませせられるやうになつたのである」（明治四十三年の談話『文話』）とか、「元来僕は漢学が好で随分興味を有《も》つて漢籍は沢山読んだものである」（明治三十九年の談話『落第』）などと語り、また、英文学を志した動機についても、「余は少時好んで漢籍を学びたり。之を学ぶ事短かきにも関らず、文学は斯くの如き者なりとの定義を漠然と冥々裏に左国史漢より得たり。ひそかに思ふに英文学も亦《また》かくの如きものなるべし、斯の如きものならば生涯を挙げて之を学ぶも、あながちに悔ゆることなかるべしと」（『文学論』「序」）と述べている。「左国史漢」とは、『春秋左氏伝』、『国語』、『史記』、『漢書』の四つの歴史書をひっくるめた言い方だが、それらに子供のころの漱石がよく親しんだことは、上掲の文言から窺うことができる。しかし不思議なことに、漢籍というものが、あらわな形で作品や文章にあらわれることはほとんどない。『門』において、宗助が寝しなに『論語』を読んだり、当時よく読まれたという『ポツケツト論語』を芸者が愛読しているという話が出たりするのが、目につく程度である。

「吾輩は猫である」という題名は、当の小説の冒頭の一句から採られたものだが、これは、『論語』の各篇名の由来と同一の名づけ方である。一番はじめの「学而第一」という篇名が、「子曰学而時習之不亦説乎（子曰く、学びて時に之を習う、亦た説《よろこ》ばしからず乎）」という冒頭の一句からとったものであることは、中学校で教えられたことだと憶えている。

しかし、「吾輩は猫である」の名づけは漱石ではなく、掲載誌『ホトトギス』の責任者であった高浜虚子によるもので、漱石がはじめに考えた表題は、「猫伝」というのであった。私には、この表題の意味がよくわからなかった。しかしある時から、もしかしたらこれは、「列伝」のもじりなのではないかと思うようになった。列伝は、司馬遷がその『史記』において、個人の伝記を録すべく考案した方法であり形式である。たとえば「刺客列伝」では、歴史上有名な四人の暗殺者の伝記を連ねる。そのそれぞれの人物の書き出しを、読み下し文で並べると、「曹沫《そうかい》ハ魯《ろ》ノ人ナリ」、「豫譲《じょう》ハ晋《しん》ノ人ナリ」、「聶政《じょうせい》ハ軹《し》ノ深井里《しんせいり》ノ人ナリ」、「荊軻《けいか》ハ衛《えい》ノ人ナリ」という具合である。

猫の場合、主語を言おうとしたところが、名前がないので、「○○ハ△△ノ猫ナリ」と言い出すことができないのだ。仕方がないから、「吾輩ハ猫デアル」と、まず属性を明らかにして、名前のないことも告白しなくてはならない。「名前ハマダ無イ」というわけである。次は出身地だ。「ドコデ生レタカ頓ト見当ガツカヌ」と続く呼吸は、列伝のパロディとして実によくできているといえないだろうか。漱石が「猫伝」と名づけた理由が、飲み込めたように思ったのだけれども——。ついでながら発音も、「こ」に強勢を置くのでなく、「列伝」のように平たく読むのであるにちがいない。

しかし私は、いよいよこの小論を閉じるに当たって、こんなのんきなことを言い出すべきでないと感じている。問題は漢詩である。いま全集に収められている漢詩は、二百八首である。このうち『明暗』執筆中に作ったのは七十五首、三月あまりのうちに、全体の三分の一以上を作詩したことになる。非常なエネルギーといわなくてはならない。『明暗』を起筆してから、漱石は一日も休まずに、まことに規則正しく毎日、連載の一回分を執筆したことは、〈11〉でみたけれども、その執筆はおおむね午前中で終わり、午後は詩作にあてたという。作られた漢詩は、当時使っていた手帳に、作った日付とともに几帳面に筆記された。漱石が使った手帳は、大小合わせて十五冊が東北大学の漱石文庫に保存されていて、インターネット上でも覗くことができる。この時期の漢詩を書きとめた手帳は、使用年代の最後に当たる十五冊目で、黄土色の布装の表紙、教科書サイズの寸を少しつめた大きさのものである。

大正三年（一九一四）の秋から、漱石の精神が異様に昂ぶり、家計の収支を手帳につけだしたことを、〈13〉で紹介したが、その手帳がこの十五冊目である。漱石の手帳の使い方は、一言で言えば乱雑である。新しい全集では、その使い方を各冊ごとに紹介するために、仮の頁付けを試みたが、手帳は表からも裏からも使われているので、どちらを一頁目とするかの判定がつけにくかった。縦書き横書きも赴くままだし、横書きなのに、頁の進行は右頁から左へとつながってゆくのなども、しばしばである。

十五冊目では、その家計簿のあとに二、三頁の落書きのようなのがあって、全集で134と番号づけられた漢詩が、筆記されている。一連の漢詩の第一作である。ただしこれは下書きであって、いろいろ推敲のあとがある。その定稿は、手帳の反対のほうに、つまり家計簿が表なら裏のほうに、書きとめられている。日付は「八月十四日夜」である。この裏は、見返しを含む三頁が、『硝子戸の中』のためと思われる「断片六三A、B」ではじまり、その次の頁から定稿が筆記されている。このあとも一作できるごとに、その下書きと定稿が、手帳の表と裏から一首ずつ書きとめられてゆく。ときどき一頁に二首記されることもあるけれども、このようにして七十五首が書きためられると、中央の空白の頁がだんだん少なくなる。表紙も一頁として数えると全部で一四二頁になる、この手帳の最後に残された真中の空白は、二十頁足らずであった。

私は、東北大学の漱石文庫のある特別閲覧室において、はじめてこの手帳を手にとってその空白に気づいたとき、それらの頁の埋められなかったことに、思いを致さざるを得なかった。それは何よりも端的に、漱石の不在を象徴しているように見えた。

死の床につく二日前の、十一月二十日の夜に定まったその最後の漢詩は、次のようなものである（訓読は一海知義氏による）。

真蹤寂寞杳難尋
欲抱虚懐歩古今
碧水碧山何有我
蓋天蓋地是無心
依稀暮色月離草
錯落秋声風在林
眼耳双忘身亦失
空中独唱白雲吟

真蹤《しんしょう》寂寞《せきばく》として　杳《はる》かに尋ね難《がた》く
虚懐を抱《いだ》きて　古今に歩まんと欲す
碧水《へきすい》　碧山《へきざん》　何ぞ我《われ》有らん
蓋天《がいてん》　蓋地《がいち》　是《こ》れ無心
依稀《いき》たる暮色　月は草を離れ
錯落《さくらく》たる秋声《しゅうせい》　風は林に在《あ》り
眼耳《がんじ》　双《ふた》つながら忘れて　身も亦《ま》た失い
空中に独り唱《とな》う　白雲吟《はくうんぎん》

まことの道は、ひっそりとどこかに隠れているようにあるものだから、尋ね当てることがとても難しい、と始まっている。「蹤」というのは「あしあと」の意味だから、この「まことの道」というのは、人間はかくあるべしというような、観念的なものではないのだろう。実地に人間の歩いた幾筋かの道の中にある、まことの道であるにちがいない。だから、先入観なしのまっさらな気持ちをもって、自分も足で歩いて、昔の人のでも今の人のでも、とにかく真の足跡にめぐり会いたい、とつづく。しかしながらそのまっさらな気持ちをもつということは、なかなか難しい。

歩きながら眼を自然に向ければ、緑なす山も水も、あるがままに落ち着いていて、ことさらに自らを主張したりはしていない。おもえばこの天地というものは、無心の境地の中に存在しているではないか。季節はいま秋だ。あたりがぼんやりしてくる夕闇の中に、満月が出た。そうしてゆっくりと空に向かって行く。萩《はぎ》や薄《すすき》、葛《くず》に女郎花《おみなえし》などの秋草のむこうから、大きな月が上るというのは、漱石が好んだ江戸琳派の酒井抱一や鈴木其一の得意とする構図である。『門』の中で小さくない役割を演ずる、親の形見のようにして宗助の手もとに残った抱一の屏風は、「下に萩、桔梗、芒《すゝき》、葛《くづ》、女郎花を隙間なく描《か》いた上に、真丸《まんまる》な月を銀で出し」た図柄である、と描写されている。この一句は、その屏風をそのまま七つの漢字で表現したものだろう。

眼に見える景色がそうであれば、耳に聞えるのは、秋風が林を抜けるときに起こるさまざまな音色である。このうっとりとした環境の中にいると、現に見て聴いているその眼と耳、いや感覚器官だけではない、体そのものが、この自然のなかに溶け出してしまいそうだ。漱石が、「死んでも自分はある」と岡田耕三宛の書簡に書いたことは、〈40〉でみたけれども、そのように身体を失ってしまっても、自分はまだ存在していて、空中にさまよいだすのだ。これがまっさらな気持ちというものなのだろう。ここにいるのは自分だけだ、今の心境を言葉にして、それをひとり吟じてみよう。

中国文学者の吉川幸次郎は、『漱石詩注』のなかで、この詩は「いわゆる詩の讖《しん》を成すものである」と書いた。この詩が、作者の死を予言しているというのである。実際、三週間足らずのちの十二月九日に、漱石は帰らぬ人となってしまった。

あとがき

「漱石と牛」というと、人はすぐ、ああ「牛になれ」のことだな、と思うかもしれない。実際、漱石が死の三カ月あまり前の夏の終わりに、芥川龍之介に送った手紙に書いた、馬となって「火花」を散らすより、牛の「根気」を尊いとする忠告ないし説諭は、私の中学か高校の国語の教科書に出ていたくらいだから、よく知られているにちがいない。

しかし、私がここで言おうとしているのは、大正元年（一九一二）十月に上野で開かれた第六回の文展（文部省美術展覧会）に出品された、坂本繁二郎の「うすれ日」への評語についてである。その展覧会の批評を、漱石は『文展と芸術』と題して、朝日新聞に発表した。長くなるけれども、そこに記された「うすれ日」の評を引用しよう。

同じ奥行を有《も》つた画の一として自分は最後に坂本繁二郎氏の「うすれ日」を挙げたい。「うすれ日」は小幅である。牛が一疋〔いっぴき〕立つてゐる丈〔だけ〕である。自分は元来牛の油画を好まない。其上此牛《〔そのうえ〕》は自分の嫌な黒と白の斑《ぶち》である。其傍《そば》には松の枯木か何か見すぼらしいものが一本立つてゐる丈である。地面には色の悪い青草が、しかも漸《やつ》との思《おもひ》で、少しばかり生えてゐる丈である。其他は砂地である。此荒涼たる背景に対して、自分は何の詩興をも催さない事を断言する。それでも此画には奥行があるのである。さうして其奥行は凡て此一疋の牛の、寂寞として野原の中に立つてゐる態度から出るのである。牛は沈んでゐる。もつと鋭どく云へば、何か考へてゐる。「うすれ日」の前に佇《〔たたず〕》んで、少時《しばらく》此変な牛を眺めてゐると、自分もいつか此動物に釣り込まれる。さうして考へたくなる。若《〔も〕》し考へないで永く此画の前に立つてゐるものがあつたら、夫《〔それ〕》は牛の気分に感じないものである。電気のかゝらない人間のやうなものである。(「十二」)

私は、この「牛」が「何か考へてゐる」というところが、大変に気に入っている。『それから』に出てくる書生の門野は、「代助から見ると、此青年の頭は、牛の脳味噌で一杯詰つてゐるとしか考へられないのである」(「一の四」)と評されていたから、漱石は牛をあまり賢い動物とは認識していなかったのだろう。その「牛」が考えていることに、「釣り込まれる」というところが、「要は、脳味噌でなく、考えるという行為である」と言われているようで、頼もしいのである。実際、私は本書において、「牛の脳味噌」で「考えた」と自覚している。そうしてまた、正直に言えば、私が考えたことにつきあってくださる読者が、「うすれ日」の前に立った鑑賞者のように、「私の気分」に「感じて」ほしいという希望を少しだけもっている。

大人になりかけのころに漱石に出会って、以来ずっと漱石のことを考え、漱石と共に考えてきた。青年期の自分にとって、漱石は大変に重宝な対象であった。漱石につきあっていると、自ずから関心の領域が広がるのである。同時代の文学（当時流行の「近代日本文学全集」のたぐいを読みあさる）からはじまって、俳句（正岡子規を好きになる）、漢詩（中国文学の吉川幸次郎先生の熱心な読者になる）、英文学（十九世紀のイギリスそしてロンドンについて知りたくなる）、はたまた落語から禅、漱石が生きた明治という時代、日本の近代化ということ。どれも専門に勉強したり研究をしたわけではないけれども、漱石という窓を通して視界が広がっていったのはたしかである。また、漱石はさまざまな人の論評の対象ともなったから、その評者へも関心が広がり、文学者の評価を漱石との関係で下すという癖もできた。

日本が多大の責任を負うべき悲惨をもたらした戦争の終結する前年に生まれた私は、その戦争というものへの関心を常にもたざるをえなかった。漱石は、どんなに短く見積もっても、その戦争の始まる二十年くらい前には亡くなっているから、架空の話だけれども、もし漱石が生きていたら、その時代に対してどのように自らを処しただろうか、ということが私には大きな問題であった。私は、その結論が得たいわけではなかった。ただ、私自身の生き方に重ね合わせたかったのである。漱石が、もし歴史に耐えられる対処ができたとすれば、それは何ゆえか、それが自分にも備わっているか。もし耐えられない対処であったなら、そこに不足しているものは何か。そんなことを、漱石を読むたびに繰り返し考えたものである。「漱石と共に考えた」というのは、たとえばこのようなことである。

工学系の大学に在籍していたそのころの自分が、将来『漱石全集』と直接の関係を持つことになるなどとは、まったく考えることができなかった（空想はしていたかもしれないけれども——しかし、念のためにいうと、「夢や希望はもちつづけていればいつか必ずかなう」とか「努力は必ず報われる」というような言葉は、漱石にとってはもっとも唾棄すべきものであったにちがいない。事実として、かなわないことや報われないことがこんなに世の中にあふれているのに、無責任な気休めを言うのは「偽り」だからである）。それが不思議な成り行きで、中年から初老へと曲がり角を廻ろうとするころになって、仕事でその全集の一角を担うことになった。望んだことではあったけれども、嬉しさよりも責任の重さに身が縮んだ。

もっとも、それまでの二十年以上の間、全集のことはいつも考えていた。世の中の多くの漱石ファンがそうであるように、私も岩波書店の『漱石全集』そのものが好きであった。漱石の生誕百年没後五十年と銘打った全集が出たのは、大学二年生のころのことだと思う。各巻均一の定価が、千二百円であった。当時の自分の月々の小遣いが三千円くらいだったから、とても買えそうになく、いったんは諦めて、それでもどうしても欲しくて、文字通りどこかの舞台から飛び降りるような気持ちで大学の生協に予約した。五分の値引きでも、それがありがたかった。出版元の広告が、造本のわりに廉価だと好評である、と謳っているのが許せなかった。

その全集は、毎月刊行の予定が延びて、全十六巻が完結するのに二年半くらいかかった。それが完結してから三年ほどして、今度は荒正人さんが本文を徹底的に調べつくして校異表までつけたという『漱石文学全集』が集英社から出た。そうして、岩波の全集の不備ばかりが喧伝されるようになった。そのときはまだ、私は岩波書店の社員ではなかったけれど、大いに驚き、かつ大変心配になった。仕方がないので、ポツポツこちらも買い揃えた。実際に二つの全集の本文を読み比べてみたりしたけれども、正直に言って問題の所在を検証する力は私にはなかった。また、荒さん以外の人が実際に検証した結果が公表されることもなかった。荒さんの仕事への批判が表われるのは、荒さんが亡くなってからのことである。

これは現実に漱石全集を担当するようになって気づいたことだが、荒さんにしても、岩波書店の漱石全集をずっと担ってきた小宮豊隆さんにしても、漱石の自筆の原稿を見たとはいっているけれども、その「見た」は「眺めた」であって、実地に原稿をつぶさに検討したわけではなかった、らしい。(人名の呼称はむずかしい。荒さんにしても小宮さんにしても、私は直接の面識はない。ただ漱石全集編集の先人としてのお二人に、敬意と親しみをこめて「さん」をつけさせていただくのである。その気持ちと批判がましい言説とは、別のものと思っている。)実際の作業者は、私のような出版社の編集部員であったり校正の担当者であったりしたたちがいない。小宮さんの場合は、岩波書店に残されているかつての全集の編集作業の記録から、荒さんの場合は自筆原稿所蔵者の証言――「荒先生は、実務者が原稿を点検している間中、そばでじっと作業が終わるのを待っていました」――から、そう判断するのである。

『漱石全集』を新しく編集するために、漱石自筆の原稿、はじめて印刷になった新聞や雑誌、その作品を収録した単行本、必要によってはその再版本、それらの本文を相互に比較検討する作業をはじめた。（デジタル・カメラの普及する以前のことで、同僚と二人、カメラと接写装置を携えて、熊本から仙台まで、今日所在の知られている漱石のすべての自筆原稿を求めて撮影に西東したことがなつかしい。）小宮さんの全集も荒さんのそれも、同じ作業がなされた後で、本文が確定されたはずであるのに、全集にみられる小宮さんの判断も荒さんのそれも、どうもおかしいのである。二人とも原稿を眺めただけで、あとは想像力によって問題の所在を指摘し、実務者にその問題点について注意するように指示を出していただけなのではないだろうか。あるいは実務者から判断を求められて、自らのセンスで採否を決めたのではないか。少なくとも、彼等自身が実務を通して発見的な作業をした、とはとても思えなかった。

ここにおいて私は、実務の伴わない著名な作家や学者・評論家を、名目だけの全集編集者として奉るのはやめたいと思った。前二者と同じ轍を踏むことになっては、なんにもならないからである。社内には反対意見が多数あったけれども、新しい『漱石全集』には、編者の名前は出ないことになった。

ただ、それを担うものの一人である私は、「牛の脳味噌」を自覚しているのだから、心細いにはちがいなかった。社内の反対も、多くは私に対する信頼感の欠如からきていたのだろうと、今になって思う。全国にひろがる漱石ファン、また長い歴史と伝統を持つ岩波版『漱石全集』に信頼を寄せてきた過去から現在に至るいわゆる愛読者、そのなかには漱石全集を担うのに、私よりふさわしい人材はずいぶんたくさんいるにちがいない。その人々になりかわって担当させていただくことが、誇張でなく申し訳ないように思われた。きざに思われるかもしれないが、仕方がないので私は、できるだけの努力を惜しまないこと、誠実に対応する、つまり嘘をつかないようにすること、という二つの戒めを自らに課して、申し訳なさに報いることにした。

全集本文の校訂方針を決めるのは、大変にむずかしいことであった。全集本文の拠りどころを原稿に求める、というと、作者は生きている限り作品に手を入れて彫琢につとめるのだから、作者が手を入れた最後の本文こそ尊いのではないかと反論される。作者によりあるいは作品により、そのような意見が妥当する場合があることはその通りだと思う。しかし少なくとも漱石については、それが当たらないということができる。漱石はほとんど校正をしない。作品もほとんど見直すことがない。漱石の作品には見方によっては不整合とも思われる箇所があり、それは新聞連載という制約のせいではないかということを本論でのべた。逆に言えば、そのようなところを振り返って直そうという意志がなかった、ということだろう。その辺の事情を、漱石自らは、この「あとがき」のはじめに引用した『文展と芸術』のなかで、次のように述べている。

白熱度に製作活動の熾烈な時には、自分は即ち作物で、作物は即ち自分である。従つて二つのものは全くの同体に過ぎない。然し其活動が終結を告げると共に、作物は作物、自分は自分とはつきり分れて来る。（「四」）

漱石にとっては、製作中だけが、つまり原稿を書いているときだけが、芸術家としての活動なのであって、書き上げてしまったら他人の作品に対するようにしか接することができないというのであろう。新しい全集では、その芸術家として製作に没頭している状態に最も近い本文を提供しようとしたのである。

例を一つだけ挙げよう。明治四十二年（一九〇九）の正月から連載された『永日小品』に「泥棒」という身辺雑記風のエッセイがある。その冒頭から二つ目の段落は、今までの全集では次のように始まっている。

するとと忽然として、女の泣声で眼が覚めた。聞けばもよと云ふ下女の声である。此の下女は驚いて狼狽《うろたへ》ると何時でも泣声を出す。

これは、この作品が『四篇』という単行本に収められた時の本文と同じである。新聞では「聞けばもよと云ふ下女の声である」の一文が脱落している。この文章がないと、はじめに「女の泣声」とあるのが、急に「此の下女」で受けられることになり変である。本文でも触れたようにこの連載は大阪の企画であり、おそらく原稿は大阪に送られ、いったんゲラになったものが東京に送り返されたのだと思う。そのせいもあって、大阪も東京もどちらの朝日新聞も、この部分は同じである（細かく言えば、大阪朝日は「此下女」で、「此の」の「の」がない）。「泥棒」の原稿は、全く所在が知られていなかったから、新しい全集も従来の本文を踏襲せざるを得ないと考えていた。すると、偶然にもある古書展にその原稿が出品された。カタログに写真まで掲載されている。実物を見て写真で確認すると、原稿には次のように記されていた。

すると忽然として、下女の泣声で眼が覚めた。此下女は驚ろいて狼狽《うろたへ》ると何時でも泣声を出す。

何のことはない、最初の「女の泣声」は、「下女の泣声」の誤植であったのだ。漱石は、新聞に出た自らの作品をスクラップブックに貼り付け（家人に読まれるのが厭で、新聞が届くと真っ先に切り抜いてしまったという）、誤植程度は訂正しておいて、単行本に収めるときはそのスクラップブックを出版社に渡す、というようであったらしい。その誤植を正すのに、漱石は原稿を見ることができないまま、一文を挿入して対処したにちがいない。下女の名前まで明かしているから、この訂正は漱石自身によるものであることはまちがいないだろう。しかし誤植されなければ、この一文は挿入される必要はなかったのである。「此下女は驚ろいて」と、「の」を省いたり「ろ」を付け足したりするのは、まさに漱石の書き癖である。こうして新しい全集には、原稿通りの本文を採用することができた。原稿のありがたさと、訂正というもののかかえる問題とがうかがえるだろう。

原稿を本文の底本とするとして、その校訂方針を確定しなければならなかった。原稿はいうまでもなく書き文字だから、それをどのように活字に移すのかが問題である。問題はいろいろあったが、大きく分けると書き損じの処理と字体・用字の問題である。ところがこの二つは互いに関係し合っていて、字体と用字の問題がクリアされないと、それが書き損じであるかどうかが判定できないのである（書き損じには衍字《えんじ》・脱字なども含まれるが、それらは常識の域内の判断で足りる）。例えば漱石は、「評判」を「評番」と書くことがある。これを直すべきかどうか。私の記憶では、『坊っちゃん』と『道草』に用例があったと思う。小宮さんは、『坊っちゃん』では「評判」に訂し、『道草』では「評番」を残していた。『坊っちゃん』の頃は、創作はまだ余技であり、『道草』の頃はもう大家になっていたというような判断がはたらいたらしく、似た例は他にもある。さきに「どうもおかしい」といったのには、こんな例も含まれる。

漱石は、「こども」をしばしば「小供」と書く。これは注意深く見ると、親に対する「こども」は「子供」だけれども、大人に対する「こども」は「小供」なのである。漱石以外でもこのような使い分けをしている人がいるのかどうか、私は知らないけれども、そう気がつくと「小供」を「子供」に直すのはためらわれるにちがいない。しかし、たとえば『それから』では、朝日新聞がすべて「子供」に統一してしまったため、単行本でも全集でもこの使い分けは無視され続けてきた。さきほどの「泥棒」における誤植といい、新聞で手を入れられてしまうと原稿に立ち戻るのは、ほとんど不可能であることがわかるだろう。このように一つ一つの用例を調べて判断を下すのは、なかなかに骨が折れる。江戸末から明治初年に流布した節用集や漢和辞典の類を買い込んで用例を探すのだが、いつもうまくゆくとは限らない。

「しゃべる」という言葉には、「喋舌る」という漢字がよく当てられる。漱石もこの字を使っている。ところが原稿を見ると、とくに初期において、しばしば「嘵舌る」というあまりみたことのない漢字が使われている。たとえば『それから』「五の二」に、「〔門野は〕平生《いつも》の調子で苦もなく嘵舌《しゃべ》り立てた」というところがある。これは新聞で「饒舌」に変えられ、単行本、全集に引き継がれてきた。（全部を調べたわけではないが、新聞が「嘵」の字を残したところも単行本では「饒舌」に統一したようである。）「嘵」を『大漢和辞典』で調べると、音は「キョウ」、慣用読みは「ギョウ」で、「おそれる。おそれる声」の意味であるとされる。「嘵舌」などという熟語は採録されていない。食偏と口偏の違いだからといっても、「おそれる」のと「しゃべる」のでは意味が異なるから、現実にこの漢字を使うことができるのかどうかは、用例を俟たないと決められない。

神田神保町は勤め先の地元だから、そこの古書店や毎週末に開かれる古書市に、昼休みを使って根気よく足を運んでは、古い辞典の口偏の十二画を開いて「嘵」の字を調べつづけた。「しゃべる」の用例に出会わないまま、ある休日を使って、早稲田まで足を伸ばして、同じ探索を試みた。十年以上経った今でも、早稲田のあの古書店、あの棚の下、サツマイモの皮のような色の表紙の汚い和綴《わと》じの辞典が、目の当たりによみがえる。そこには、読みは「ケフ」、意味は「オソルル」とある。ところが「嘵々」という熟語の意味として「クチヤカマシ」とあったのである。私は、そのときどんな顔をしただろうか。漱石の書いた字を使える喜びといったら、きれいごとにすぎるだろうか。辞典の名前も素性も調べないまま、二、三千円を払って、小躍りするように家路に着いた。そういうときは、こわくてもう一度辞典を開くことすらできないものである。

いま久しぶりにその辞典を取り出してみると、明治十四年に刊行された『新選和漢歴史字引大全』というもので、「嘵々」は、『日本外史』に出てくる用例であるという。この熟語なら『大漢和』にもあるが、そこでの意味は「懼れる声」である。あとになって、『日本外史国史略字類』というのを入手したら、そこには、「嘵」は「ダウ」と読んで「カマビスシ」の意味であり、「嘵嘵《ダウダウ》」は「クチヤカマシ」であるとあった。私が、「嘵舌」という熟語に出会ったのは、後になって中国の『大漢和』ともいうべき、『漢語大詞典』を開いたときである。意味としては、「猶饒舌」（なお饒舌のごとし）とあった。（素人の私がこんなことを言うと叱られそうだけれども、日本の漢語辞典は古典に傾きすぎているような感想をもった。漱石は、江戸時代の文人がそうであったように、明とか清の時代の漢籍に親しんでおり、そこから漢語を借りてくることが少なくなかったらしく、『大漢和』に出ていない言葉に、少なからず出会ったことがある。『漢語大詞典』に出ているこの「嘵舌」の用例も、清の時代の宣鼎《せんてい》という人からとられているから、漱石もその時代の文章に接して記憶にとどめ、自ら好んで使うようになったのだろう。）

このようにして漱石の用いた漢字を生かそうとつとめたけれども、原稿に記されている「水昌」「専問」「密柑」「誤楽」などは、たとえ過去に用例のある表記であっても、新しい全集の本文にそのまま印刷する勇気は出なかった（ただし、全集各巻の巻末に付した「校異表」には、不採用の表記も掲げてある）。また、字体についても、変体仮名をはじめ漱石の書いたとおりの字体（旧字体や異体字を含む）を印刷する訳にもゆかず、現在普通に使われるいわゆる新字体を使用することにした。つまり、全集として漱石の「用字」は最大限尊重するが、「字体」は全集を当てにしないでほしい、という方針である。

実は異体字にもやっかいな問題はある。用字と字体の問題を分けて考えるといっても、異体字として使われた形が、別の意味を持つ漢字として成立している場合は、その用法が異体字としての用法なのか、用字の問題なのかが決められなくなる。たとえば「縁側」についてみると、漱石は初期には大抵「椽側」と書いていたが、『三四郎』や『それから』のころは「縁側」も混ざってくる。そうして、後半の作品ではほとんど「縁側」になる。「椽側」という表記は、もちろん漱石独特ということはなく、江戸時代以来広く使われてきた。「椽」は、「たるき」を意味する漢字で、意味の上では「縁《ふち》」とは無関係である。音も「テン」だから、意味も音も本来は通じない表記といわなくてはならない。一方、異体字というのは定義があってないようなもので、「椽」を「縁」の異体字として掲載している辞典もある。漱石全集では、問題にしている文字と同じ用法で使われる文字が異なった字形をしている場合、その字形が別の意味をもって自立していれば異体字とは認めない、と考えて、「椽側」は用字の問題であるとした。つまり原稿の表記を忠実になぞった。

ついでにいえば、正字体と新字体では、たとえば「弁」という字に悩んだ。漱石のテキストに登場するか否かとは別に、本来の正字体なら「弁別」は「辨」で、「弁護士」なら「辯」、「花弁」なら「瓣」でなければならないのだが、新字体ではすべて「弁」である。ただし、「辮髪」の場合は、「弁」の字の使用が認められていない。だから新字体を使うという方針に従えば、「辮髪」以外はすべて「弁」でよいのだが、漱石は「瓣」の一字で「はなびら」と読ませることがあるので、全集では「瓣」の字を残した。また、『三四郎』の印象的な登場人物である「佐々木与次郎」と「里見美禰子」は、漱石の原稿では、それぞれ「與次郎」、「美祢子」と書かれている。単行本や元の全集では正字体を使用したから「與次郎」と「美禰子」で、新しい全集では新字体だから「与次郎」と「美禰子」である（「禰」に対応する新字体はない）。文字面の与える印象が、それぞれ微妙に異なるように思われる。しかし、このように個々のケースを考え始めると収拾がつかなくなるので、字体の問題は今度の全集の守備範囲ではないと決断したのであった。（そのことは全集各巻の「後記」に断っている。）

漱石の自筆の原稿を点検しながら以上のような問題を洗い出し、校訂方針を決めなければならなかった。作品そのものの取り扱い方については、たとえば本書の本文でもたびたび触れたように、章や節の分け方の問題をはじめいろいろあったが、こちらは相談に乗ってくださる先生がいらしたし、原稿に基づくという方針を押し通せば、自然に道が開かれるように思われた。ここまで述べてきたような文字の問題は、国語学の問題である。私に、明治時代の国語表記についての定見があるわけではなかった。ただ、漱石という個別の対象への対処方針を考えただけである。しかしその方針が、対象に引きずられすぎて常識外れの方向を向いているとすれば、活字になる前に考え直さなければならないと思った。

私は、国語学者の山田俊雄先生に相談することにした。面識があったわけではないが、少し前に岩波新書で『ことばの履歴』という本を出されていたのだ。そこで紹介されている江戸から明治の辞典を、私は少しずつ買い求めてもいたのである。成城大学の学長室で、かなりの量になる用例の資料と、校訂方針を箇条書きにしたものをお渡しして、先生の目でご覧いただいてまちがいや違和感のあるところを教えてほしいとお願いした。二、三週間後にまた来るように言われた。初対面のせいもあったと思うが、なんとなく敷居が高く、打ち解けるという雰囲気でなかったので、どのように判定されるか心配であった。次にお訪ねすると、開口一番「よく勉強しましたね」と言われた。私は心底うれしかった。あんなにありがたいと思った言葉は、生涯を通じてもほかに比べられないくらいであった。具体的な話は、ほとんど上の空だったのではないだろうか。こうしてようやく校訂方針が決まったのである。その山田先生は去年の七月に亡くなられてしまった。

私は、この「あとがき」で、三つのことを言おうと思っていた。一つは自分と漱石の関係であり、二つ目は自分が担当した『漱石全集』のことで、これが書いているうちに長くなってしまったのである。ただ私は、新しい『漱石全集』を購入してくださった方々に、自分の言葉で全集のことをお話しする機会を今までもたずにきたので、また本書を手に取ってくださる方々には、この本の書き手がどこの誰であるのかを知っていただくために、自分の携わった全集がどういうものであるかを説明する責任があると感じているのである。まだまだ言い足りないのだが、そろそろ三つ目の、本書について、に移らなければならない。

本書は、偶然のきっかけで本という形を成すことになった。ただ、漱石を気取るわけではないけれども、漱石が「処女作追懐談」という雑誌の企画に談話として答えた「時機が来てゐたんだ」という言葉は、今の私の実感でもある。停年で仕事から解放されて半年あまり経ったころ、トランスビューの中嶋廣さんと、あるところで偶然に会って話しているうちに、上手に木に登らされることになった。定期的に何枚かずつの原稿を送っているうちに、ますますおだてられて、とうとうこんな分量になったのである。

書いている間は、ほとんど何の本も読まなかった。なれない私には、読んだ本が知らないうちに自分の文章ににじみ出てくるような気がして、怖かったのである。だから漱石に関する著書や論文も、記述を確かめるために、必要なところを参照したという程度であった。昔読んだ人の説が、どこかに顔を出しているかもしれないけれども、それはいわば私の一部となってしまっているので、失礼があったらお詫びするしかない。(漱石はメレディスが亡くなったときに、野上豊一郎に答えるという形式の談話を発表し、そのなかでメレディスからの「感化」について聞かれると、「例へば物を食つたり飲んだりするやうなもので、食つたものゝ批評も出来ず、味も忘れて仕舞つても、其実体丈《そのじつたいだけ》は胃の腑から身体へ廻つて、たしかに血肉となつて何時迄《いつまで》も存在してゐる」と述べている。)ただ〈32〉のハンナ・リデルとグレイス・ノットそのほかについての事実関係の記述は、次の二著に負うているので、感謝をこめて記しておきたい。

・ジュリア・ボイド著(吉川明希訳)『ハンナ・リデル』一九九五年、日本経済新聞社
・武田勝彦著『漱石　倫敦の宿』二〇〇二年、近代文芸社

中嶋さんのほかにも、原稿ができるたびに眼を通して、励ましてくれた人がいる。私と生ま

れ年も月も同じ小松勉さんは、『漱石全集』のときの同僚で、主に校正を担当された。私が悩んだり迷ったりしたときの、最も頼りになる相談相手であり同伴者であった。今回も、的確な批評をしばしばいただくことができた。伊達卓郎さんは、年長の友人である。全集刊行のときは営業部員として、さまざまな逆風の中、孤軍奮闘、編集意図をいちはやく理解してくださり販路の拡大に努められた。このたびは自信のもてない私を、いつも応援してくださった。年少の友人渡辺菜穂子さんは、純粋な最初の読者として、素直に読み、心からの共感を表明され、その後押しが心強かった。妻信子には、読者としてばかりでなく、全集編集の過酷な日々におけると同様、暮らしの中でも支えてもらうことが少なくなかった。校正は、三森曄子さんが担当してくださった。社外の校正者であった彼女には、『漱石全集』「総索引」など、いくつかの仕事で大変お世話になった。このたび、相変わらずのお仕事ぶりに接することができたのは幸いであった。これらの人たちに、この場を借りて心からの謝意をささげたい。

二〇〇六年三月

著　者

秋山 豊（あきやま ゆたか）

1944年生まれ。1968年東京工業大学卒業。同大学付属工業材料研究所助手を経て、1972年岩波書店に入社。主に理系の単行本・講座・辞典の編集に従事。のち全集編集部に移り、1993年に刊行が開始された『漱石全集』の編集に携わる。2004年同社を停年退職、現在に至る。論文に、「漱石晩年の一面」（『かがみ』第36号、2003年）がある。

漱石という生き方

二〇〇六年五月 五日 初版第一刷発行
二〇〇六年六月三〇日 初版第三刷発行

著 者 秋山 豊
発行者 中嶋 廣
発行所 株式会社トランスビュー
東京都中央区日本橋浜町二-一〇-一
郵便番号一〇三-〇〇〇七
電話〇三（三六六四）七三三四
URL http://www.transview.co.jp
振替〇〇一五〇-三-四一一二七

印刷・製本 中央精版印刷

ISBN4-901510-39-8 C1095